徳間文庫

非弁護人

月村了衛

徳間書店

1

〈匿名《とくめい》の者による情報提供を受け、上野《うえの》署捜査員が堀山《ほりやま》レンタル倉庫に赴《おもむ》き任意で倉庫業者従業員に事情聴取を行なったところ、不審物の存在が濃厚に疑われたため、捜索令状を取って強制捜査に切り替え、二キロの覚醒剤《かくせいざい》を発見押収するに至ったというものであります〉

スマホから流れ出ているのは担当検事の声だ。

渋谷《しぶや》駅近くに止められたセンチュリーの後部座席にもたれかかり、宗光《むねみつ》はなんの感慨もなくその再生音声を聞いた。

今朝の裁判を傍聴した組員が懐中に忍ばせたスマホで録音したものだ。法廷内での無断録音はもちろん禁止されているが、よほど大きな裁判でもない限り傍聴人の身体検査など行なわれないし、たとえ発覚しても退廷を命じられるくらいで身柄拘束されることはほとんどない。

〈取り調べ時に被告人近藤文夫《こんどうふみお》は黙秘し、本件で被告人の供述調書はないが、甲第21・22・23号証によれば、被告人の所属する縣《あがた》組は覚醒剤密売を収入源としており……〉

横に座った縣が面白くもなさそうに鼻を鳴らす。当の縣組組長なのだから面白くなくて当然だろう。

助手席に座っている若い男は、これを録音してきた当人だ。宗光は裁判所で自分の顔を見られないようにするため、必ず誰かに傍聴させることにしている。それが〈仕事〉を受ける際のルールである。

使い走りを命じられたとでも思っているのか、助手席のヤクザは首をねじ曲げるようにして背後の宗光を威嚇的に睨《にら》んでいる。そういう顔付きを人に見せる行為こそが小物の証しなのだとは考えもつかないのだろう。

〈押収された覚醒剤を包装していたポリ袋からは被告人の指紋が検出されております。また被告人が十月二十三日午後二時三十五分赤色のエスティマで堀山レンタル倉庫に乗り付け、クーラーボックスを八番倉庫に運び込んでいた事実も甲第5・6・7号証、及び倉庫従業員の証言より認められるところであります〉

誰が聞いても明白な事実としか思えない。

縣はわざとらしく音を立ててハンカチで洟《はな》をかみ、宗光を横目で見る。

覚醒剤の取引を仕切っていた近藤が有罪となったら、縣組にとって大打撃だ。シノギの大半が吹っ飛ぶだけでなく、芋蔓《いもづる》式に組長の縣まで逮捕されかねない。

だが宗光は平然と録音の続きを聞く。

弁護側の弁論が始まった。

〈覚醒剤の存在を立証しようとする甲第8号証の証拠調べについては同意しかねます。被告人は、倉庫について誰かに話したのは、警察による捜査の直前、情婦の田辺庸子《たなべようこ》に電話したときだけであったと述べています。それが事実なら、警察による違法な盗聴の疑いがあるからです〉

騒然となった廷内のざわめきが漏れ聞こえ、弁護人は一層声を張り上げた。

〈田辺庸子はかねてよりマンションを買ってくれると約束していた被告人の言質《げんち》を取るため、被告人との通話を録音していました。この録音の中には、被告人の発言として『ニキロのシャブ』『クーラーボックスを運んだ』等々、捜査資料にある押収時の状況と一致する内容が多々含まれています。証拠として弁第2・3号証の報告書及び通話の録音データを提出します〉

やや喧噪《けんそう》の間があってから、再び弁護人の声が流れ出た。

弁護人は数々の物証を挙げ、警察が盗聴を行なっていたこと、それを受けて覚醒剤の隠匿場所を特定するため住居不法侵入の上、無断でエスティマにGPS装置を設置していたことを証明した。

〈本件覚醒剤の発見に関する報告書ほか七点の証拠はすべて『匿名の情報提供による偶然の発見』という捏造《ねつぞう》された事実を記載したもので、虚偽公文書作成罪に値します。これらを併せて鑑みるに、捜査当局が入手した証拠は違法収集証拠であり、憲法が保障する適正手続きに大きく反しています。本件押収にかかる覚醒剤は証拠から排除されるべきで、被告人の犯罪を証明する証拠はなく被告人は無罪である〉

そこで組長はスマホの再生を停止した。

「もうこの辺でいいだろう。裁判長は激怒、検察は面目丸潰《まるつぶ》れ。判決は来週だそうだが、警察の違法捜査がここまで明かされちゃあ、証拠も何もあったもんじゃねえからな。無罪は決まったようなもんだ」

退屈でたまらない。宗光は視線を窓の外の白い光へと移す。

「何もかもあんたの筋書き通りに運んだってわけだ、宗光さん。俺もさっきこいつを聞いて仰天したぜ」

通行人の老若男女は、それぞれが思い思いに歩いている。楽しそうな若い女もいれば、暗く沈んだ中年男もいる。裕福そうな青年もいれば、ホームレスらしい老婆もいる。共通しているのは、みな太陽の下を歩いているということだ。そこだけが自分とは違う。

宗光は手配中の身ではないが、少なくとも一般人の顔をして往来すべきではないという意識はある。

「おい、オヤジが話してんだ、ちゃんとこっち向いて聞けよ」

助手席の男が凄《すご》んだ。

「おまえは黙ってろ」

縣は子分を制止し、ずんぐりとした体ごと宗光に向き直った。

「非弁護人の宗光彬《あきら》か。噂《うわさ》以上だ。おかげで近藤を持ってかれずに済んだ。礼を言うぜ」

警察による違法捜査の可能性に気づいたのは宗光である。実際に裁判に出た弁護人は、宗光の集めてきた証拠を提出し、台本通りの弁論を行なっただけにすぎない。

宗光自身は法廷に立つことができない。なぜなら、彼は弁護士資格を持っていないからだ。

司法試験に受からなかったわけではない。それどころか、トップで合格を果たしている。たとえ弁護士の資格を持っていたとしても、各地の弁護士会に入会できなければ弁護士として法廷に立つことはできないのだ。

だから〈非弁護人〉となった。もっともそれは、裏社会の者達が勝手に名付けた符牒《ふちょう》のような通称でしかない。エセ弁護士、略してエセ弁と呼ぶ者もいる。

大組織の顧問弁護士でさえ手の打ちようがない困難な裁判となった場合、依頼を受けて策を巡らせ、裁判を勝訴に導く。それが宗光の〈仕事〉であった。

「なあ宗光さん。俺があんたにどれだけ感謝してるか分かるかい。あんたさえよかったら、これからもウチで――」

「感謝など必要ない。俺は頼まれた仕事をしただけだ。もっとも、菱山《ひしやま》のカシラの紹介じゃなかったら、ヤクの売人を無罪にする仕事なんて引き受けなかったところだがな」

「この野郎、誰に向かって口きいてやがんだよ」

子分がまたも激昂《げっこう》する。

「仕事を受けるも受けないも、こっちがすべてを自由に決める。それがルールだ。最初に言った通りだよ」

「てめえ、あれだけ高い金を取っておきながら」

「成功報酬の約束だ。まだもらってはいない。検察が控訴せず、無罪の判決が出たら約束通りの金を口座に振り込んでくれ。それであんたらとの関係はすべて終了だ」

「殺されてえのか」

身を乗り出そうとした子分を片手で抑え、組長はゆっくりと言った。

「いい度胸してるじゃねえか、宗光さん。さすがは元検事さんだけのことはあるよなあ」

ヤクザらしい陰湿な口調だった。相手の過去をえぐることが最良の攻撃手段であると熟知しているのだ。

「ヤメ検にもなれなかった検事崩れが。ムショの居心地はどうだった?」

「快適だったよ。霞《かすみ》が関《せき》よりはずっとな」

「元検事だけあってずいぶんと口が立つじゃねえか」

「それで商売してるもんでね」

「だがよ、こっちだって顔で商売してるんだ。あんまり舐《な》めた口きいてると、いくら俺だって子分どもを抑えきれる保証はないぜ」

「悪いがそんな脅しは聞き飽きてる」

本心からそう言った。

「いちいち気にしてたら、こんな仕事はできやしない。俺はあっちこっちの〈大手〉の仕事を抱えてるんだ。今俺がいなくなったら、不動産をはじめとする資産を動かせなくなって困る人達がいっぱいいるんだよ。菱山のカシラもその一人だ。そうなったらクライアントの皆さんがどれだけお怒りになるか、想像くらいできるだろう」

縣とその子分が黙り込んだ。

〈雲上人《うんじょうびと》〉達を本当に怒らせたらどうなるか。その恐ろしさに想像が及んだらしい。

用は済んだ。宗光は勝手にドアを開け、車外に出た。昼の光が眩《まぶ》しかったが、分相応に肩身狭く歩いていれば問題はあるまい。

額に垂れかかった髪をかき上げて歩き出す。背後でセンチュリーの走り去る排気音がした。捨て台詞《ぜりふ》のようにも聞こえる、いまいましげな音だった。

立ち止まって腕時計を見る。三時五十分。家電量販店で購入したカシオだが、性能はいい。

玉川通りに沿ってしばらく歩き、セルリアンタワーへと戻る。決まった住まいを持たず、ホテルを転々としている宗光は、現在はセルリアンタワー東急ホテルに宿泊中だった。

ロビーフロアに入った途端、背後から声をかけられた。

「宗光」

懐かしく、疎ましい声だった。

足を止めて振り返った宗光に、声の主が歩み寄ってくる。昔のままに、上品な高級スーツを一分の隙《すき》なく着こなしていた。

「縣組の近藤の裁判、あれは貴様の仕事だろう」

「挨拶《あいさつ》もなしか」

「貴様に礼儀など必要ない」

篠田《しのだ》は吐き捨てるように言った。

「縣組顧問弁護士の西本《にしもと》は三流もいいとこだ。警察の違法捜査を立証できるほどの頭はない」

「それで？」

挑発するように促すと、篠田は端整な顔に怒りを漲《みなぎ》らせて詰め寄ってきた。

「弁護士でもないお調子者が、よけいな真似《まね》はするなと言っているんだ」

「面白いな。ヤクザとはなんの関係もないおまえが、どうして近藤を立件した検察の肩を持つ」

「目障《めざわ》りなんだよ、貴様が法曹界の周辺をうろうろしてるってだけでな」

「俺が関わってるって証拠でもあるのか」

「縣と接触してる証拠ならいくらでもある」

「それで俺の居場所も突き止めたってわけか」

「ああ。おまえは目立つからな、昔から。情報提供者はどこにでもいる。貴様をなんとしてでも潰してやりたいと狙《ねら》っている連中がな」

「嬉《うれ》しいな、おまえが俺のことをそんなに気にかけてくれていたとは」

篠田は今度は挑発に乗らなかった。立ち直りの速さは昔から図抜けていた。

「要するに、篠田弁護士さん、おまえは俺が縣と接触していることを把握しているが、近藤の裁判に関与している証拠は何も持っていないというわけだ」

「社会の屑《くず》のために法知識を悪用する。最低の非弁活動だ。そこまで身を落として、貴様に恥というものはないのか」

非弁活動とは弁護士資格のない者が報酬を得る目的で弁護士業務を反復継続的に遂行することを指す。法曹界で最も唾棄《だき》される行為である。

頭では分かっていながら、体の方が動いていた。

「社会の屑だと？　だったら俺達を嵌《は》めた検察組織は一体なんだっ」

篠田の胸倉をつかんで壁に押し付ける。

「思い出してみろ、篠田。俺達がどうして検事を辞めるはめになったか。俺達を切り捨てた連中がどんな顔をして世の中を闊歩《かっぽ》してやがるか」

「覚えてるさ、忘れたことなどあるものか。宗光、貴様のせいで俺まで巻き添えになったんだっ」

顔を真っ赤にして篠田が喚く。

そこへホテルの警備員が駆け寄ってきた。

「どうしたんですか」

「なんでもありません」

こちらの手を振り払った篠田が、スーツの襟を直しながら答える。

「私は弁護士です。私達は古い知り合いでね、法解釈を巡る論争に熱が入りすぎてしまいました。お騒がせして申しわけありません」

「本当ですか」

警備員が疑わしそうにこちらを見る。

「ええ、本当です」

心からの笑顔を浮かべて篠田を見つめる。

「彼は篠田法律事務所の篠田啓太郎《けいたろう》弁護士。法曹界でも知られた一流の弁護士さんですよ」

憤然としたまま黙っている篠田に向かい、宗光は重ねて言った。

「私達はね、東京地検の検事だったんですよ。ところが一緒にクビになってしまい、彼はその後、ヤメ検になって大成功したというわけです」

無言で身を翻《ひるがえ》し、篠田は去った。

昔と変わらぬ彼の後ろ姿を眺めながら、宗光は還らぬ日々を思い起こす。

情熱と欺瞞《ぎまん》に満ちた輝ける日々を。

2

その日のうちにホテルを変えた。こだわりはないから行き当たりばったりで適当に選ぶ。東十条《ひがしじゅうじょう》のビジネスホテル『クリーンワールド東十条』にした。名前とは正反対の煤《すす》けたホテルだが、部屋はそれなりに広かった。少々の湿気と黴臭《かびくさ》さを我慢できれば、しばらく居てもいいかもしれない。

何より名称が気に入った。クリーンワールド。世界が清潔であったことなど歴史上一度もない。その皮肉さが、自分にはふさわしいとさえ感じられた。

今の時代、ノートパソコンがあれば仕事はどこででもできる。場合によってはスマホだけでもいい。最新版の六法全書さえ、スマホで読むことが可能なのだ。保管の必要な書類等はデータ化した上で銀行の貸金庫に預けてあるから問題はない。

法曹界を追われ、それでも法廷の周辺にしがみついて生きるしかない自分にとって、大仰な事務所は必要ない。家も、家族も、財産も。ただ一つ、社会を律する法の知識があればいい。そしてそれは、完璧《かんぺき》に頭の中に入っている。

少し早いが夕飯にしよう――

リモアのアルミニウム製スーツケース『クラシックフライト』をベッドの脇に置いた宗光は、ホテルを出て駅の方へと歩き出した。

食物にもこだわりはない。なんなら食欲もないと言っていい。しかし食べずにいると死ぬ。それが分かっているから、食事は可能な限り規則正しく取るようにしている。

数軒の飲み屋が並んでいる一角に出た。最初に目についたパキスタン料理店に入る。スパイスの臭いが鼻を衝《つ》いた。

「いらっしゃいませ」

浅黒い顔に白髪交じりの口髭《くちひげ》を蓄えた中年の外国人が、すぐにメニューと水を運んできた。発音からすると、日本での暮らしが長いようだ。

メニューを開き、特に大きく記された料理名の中からシンディ・ビリヤニを注文する。肉や野菜の上に米を入れて炊き上げた米料理だ。

「飲み物は」

「いらない」

そう答えると、中年男は無言で引っ込んだ。

酒は飲まない。付き合いで飲む場合もあるが、一人では飲まない。〈あのとき〉以来、酒を飲んで浮かれたいとも、また自己憐憫《れんびん》に浸りたいとも思ったことはない。

狭い店内に、客は一人もいなかった。

いや、厳密には一人いた。

八歳くらいの男の子が一人、一番奥のテーブルでノートと教科書を広げている。顔の彫《ほ》りが深く、店主に似ていた。

「マリク、家に帰ってろ」

厨房《ちゅうぼう》から男が少年に声をかける。彼の子供なのだろう。

「じゃあここの問題だけ教えて。どうしても分からないんだ。ぼく、社会は苦手でいつも先生に――」

社会科の教科書を示して見せる子供に、父親は声を荒らげた。

「マリク！」

「俺に見せてみろ」

宗光が横から口を挟むと、親子が同時に振り返った。

「どうした？　俺が教えてやる。こう見えても日本の社会はよく知ってる」

出し抜けに声をかけたのがよくなかったのかもしれない。あるいは自分の体にまとわりつく胡散《うさん》臭さを感じ取ったか。言い方も不審にすぎた。

少年はそそくさと荷物をランドセルにしまい、宗光の方を見もせずに店から駆け出していった。

愛想のないガキだ――

他人に好意を示すといつもこうなる。間の悪さをごまかそうと、宗光はコップをつかんで水を飲んだ。

店主もまた、何も言わずに厨房へと消えた。

いいさ、もう二度と来ることもないだろう――

宗光は油で汚れた壁の染みを眺めながら、注文した料理を待った。間もなく運ばれてきたシンディ・ビリヤニは、特に不味《まず》くはなかったが、美味《うま》いとも言えない味だった。

ホテルに戻った頃から、雨が降り出した。部屋に入ると、激しい雨が窓を叩いていた。

近頃の雨は前触れもなくやってくる。運命の代理人を気取ってでもいるかのように。

そうだ。運命は激変する。それも必ず悪い方へと。前触れはない。深みに嵌《は》まって、人は初めて周辺の光景が一変していることに気づくのだ。

ベッドに腰掛け、雨に滲《にじ》む窓を見つめて、そんなことを宗光は想った。

〈あのとき〉――自分がいかに愚かであったか。いかに世間知らずであったか。

後悔はない。

自分は正しいことをしていた。しようとしていた。検事として。

六年前、東京地検特捜部特殊第一班に所属していた宗光は、千葉県の中堅開発企業『習《なら》志《し》野《の》開発』を捜査していた。

きっかけは、解雇された同社元役員からの告発状だった。

それによると習志野開発は県立精神神経医療センターの建設に際し、自社所有の土地を県へ売却することによって巨額の用地売却費、事業補償費等を得ているが、同社はあらかじめ建設予定地を知らされており、二束三文で強引にその土地を購入、さらには建設業者選定の入札価格まで事前に把握していて、センターの建設を不正に受注したのだという。

事実だとすると、大規模な贈収賄事件に発展する可能性がある。しかし誰が習志野開発に情報を漏らしたのか、告発状では曖昧《あいまい》にぼかされていた。告発に踏み切りながらも、そこだけは明言を躊躇《ちゅうちょ》したらしい。半信半疑ながらも各方面の下調べに着手した宗光は、告発状に記されていることが紛れもない事実であると確信した。

着手から一週間後、告発者のもとを訪ねた宗光は、その前日に彼がマンションの屋上から投身自殺したことを知り、驚愕《きょうがく》した。

「本当に自殺なんですか」

　若い特捜検事に問い質《ただ》された所轄の捜査員達は、一様に曖昧な返答しかよこさなかった。痺《しび》れを切らして彼らの上司である刑事課長に同じ質問をぶつけると、彼は妙な目で宗光を見据え、ゆっくりと告げた。

「自殺です」

　東京地検九段庁舎に戻った宗光は、班担当副部長の柳井《やない》検事に報告し、自らの決意を述べた。

　渡された告発状に目を走らせながら宗光の話を聞いていた柳井は、自分のファイルに告発状を丁寧にしまい、決然と顔を上げた。

「分かった。この案件は県の政界につながっていると見ていいだろう。徹底してやれ」

　上司の言葉に、宗光は勢い込んで応じた。

「はいっ」

「ウチとしても全面的にバックアップする。内部の根回しが必要だが、それは私がなんとかしよう」

「ありがとうございます」

「態勢が整うまでは君に任せる。それでも当面は誰かの補佐が必要だろう。希望はあるか」

「篠田をお願いします」

即答した。ともにこの捜査に当たれるのは、親友でもある篠田啓太郎を措《お》いて他はない。柳井も深く頷いて了承してくれた。

「こいつはとんでもないアタリかもしれんな、宗光」

資料に目を通した篠田は、そんな感想を漏らした。彼も自分の事件を数多く抱えていたが、上司の命と、何より宗光の熱心な懇願により快諾してくれたのだった。

ペアを組んで本格的な捜査を開始した宗光と篠田は、習志野開発周辺の金の流れを追った。やがて浮かんできたのは、佐倉《さくら》という男であった。いかにも怪しげな人物で、金やプラチナを扱う古物商の表看板を出しているが、実際は事件師を生業《なりわい》としていた。

さらに調べを続けるうち、思いもかけぬ事実が判明した。

佐倉はある名刺を持ち歩いていたのだ。

［衆議院議員加茂原《かもはら》彰三《しょうぞう》　私設秘書］

宗光と篠田は驚きの声を上げた。

県会議員ではない。れっきとした国会議員である。どうやら加茂原議員は、選挙のたびにこの男を使って地元へ金をばらまいていたらしい。いわゆる裏秘書というやつで、加茂原自身は言うまでもなく、加茂原事務所も表面上は一切関わっていないという仕組みだ。

そして佐倉を通じて巨額の金が加茂原の元へと還流している。出所はもちろん習志野開発である。

「そういうことか」

宗光と篠田はいやが上にも奮い立った。県立精神神経医療センター用地買収の情報を流したのは、加茂原彰三に違いない。

こうなってみると、告発者の死も本当に自殺であったかどうか。

「こいつは、俺達二人で大物を釣れそうだぞ」

「ああ、頼んだぞ篠田」

「任せてくれ。おまえと一緒にやれて嬉しいよ」

少年の頃から検事を目指していたという篠田の笑顔は、宗光にとってこの上なく頼もしいものだった。

国会議員を立件するのは地検特捜部にとって最大の悲願である。それを自分達が主導する。これ以上の栄誉はなかった。

だがそのためには、まず佐倉と習志野開発とのつながりを立証する証拠を集めねばならない。

宗光は佐倉が昨年古物商を名乗って物品を取引していた事実に目をつけた。佐倉は過去において古物商の免許を持っていたが、違法物品を扱って免許取り消しとなっている。それから五年経っていないため、無許可状態での取引である。古物営業法違反の容疑で令状を取り、佐倉の自宅や関係各所の家宅捜索を行なった。そして金の流れを示唆《しさ》しそうな書類を網羅的に押収した。

それらを精査した結果、重大な疑惑が次々と浮かんできた。

「よし、佐倉を呼んで締め上げろ。遠慮なくやれ。もしかしたら国政の闇に手が届くかもしれんぞ」

報告を聞いた柳井は、小躍りして二人を激励した。

心強い上司の言葉は、血気盛んな宗光を鼓舞《こぶ》してあまりあった。

検察に呼び出された佐倉は、宗光と篠田の追及に対して信憑性《しんぴょうせい》の乏《とぼ》しい弁明を繰り返し、素直に供述しようとはしなかった。

しかし彼の妻や息子名義の会社に実体はなかった。一般に反社会的勢力が複数のペーパーカンパニーを所有している場合、なんらかの犯罪行為を糊塗《こと》する意図があるものと疑われる。そのため、公正証書不実記載であるとの認定、立証が容易となる。事件師である佐倉のケースはまさにこれに当たる。

宗光と篠田は、佐倉の逮捕に踏み切った。

「別件ですか。よくやれたもんですねえ」

罪名を告げられたとき、佐倉はぽつりとそう言った。曇天《どんてん》のように暗く濁ったその両眼は、こちらへの侮蔑《ぶべつ》とともに、なぜか余裕に近い光を宿していた。

宗光は直感した。佐倉はこちらの狙いを見抜いている。

恐れるものか――

これは利権に群がる政官界の腐敗を白日の下に晒《さら》し出す千載一遇の機会なのだ。秋霜烈日《しゅうそうれつじつ》。検察官記章が表する精神のことである。人の罪に対して厳《おごそ》かたるべき心得を示したこの記章を、宗光は心から誇りに思っていた。

証拠は次々と集まりつつある。何もかもが順調だった。

勾留《こうりゅう》期限が切れる直前に、別の会社に関する同じ容疑で佐倉を再逮捕する手筈《てはず》になっていた。

その直前、宗光と篠田は柳井副部長に呼ばれた。

不審に思いながらも柳井の執務室に入った二人は、尊敬してやまない上司から捜査の中止を告げられた。

「どうしてですか」

食ってかかった宗光を、柳井は静かな声で諭した。

「私だって検察官だ。長い検察人生で一度くらい国会議員を挙げたいと思う。しかし夢と現実は違うんだ」

「何があったんですか」

宗光の問いには答えず、柳井は続けた。

「もし失敗したら、検察全体の汚点になる。我々全員が立ち直れないほどのダメージを受けることになるだろう」

「待って下さい。そんなことを恐れていたら、検察の存在意義はどうなるんですか」

「自分も宗光と同じ意見です。お願いします、やらせて下さい」

篠田も宗光と並んで頭を下げる。しかし柳井はにべもなかった。

「これは部長がお決めになったことだ」

奥崎《おくざき》特捜部長が――

声を失った宗光に、柳井は皮肉めいた口調で告げた。

「そもそも、検察が今日のような屈辱を喫する羽目になったのも、君達のように功を焦った馬鹿者のせいじゃないか」

柳井が示唆しているのは、証拠の捏造《ねつぞう》に走った大阪地検特捜部の不祥事だ。確かに検察史上最大の汚点であり、ために検察組織全体が萎縮《いしゅく》してしまったことは否めない。

「我々はあの事件を教訓にして今日までやってきたつもりです。同じ過《あやま》ちは犯しません」

「本当にそう言い切れるのか」

「はい」

胸を張って宗光は答えた。やましいことはしていない。自分達は正義を執行するのみである。

柳井は深いため息をつき、言った。

「分かった。集めた証拠をすべて出せ。それを持って、もう一度部長にお願いしてみる。確実に立件可能と認められれば、部長も考え直してくれるかもしれん」

「ありがとうございます」

宗光は心底安堵《あんど》し、すべての証拠を柳井に託した。

これだけあれば少なくとも加茂原と習志野開発は疑問の余地なく立件できる。そうなれば、後は世論が国会議員追及の後押しをしてくれるだろう――

だが佐倉は釈放となり、宗光の期待は最悪の形で裏切られた。

三日後、柳井から再度捜査中止を命じられ、同時に手酷《てひど》く叱責《しっせき》された。

「なんだあれは。信憑性のかけらもない。証拠能力に疑問のある代物ばかりじゃないか。部長も大変にご立腹だ」

愕然《がくぜん》とした。

「そんなはずはありません。あの証拠は我々が苦心して――」

「文句があるんなら部長に直接言うんだな。私にできるのはここまでだ」

どう考えても納得できる話ではない。

退室した二人は、額を突き合わせて相談した。

「どうする、宗光。奥崎部長に直接掛け合ってみるか」

「いや待て。柳井さんは部長が決めたと言った。それも証拠を確認した上でだ。奥崎部長と示し合わせていると見るべきだろう」

篠田がはっとしたように、

「すると、奥崎部長は」

「起訴する気なんて最初からなかったんだ」

「まさか、そんなことが」

蒼白《そうはく》になった篠田を見つめ、宗光は言った。

「そもそも俺は、柳井さんに徹底してやれと命じられて捜査を進めてきた。なのにどうしてこうなったと思うんだ」

篠田は俯《うつむ》いて黙っている。

「分かるか、篠田。ここが俺達の正念場だ」

「正直に言って、俺は怖い」

「俺だって怖いさ。だがここで退《ひ》いたら、俺達はなんだ。なんのために検事になったんだ」

「一つ間違えば、俺達の将来が吹っ飛ぶんだぞ」

「だからといって、こんな不正に目をつぶっていいのか。なあ篠田、俺はおまえとならやれると信じている」

「何か考えでもあるのか」

「カギを握っているのは佐倉だ。奴を重点的に洗い直す」

「いや、それよりも……」

何やら考え込みながら篠田が言う。

「この際もっと原点に戻って、習志野開発の内部告発者の自殺について調べ直してみたらどうだろうか。あれは殺人の疑いが濃厚だ。それが立証できれば——」

「今になってそんなことをやってられるか。本丸はもう見えてるんだぞ」

焦りのあまり、感情的に言いつのった。

「県警はハナからやる気がなかった。上から突っ込むなと言われてたに違いない。今さら俺達に何ができるって言うんだ」

「回り道に見えるかもしれないが、少なくともやってみる価値はあるんじゃないのか」

篠田もむきになって言い返してきた。

「俺達に足踏みしてる余裕はない。今この瞬間にも、奴らは証拠隠滅を進めてるかもしれないんだぞ」

「その可能性は否定できない。だが慎重に証拠を積み上げて起訴に持っていくのが検察の本義だろう」

「俺達の目的はあくまで加茂原の逮捕なんだ」

「それはおまえの自己満足じゃないのか。不審死の解明だって大事な仕事だ」

篠田は頑《かたく》なに主張してなかなか折れようとはしない。

今後の方針を巡って激しく言い争った末、篠田が宗光に問いかけた。

「じゃあ訊《き》くが、佐倉を洗い直した結果、何か出てきたとして、それからどうする」

「篠田、おまえは最高検の秦《はた》次長検事と親しかったな」

最高検察庁の秦次長検事は元特捜部長で、篠田の先輩でもあった。篠田はこの人物に心酔しており、普段から個人的にも世話になっていた。

「おい、まさか」

「そうだ、より強固な証拠をつかんで秦さんに相談する。最高検の次長検事が動けばいくら奥崎さんでも無視はできんだろう」

「それは、確かに」

篠田は俯いて言い淀《よど》んだ。

「秦さんならきっと……しかし……」

「頼む、篠田。俺達は持てるすべてを駆使して戦わねばならないんだ」

「分かった。しかし宗光」

「なんだ」

「殺された人の無念を晴らすこともまた俺達の仕事なんだぞ。そのことを忘れるな」

「当たり前だろう。黒幕の逮捕がすべてを明るみに出してくれると信じればこそ、俺達は踏ん張れるんだ」

渋る篠田を説得し、手分けして調査に当たった。

一人なら手に余る事案でも、二人なら違う。自分が見込んだだけあって、篠田はやはり優秀だった。

加茂原の親族が経営するファミリー企業と習志野開発との間に、これまで知られていなかった不透明な資金ルートが存在する。資金の不正な移動を裏付ける新たな証拠も手に入った。

その証拠を持って、篠田は秦検事のもとへと面談に向かった。九段庁舎で、宗光は独り篠田からの連絡を待った。

連絡はなかった。その日も、また翌日も。篠田が体調不良を理由に欠勤していると知った宗光は、官舎まで様子を見に駆けつけた。しかし何度インターフォンを押しても応答はない。共通の知人や友人にも電話してみたが、事情を知る者はいなかった。

一体何が起こっているんだ――

庁舎の自席で途方に暮れる宗光に対し、周囲の視線は冷たかった。ことに柳井副部長は、宗光と目を合わせようともしなかった。

そして次の日の早朝、登庁のため官舎を出た宗光は、三歩と歩まぬうちに待ち構えていた男達に任意同行を求められた。彼らは警察官だった。

その日のうちに宗光は逮捕された。容疑は受託収賄罪である。

宗光の母が日常的に使っているクレジットカードは、宗光の銀行口座から引き落とされるようになっている。神経に持病のある母のため、宗光が手配したものだ。その口座に、宗教法人光蘭寺《こうらんじ》から三十万円が三度にわたって振り込まれていた。

佐倉は営利法人の代表に妻や息子を据えているが、宗教法人光蘭寺だけは自ら住職として代表理事に収まっていたのだ。日頃記帳する習慣のない宗光の母は、そのことに気づかず、宗光からの仕送りだと思ってカードの使用を続けていた。

しかも佐倉は、不起訴にしてもらう謝礼として送金したと自供しており、実際に司法取引で不起訴となる予定だという。

母の病気について、宗光は極力他人に知られないようにしていた。偏見を怖れたからだ。だが親友の篠田にだけは話したことがある。そのとき母のカードの口座が自分のものであることについても教えていた。

口座の名義など調べれば分かることではある。それでも思考は自ずと悪い方へと走る。

もしかして篠田が裏切ったのか――

信じたくはなかった。だが、拘置所へ面会に現われた篠田の顔を見て宗光は確信した。

「なぜだ、なぜ裏切った」

立ち上がった宗光は、二人の係官に左右から押さえつけられた。それでも大声で問いかけた。

「おまえが、どうして俺をっ」

担当官に促され、何も言わずに篠田は帰った。全身でもがき続けながら、宗光はすでに理解していた。

秦次長検事が指示したのだ――

判決は三年の実刑だった。執行猶予はなかった。元検事宗光彬は、栃木《とちぎ》刑務所で懲役刑に服すこととなった。

単なる懲戒ではなく、なぜ自分がここまで陥《おとし》いれられなければならなかったのか。

狭い独房の中で考え続けた。そしてようやく悟った。

真に腐敗していたのは加茂原ではなかった。そのさらに上が、どうしようもなく腐っていたのだ。

佐倉を逮捕したとき、彼の目には明らかな余裕があった。

こういうことだったのか――

自分は加茂原を逮捕すればそれで済むと思っていた。しかし自分の知らないところで、腐食した蔓《つる》は加茂原からはるか天上へと伸びていた。彼らはその蔓を伝い登ってくる者を恐れた。それゆえ徹底的に叩き落とす必要があった。

加茂原より上。それは彼が属する与党内派閥の頂点とその周辺を意味している。だからこそ秦が動いた。宗光が期待していたのとは逆の方向へ。

実刑判決を受けた犯罪者の主張に耳を傾ける者などいない。自分の口をふさぐこと。彼らは見事にそれをやってのけた。加茂原と習志野開発の贈収賄は、完全に闇へと消えてしまった。

雲の上は天上に非ず、汚泥にまみれた畜生界だ。そしてそれを護った検察も、同様に腐りきっている。何もかもが醜悪にすぎて直視できない。

秋霜烈日が聞いて呆《あき》れる。これまで自分が信じていた検察の理想も使命も、すべて幻想でしかなかった。

服役中に、母は心臓発作を起こして死んだ。息子の罪に、母の神経はやはり耐えられなかったのだ。獄中で母の死を告げられた日のことは、現実であったか悪夢であったか、今も判然としない。己を責め、己を罵《ののし》り、夜通しありとあらゆる苦痛と幻覚に苛《さいな》まれた。身をよじり、畳《たたみ》をかきむしって慟哭《どうこく》した。

刑期を終えて釈放された宗光は、風の噂に篠田が退官したことを知った。

宗光を売ることによって生き延びた篠田も、さすがに検察には居づらくなり、自ら辞職せざるを得なくなったらしい。表向きは早期退職であるから退職金も正当に支給される。総務が密かに色を付けたことは想像に難くない。

退官してすぐ、篠田は弁護士となって法律事務所を起《た》ち上げていた。いわゆるヤメ検である。周囲の気まずさを慮《おもんぱか》って潔《いさぎよ》く自ら退いた篠田の処し方は、検察関係者の好感を招いたようだ。篠田法律事務所には検察ＯＢが理事や役員を務める企業の顧問弁護士の仕事などが回ってきた。秦次長検事の意向も大いに与《あずか》っているのだろう。

一方の宗光は、弁護士にさえなれなかった。

実刑を伴う前科があると、前科抹消となる十年が経過するまで弁護士であっても全国の弁護士会に入会できない。さらに弁護士法12条により、十年経過後も登録拒否される可能性がある。検察人脈に目をつけられた宗光の場合は絶望的と言っていい。つまり、弁護士として活動できないということだ。

かくして宗光は〈非弁護人〉となった。

非弁護人。あるいはエセ弁。裏社会の住人から高額の報酬と引き換えに不可能とも思える仕事を請け負う。法曹界の風上にも置けないとはこのことだ。

しかし宗光は、法知識にしがみつく以外に生き方を知らなかった。

後悔は、していない。

3

ビジネスホテルの硬いベッドの上で、宗光は雨音を聞く。

突発的に激しく降るゲリラ豪雨は、自然の潔さを持ち合わせない。清涼感や季節感とも無縁である。何より、人を叩きつけるほどの勢いでありながら、都市の汚濁を少しも洗い流さない。天上の悪意が汚水となってぶちまけられているだけだ。

追憶に意味はない。しかし思い返さずにはいられなかった。篠田に会ったせいか。

篠田法律事務所は、数年の間に有力な事務所としての評価を確立していた。もともと優秀な男だったから、成功して当然だろう。

だが篠田は自分を恨んでいる。彼は弁護士としての成功など望んではいなかった。幼い頃から検事を目指していたと語っていた。検事であり続けようと、恩人でもある秦に従ったのだ。

それでも篠田は検察での居場所を失った。彼の夢を自分が叩き壊してしまった。恨まれて当然だ。彼にはその資格がある。

俺もまた、篠田を恨んでいるのだから――

夕闇が深まるにつれ、雨は小降りになってきた。

宗光はベッドから身を起こし、夕食をとりに街へ出た。クリーンワールド東十条にレストランはない。ドリンクとつまみの自販機が廊下に置かれているだけだ。

店を選ぶのが億劫《おっくう》で、再びあのパキスタン料理店に入った。

前回と同じく、奥のテーブルで少年が宿題をやっている。今日も他に客はいなかった。

離れた席に座った宗光のもとへ、店主が水の入ったコップとメニューを運んでくる。

「マリク」

父親が息子に帰宅を促す。

不承不承《ふしょうぶしょう》に子供がノートを閉じたとき、店にスーツ姿の男が二人入ってきた。

宗光には一目で分かった。警察官だ。

「お仕事中すみません、ちょっといいですか」

二人組のうち、若い方が店主に向かって声をかけた。

「はい、なんでしょう」

メニューを持っていた店主が応対する。

「王子《おうじ》署の者ですけど、最近このあたりで立て続けに窃盗事件がありまして、それで地域の皆さんに注意喚起に回ってるとこなんです」

注意喚起か――笑わせる――

元検事の宗光は、警察が小さな事件の〈地取り〉で使う方便を熟知している。連中は犯人が地元の人間なら儲《もう》けものくらいに考えて、住民全員を容疑者同然とみなし眼を光らせながら家々のプライバシーを覗《のぞ》き回っているだけなのだ。

「大体夜の十一時から二時くらいまでの間なんですけど、変な人を見たとか、何か気がついたこととかありませんか」

「さあ、特には。十時には店を閉めてますから」

「こちらにお住まいですか」

「いえ、この店舗は賃貸です」

「じゃあ、どこに住んでるの」

「この先の……環七通りに近いアパートです」

「なんてアパート」

「サン東十条ハイツです」

「ふうん」

若い刑事の態度が微妙に横柄なものへと変わっている。

「でさあ、ほんとにないんですか、心当たり」

「ありません。あの、お客さんが待ってますので、そろそろ……」

「あ、どうもお邪魔しました。じゃあ防犯には気をつけてね」

形だけ詫びて出ていこうとした若い相棒を無言で制止し、年配の刑事が嫌な目で店主を睨《ね》め回す。

「ご主人、お名前は」

「ナワーブ・アミルです」

「悪いんだけど、身分証かビザ、見せてくれませんか」

この刑事は店主が不法滞在ではないかと疑っているのだ。

息子が不安そうに父親を見上げる。

「今は持っていません。アパートに置いてあります」

「あんた、生まれはどこ」

「パキスタンです。しかし、妻は日本人です」

「あ、そうなの。奥さんは今どちらに」

「四年前に死にました」

「そりゃお気の毒に。で、在留資格の種類は？」

「日本人の配偶者として永住資格を持っています」

「あっ、そうなの。じゃあ、ちょっとアパートまで行ってあなたの在留カード、見せてもらえませんか。我々も同行しますんで」

「困ります。店をこのままにしては……」

店主はあからさまに動揺している。刑事達はいよいよ食いついてきた。いい点数稼ぎになると踏んだのだろう。

「在留カード不携帯は法律違反だよ。この場で検挙してもいいんだけど、一緒に確認に行ってあげるって言ってんだ。いいじゃないの。ちょっと見せてもらうだけだし。ね、問題ないでしょ。あんたが嘘でもついてない限り」

「そんな、今は困ります」

「あれえ、もしかして嘘ついてたの」

「ついてません。私はただ――」

「あんたが嫌でもね、違反を現認した以上、こっちは強制的に連れてくこともできるんだよ。どうしても拒否するってんなら、応援呼ぶことになるけど、それでもいいの？　大勢呼ぶから近所にも聞こえちゃうよ？」

若い刑事はすでに店主の腕を強くつかんでいた。傍目《はため》にも不必要な力が加えられている。

「痛いです、放して下さい」

ナワーブの表情が困惑から恐怖に変わった。

「おい」

耐え難い不快さを抑えきれず、声を発していた。

刑事達と店主親子が振り返る。

「なんですか、あんたは」

年配の刑事が間抜けな質問を投げかけてくる。

「見れば分かるだろう。客だよ」

「ちょっと黙っててくれる？　こっちは職務を——」

「今のは明らかに任意捜査の限界を超えている。どう見ても有形力の行使が許容される状況じゃなかったな」

そして店主に向かい、

「あんたは在留カードの携帯を怠《おこた》ったが、自宅にはちゃんと置いてあるんだろう？」

「はい」

「客がいるから待ってくれって言ってるだけだよな？」

「はい。店が終われば必ずカードをお見せします」

「じゃあむしろ、逮捕罪か特別公務員暴行陵虐罪で王子署を訴えてもいいくらいだ」

予想に違わず、二人の刑事は怒りを漲らせて歩み寄ってきた。

「あんたさあ、多少は詳しいみたいだけど、生兵法《なまびょうほう》は怪我のもとって言うじゃない。それともあんた、弁護士の先生かなんかなの」

「ただの客だと言っただろう」

若い方が威嚇的に声を張り上げる。

「ふざけてんのか。これ以上よけいなこと言ってると、あんたにも署まで来てもらうことになるよ」

　宗光はスマホを取り出し、刑事達の目の前で操作した。

「おい、勝手に何やってんだ」

　ある番号を選択表示して、二人の前に指し示す。名前の部分は指で隠している。

「この番号を知ってるか」

「は？　なに言ってんの」

「知らないのか。法務省人権擁護局の番号だ。それから……」

　また別の番号を呼び出して、

「こっちはどうだ」

「だからなんだって言うの、それが」

　顔を近づけて覗《のぞ》き込んだ年配の刑事に、指をずらして表示を見せる。

「関東青少年育成センターだよ」

　そう教えてやると、彼は「あっ」と声を上げた。

「さすがに知ってたか。そうだ、所轄の警部クラスがよく天下ってる。王子署からは、確か前の警務課長と交通課長が行ってたな。君も行けるといいんだが。センター長は万世橋《まんせいばし》署の副署長だった金平《かねひら》さんだ。退職前より顔色がよくなったって評判だよ」

「あの、失礼ですが、お名前は……」

　年配の方の言葉遣いが改まっている。

「聞かない方がいい。名乗ればこっちも君達のことを報告しなくちゃならなくなる。今ならまだ見なかったことにしてやれるがな」

　二人は慌てて威儀《いぎ》を正し、

「失礼しました。職務に熱が入りすぎて、つい」

「そうだろうと思ったよ」

「では、我々はこれで……」

　逃げるように出ていった。

「ありがとうございました」

　頭を下げる店主に、宗光はスマホをポケットにしまいながら、

「礼はいい。これであいつらも当分この店には手を出さないだろう」

「あの、あなたは警察関係の方ですか」

「違う。さっきのは全部ハッタリだ。もっとも、連中に見せた番号は本物だがな」

　スマホに登録してあるのは、〈仕事〉で使うことのある番号だ。こういう場合にも応用が利くから便利と言えば便利である。

「本当に助かりました」

「助かったなんて簡単に言うな。そんなことを言ってると、本当に不法滞在者だと思われ

るぞ」

店主の表情がたちまち強張《こわば》った。似たような目に何度も遭《あ》っているのだろう。

「俺がよけいな口出しをしたのは、腹が減っていたせいだ」

立ち尽くしている店主の手からメニューを引ったくり、最初に目に入った料理を注文した。

「シークケバブを頼む。大至急でな」

シークケバブとは、スパイスで味付けした挽肉《ひきにく》を串に巻き付けてローストしたものだった。食感はつくねに近いといったところか。味付けが辛すぎて付け合わせのナンを何枚も食べるはめになった。

店を出た宗光は、ホテルに向かって雨上がりの道をゆっくりと歩いた。腹ごなしにはちょうどいい。

ふと横を見ると、児童公園があった。ここを通り抜けた方が近道だ。宗光は公園に入り、ぬかるみを避けて進んだ。

「おじさん」

ブランコの横まで来たとき、背後から呼びかけられた。

足を止めて振り返る。店で宿題をしていたパキスタン人の少年だった。名前は確かマリクだったか。急いで追ってきたらしく、息を小さく弾ませている。

「なんだ」

「おじさん、法律に詳しいの？　もしかして弁護士？」

いきなり妙なことを尋ねられた。しかし男の子は真剣だった。

「法律には詳しい。だが弁護士じゃない」

「そう……」

彼は失望したようだったが、すぐに気を取り直したのか、

「おじさんに頼みたいことがあるんだ」

「頼みたいこと？」

「仕事だよ」

あまりの突拍子のなさに、普段なら相手にもしない子供の話を聞く気になった。雨上がりの宵、薄暗い公園の醸《かも》し出す奇妙な空気のせいだったかもしれない。

「俺の名はおじさんじゃない。宗光彬だ」

「ムネミツ・アキラ」

少年は小声で繰り返した。

「今も言った通り、俺は弁護士じゃない。それでもよければ聞いてやろう」

「僕の同級生で、安瑞潤《アンソユン》っていう女の子がいたんだ」

「アン・ソユン……韓国人か」

「うん。二週間ほど前から学校に来なくなった。ソユンの家族もいなくなってる。だけど学校の先生も、近所の人も、みんな知らんぷりしてるんだ」

「単に引っ越しただけじゃないのか」

マリクは強くかぶりを振って、

「絶対に違う。引っ越すなら僕に教えてくれたはずだし、いなくなる前から、ソユンはとても怖がってた。悪いことが起こるって」

「悪いことか。子供にはなんでもそう思えるかもしれないが、実際世の中には悪いことしかないんだよ」

「僕だって知ってるよ、それくらい」

憤然として少年が反論する。

胸を衝かれた。先ほどの警官二人組による嫌がらせを見れば、子供とは言え、外国人である彼が被《こうむ》ってきた差別は察するにあまりある。

「すまない。それで、俺にどうしてほしいんだ」

「ソユンを捜してほしいんだ」

「マリクと言ったな。歳は」

「八歳」

「すると、三年生か」

「うん。十条小学校の三年生」

「悪いがマリク、人捜しは弁護士の仕事じゃないんだよ」

えっと困惑の表情を浮かべるマリクに、

「だが俺は弁護士じゃない。だから話によっては引き受けてやってもいい」

「ほんと？」

マリクが顔を輝かせるのが夜目にも分かった。

「仕事だと言ったな。金はあるのか」

「ちょっと待って」

少年はポケットから数枚の紙幣と硬貨をつかみ出した。

「これで足りる？　父さんからもらったお昼のご飯代を貯めといたんだ」

しわくちゃになっていた札を引き延ばし、硬貨を数える。全部で三千三百円だった。

「言っておくが、一旦着手したら、おまえの気に入るような成果がなかったとしても報酬はもらう。それでもいいんだな」

「うん」

「よし。引き受けよう」

宗光はその金をジャケットのポケットにしまった。

「仕事に入る前にいろいろ聞いておくことがある」

周囲を見回し、二つ並んだブランコの椅子についた水滴をハンカチで拭《ぬぐ》った。

「座れ」

片方のブランコに腰を下ろし、マリクが横に座るのを待つ。

「最初の質問だ。どうして俺に頼む気になった」

「だって、他に信用できる人なんていないから」

「俺が信用できるとなぜ言える」

「さっきぼく達を助けてくれた」

「あれは……」

ただのなりゆきだと言いかけて、やめた。

やはり夜の公園には、奇妙な力があるのかもしれない。

力を込めてブランコを漕《こ》ぎ、虚空の闇に向かって言った。

「では、最初から詳しく話してもらおうか」

4

築五十年は経っているだろう。当時はごく標準的な物件だったと思われるが、今ではあからさまに低所得者層向けとして使われているアパートだった。

昨夜マリクから教えられた場所に赴いた宗光は、ペンキの剝《は》げたアパートの看板を眺めた。『へいわコーポ』。ここにアン・ソユンとその一家が住んでいたのだ。

二階建てで、各部屋の前には古びた洗濯機が置かれている。今どきリサイクルショップでも見かけないような旧式だ。

アン一家の住んでいた部屋は一階の右端だと聞いた。確かに右端のドアに付けられた郵便物の差し込み口はガムテープでふさがれている。表札も最近剝がされた跡がある。

宗光はアパートの周囲を一回りしてみた。おおよその間取りが推測できた。最大で二間。玄関の横に台所。他の部屋の小窓からシャンプーのボトルが見えた。風呂付きだ。

ソユンの家族構成は両親と弟が二人。今どきの五人家族には狭すぎるが、暮らしていけないほどではない。貧しくなる一方の日本の実情を考えれば、部屋を借りられるだけでもまだましな方であるとも言える。

「あんた、そんなとこで何やってんの」

外出から帰ってきたのか、住民らしい老婆がこちらを睨んでいた。

「こちら、安勝現《アンスンヒョン》さんのお住まいですよね？　どうもいらっしゃらないみたいで」

父親の名前を出して、訪ねてきた知人のふりをする。だが老婆は容易に警戒を解こうとはしなかった。

「あんた、闇金の人かい」

ソユンの父親が借金を重ねているらしいとは聞いていたが、闇金からとは知らなかった。

「とんでもない、僕はアンさんに借りたお金を返しに来たんですよ。と言っても二、三万ですけどね。とにかく、アンさんには昔ずいぶんとお世話になったもんだから」

「ふうん……」

年季の入ったガマ口から鍵を取り出した老婆は、隣の部屋のドアを開けながら、

「だったら来るのが遅かったね。もっとも、それっぽっちの金じゃあなんの役にも立たなかっただろうけどさ」

「あの、もしかしてアンさん、そんなにお金を借りてらしたんですか」

「見りゃ分かるだろ。家賃を溜めた挙句に夜逃げしたんだ」

「えっ、夜逃げ？」

大袈裟《おおげさ》に驚いてみせる。

「どちらへ行かれたか、ご存じありませんか」

「知るわけあるかい。黙って逃げるから夜逃げって言うんだよ」

これ見よがしに鼻で笑い、老婆は音を立ててドアを閉めた。

やはり夜逃げか――

マリクから話を聞いたとき、まず思ったのがその線だ。誰であろうとそう考えるだろう。

生活に困った一家が、借金から逃れるために姿を消す。欠伸《あくび》が出るほどよくある話だ。調べるまでもない〈依頼〉であった。

――いなくなる前から、ソユンはとても怖がってた。悪いことが起こるって。

マリクの真剣な眼差しが甦《よみがえ》る。強く胸を揺さぶられた。パキスタン人の子供が、韓国人の少女を心から心配している。日本という国は、欧米人以外の外国人に対して極端に冷淡だ。昨夜店に来た二人組の警官の態度がそのことを雄弁に証している。

そんな過酷な環境の中で、子供達は互いに思いやり、励まし合いながら生きてきたに違いない。

一度引き受けた仕事だ、最後まできっちりやるか――

すでに報酬は受け取っているのだ。宗光は老婆の部屋のドアを叩く。

「すみません、ちょっとここ、開けてもらえませんか」

「なんだい、うるさいねえ」

ドアではなく、台所の窓を細めに開けて老婆が顔を覗かせる。

「もしかして、アンさん、お婆さんにもご迷惑をおかけしたんじゃないかと思って」

「ああ、大迷惑だったよ。変な連中がしょっちゅう押しかけてきてさ。それがどうかしたのかい」

宗光はすかさず千円札を数枚、窓の隙間から差し入れた。

「これ、ご迷惑をおかけしたお詫びです」

「なんであんたが」

「僕の気持ちなんです。受け取って下さい。その代わりお話を聞かせてくれませんか。アンさんの思い出話を」

案の定、老婆はこちらの意図を察してくれた。

紙幣が室内に消えると同時に、ドアが開かれた。

「まあ、入りな」

「ありがとうございます。失礼します」

礼を言って上がり込み、すばやく内部を一瞥《いちべつ》する。推測と寸分違わぬ間取りであった。右側の四畳半には畳まれた布団が見えた。左側の四畳半には卓袱台《ちゃぶだい》と座椅子が一つ。

老婆は座椅子に腰を下ろすと、卓袱台の向かいを指で示した。

「そこにお座り。お茶でも淹《い》れるのが礼儀だろうけど、あんたはそれより話の方がいいんだろ」

「お察しの通りです」

紙よりは多少分厚い程度の座布団に正座する。

「あんた、ヤクザにもカタギにも見えないけど、一体どういう人なの」

「ヤクザでもカタギでもない男ですよ」

静かに、ゆっくりと答える。それだけで老婆は理解したようだ――知るべきではないと。

間を置かずに問いかける。

「僕はアンさん一家の行方を探しています。何か手がかりになるようなことをご存じありませんか」

「そんなの、知ってたらとっくに誰かに話してるよ」

「アンさんのお仕事は」

マリクはソユンの父親の仕事をうまく説明できなかった。何をやっているのか、よく分からない人物だったらしい。

「いろいろさ。だけど、長続きしたのは一つもないね。ヤクザだって続かなかったくらいだもの」

「元ヤクザだったんですか」

「ああ。本人は足を洗ったって言ってたけど、クビみたいなもんさ。こんなご時世だ、稼ぎの悪い奴はヤクザだってリストラされちまうんだ。組を追い出されたのは上の娘さんが生まれてすぐのときだった。おかげで娘さんは小学校に入れたんだから、世の中何が幸いするか分からないって奥さんが言ってたよ。銀行の口座もなんとか作れたし、このアパートだって追い出されずに済んだって」

暴力団排除条例の施行により、ヤクザの活動は制限されたが、それは同時にヤクザとその家族の人権を侵害する憲法違反の可能性を孕《はら》むものだった。

今、眼前の老婆が語ったアン一家の例がまさにそれである。ヤクザは銀行に口座を作れない。従って学校給食費の口座引き落としができない。現金で学校に支払いに行くとその行動でヤクザとばれる。ヤクザであることを隠して口座を作ると、詐欺罪で訴えられる。たとえヤクザをやめたとしても、その後五年間は反社と見なされる通称「五年ルール」も存在する。事実上、末端のヤクザとその家族が現代社会で生活することは極めて困難だ。

国会には憲法について詳しい野党議員がいる。そのため元警察官僚から成る政治勢力は、法律ではなく、条例となるように事を運んだ。地方自治体の知的レベルを舐めているのだ。

そして実際にその通りだった。暴力団排除の大義名分だけに目を奪われ、各自治体は人権問題など考えもせず次々に暴排条例を可決した。

目端《めはし》の利かないヤクザであったらしいアンが、生活に困窮するのも当然だ。就職先どころか、派遣や臨時の仕事もなかったろう。

「すると、奥さんとは親しくお話しされてたんですか」

なんとか手がかりを得ようと話を振ってみると、老婆は意外そうな顔をして、

「奥さんだけじゃないよ。アンさんともよく話したよ。ヤクザであろうと韓国人であろうと、人間は気持ちなんだ」

「え、でも、さっきは大迷惑だったたって」

「それはね、アンさんが変な仕事を始めたからだよ」

「変な仕事？」

「集団で移住して、有機農業を始めるんだって。あたしにも一口乗らないかって、もううるさくってさ。人が変わったみたいだった」

「元ヤクザだった人がいきなり有機農業だなんて、またどうしてそんなことを」

「さあねえ。これだけ締めつけられたら、誰だって田舎にでも逃げ出したくなるんじゃないの」

本当にそれだけだろうか。

「そのあたりをもう少し詳しくお聞かせ願えませんか」

「だったら、あたしより大家の河出《かわで》さんの方がよく知ってると思うよ。家賃を踏み倒されただけじゃなく、貯めてた小金まで巻き上げられたって怒ってたから」

「その方は今どちらに」

「このアパートの裏に住んでるよ。もう八十だけど、元気なもんさ」

丁重に礼を述べて老婆の部屋を出た。

教えられた通り路地に入って裏に回ると、「河出」という表札の掛けられた平屋があった。アパートとほぼ同時期かそれ以前に建てられたと思しき、時間に見捨てられたような家だった。

壊さないように気をつけて引き戸を叩く。頑固そうな老人が顔を出した。

老婆に紹介されてきたと告げると、すぐに入れてくれた。

こちらから頼むまでもなく、河出老人は怒濤《どとう》のように話し始めた。なんのことはない、愚痴《ぐち》の聞き手を求めていたのだ。

老人の話は老婆のものと大差なかったが、それでもさらに細かく聞き出すことができた。行き詰まったアンが有機農業への投資と移住を持ちかけてきたこと。パンフレットまで用意して、親族を皮切りに友人知人にまで声をかけていたこと。独り暮らしなのでアン家の子供達を孫のように思っていた老人は、胡散臭いと思いつつ、ついつい二十万ばかり出してしまったこと。案の定、アン一家はある日突然いなくなってしまったこと。少しでも金を取り返そうとアンの親族を訪ねたが、みな姿を消していたこと。

「韓国系の人と言っても、成功しとる人もいれば、そうじゃない人もいる。アンの親戚《しんせき》はみんな似たり寄ったりで苦しい生活をしとったようだ。それで集団移住しようなんて気になったんだろうなあ」

「集団移住って、一体どこへ移ったんですか」

移住先が分かっているなら、そこへ行けばいいだけの話である。

「さあ、栃木《とちぎ》か茨城《いばらき》か、そのあたりだと思うがよう分からん」

「パンフレットがあったはずでは」

「アンが説明しながら見せてくれたが、移住候補地の欄に県や町の名がずらずら書かれてるだけだったな。その中のどこに行ったのか見当もつかん」

「よろしければ、そのパンフレット、見せてもらえませんか」

「それが持ってないんだ。アンは説明が終わるとパンフレットをいつも几帳面に持ち帰ってた。『次の人に説明しなくちゃならないから』とか言って。いっぱい印刷する金もないんだなあって思ったよ」

いろいろ引っ掛かったが、とにかくも話を進める。

「ヤクザだった人が、突然有機農業を始めたりするなんて、不審に思われたりはしませんでしたか」

「そりゃ思ったさ。そこのところを最初に訊いた。『なんでまた農業を』ってな。するとあいつは、『徳原《とくはら》さんと出会って目覚めた』って言ってたな」

「誰なんですか、徳原さんて」

「さあ、会ったこともないよ。アンは紹介したがってたみたいだが、わしは代々ここの在なもんで、金は出しても移住する気なんぞなかったからな」

おそらくはブローカーか詐欺師の手合いだろう。

「分かりました。災難でしたね、河出さん。よろしければ、アンさんのご親族のご住所を教えて頂けませんか」

　すると老人はさすがに躊躇《ちゅうちょ》して、

「それはちょっと……近頃は個人情報は厳重に管理せんといかんと言われとるし」

「いえ、私はアンさんの行方を捜したいだけなんです。念のため、もう一度ご親族の周辺を当たってみようかと」

「あんた、もしかして取り立て屋さんかい。それとも、銀行かなんかの人？」

「違いますが、もしアンさんの行方が分かったら、お金の取り立てを代行しても構いませんよ。もちろん手数料は結構です」

　老人は即座に、手近にあった古い帳面を繰って何人かの住所を教えてくれた。


　河出老人の教えてくれた住所を頼りに、宗光はアンの親族を訪ね歩いた。

　全部で六世帯。すべて都内、しかも半数が新大久保近辺に住んでいるので、足を運ぶのにさほど苦労はしなかった。

　予想されたことではあったが、全員が夜逃げしていた。厳密に言うと、金を借りられるだけ借りてから、誰にも告げることなく家族全員で姿を消していた。

　おかげで宗光は、隣人達から手がかりを得るどころか、逆に情報を求められる始末であった。

　その直前の様子について近隣の人達に話を聞いてみると、いずれもアン一家の場合と酷似したもので、通学中の児童に至るまでふっつりと消息を絶っている。自治体への届け出もない。学校に行って教師や級友達に話を聞いてみようかと思ったが、やめた。そんなことをすると、こちらの名前と身分を告げねばならなくなる。前科者と知られたらそれだけであらぬ疑いを招きかねない。かといって偽名を使うのは危険に過ぎる。登下校中の児童に声をかけるのはもっと危険だ。誰に通報されるか知れたものではない。そもそも、それができるのなら最初にマリクとソユンの通っていた学校へ行っている。

児童がいなくなっても家庭の事情であるとして何もしない。宗光は自治体の無関心さを改めて痛感した。要するに、彼らは自らの管轄を離れた者に対して一片の関心も情熱も持ち合わせてはいないのだ。自分が責任を問われることさえなければそれでいい。行政とはそういう発想の上に回っているものらしい。

親族の一人、安志訓《アンジフン》を訪ねて東久留米《ひがしくるめ》の集合住宅に赴いたときのことである。廃屋同然の物件で、他の住人もいなかったためそのまま引き返そうとしたところ、見るからにカタギではない男と出くわした。

通路をふさぐように仁王立ちした男は、強烈な眼光でこちらを睨《ね》め据えている。目礼してその横をすり抜けようとしたが、男はいきなり相撲取りのような太い腕で宗光の喉《のど》をつかみ、煤けた壁へと押しつけた。

「てめえ、アンの知り合いか。だったらてめえが金を返せ」

「違います、知り合いなんかじゃ、私は……」

それまでは「知り合い」もしくは「友人」と称して話を聞いて回っていたのだが、今そう名乗るのは明らかにまずい。

「じゃあ、ここで何をやってたんだ、ええ？」

締め上げてくる力が増した。

廃屋に近い集合住宅の通路だ。声を上げてもおそらく助けは来ない。

「放して、下さい……これじゃ、苦しくて、とても……」

巨大な掌《てのひら》に込められた力がわずかに緩んだ。しかし依然として体を押さえつけられたままだ。

「私は上司の命令で、アンさんにお金を返してもらいに来ただけなんです」

「なんだ、ご同業かい」

男は拍子抜けしたように言いながら手を放した。ようやく肺に空気が流れ込んでくる。

「すると、あなたも」

「ロイヤル金融のもんだ。そっちはいくら貸したんだ」

宗光は黙って指を三本立てた。

「そんなにか」

男は目を剝《む》いている。指一本をいくらの単位だと解釈したのか、こちらには窺《うかが》い知る由もなかった。

「そりゃあ災難だったな。だけどよ、あんな奴にそこまで貸すとは、あんたらも人がいいぜ」

「おかげで業績はさっぱりで、ボーナスどころか給料さえ……」

「そうだろうな」

見かけに反して——いや、見かけ通りか——単純な男のようだった。

相手の隙につけ込むのは法廷で生きる者の本能である。宗光は反射的に質問を放っていた。

「ロイヤルさんのネットワークなら、踏み倒した相手の居場所くらい、簡単に探せるんじゃないですか」

『ロイヤル金融』なる会社名など初めて耳にしたものだが、さも以前から知っていたようなふりをする。男の風体からして、真っ当な会社とは思えない。無数にある闇金業者の一つだろう。

「それがな、ウチの情報網にさっぱり引っ掛かってきやがらねえんだ。きれいに跡を消してやがる。誰かが知恵を付けたに違いねえ。自慢じゃねえが、ウチはヨソみてえに甘くねえ。あっちこっちとつながってる。普通ならよ、アンの名前か会社の名前か、どっちかが引っ掛かってるとこなんだ」

「会社って？」

「瀋陽《しんよう》興産だよ。有機農業のパンフレットに載《の》ってただろ。アンの野郎、従弟《いとこ》のスンヒョンと一緒にそこの役員になったとかぬかしてやがった」

不意に男は、宗光に疑わしげな視線を向けてきた。

「おまえ、そんなことも知らなかったのか」

「私の見たパンフレットじゃ、『ハッピー興産』って社名になってましたよ」

咄嗟《とっさ》にデタラメを口にする。男は「ああ」と納得したように、

「そういうことか。やっぱり勧誘商法かなんかだったんだな。馬鹿な野郎だ。金を貸したウチも大概な馬鹿だが」

「そうなると、弊社はさしずめ大馬鹿ってとこですかね」

男は意外と柔和な笑みを浮かべ、

「アンの居所が分かったらウチにも連絡してくれ。番号は分かるな？」

「はい、もちろん」

もちろん知るわけがない。しかし、必要があればすぐに調べられる。

男は満足したように頷くと、宗光に背を向けて通路の先へと消えていった。

残された宗光はタイを締め直そうとして、襟元のボタンが二個、弾け飛んでいることに気がついた。

マリクとは放課後に公園で落ち合った。最初に依頼を受けたあの児童公園だ。

「ソユンの父親は新しい事業を起ち上げようとしてたらしい。それであちこちから金を借りまくって逃げたんだ。ソユンが怖がってたというのも無理はない。父親をはじめ、周囲の大人達の目はさぞ吊り上がっていただろうからな」

ベンチに並んで座ったマリクが責めるようにこちらを見た。

子供相手に冷笑が過ぎた。宗光は密かに反省する。

「有機農業をやるっていうその事業が本物なのか詐欺なのかは分からない。確かなのは一つ、ソユンの父親達に借金を踏み倒された連中が血眼で捜し回ってるってことだ」

「見つかったらどうなるの」

心配そうにマリクが尋ねる。

「相手次第だろうな。どこから借りてるか、とても全部は調べきれなかった。意外と言っちゃなんだが、業界筋によるとロイヤル金融はそうあくどくはないらしい。だが中には容赦のない業者もいる。そういう連中に見つかったら、子供だってどうなることか」

「おじさん！」

少年が悲鳴のような声を上げる。

怖がらせるつもりはなかった。しかし、すべて現実なのだ。

「ロイヤル金融の男はアンの親族が全然見つからないと言っていた。裏のネットワークを駆使してもだ。それだけうまくやってるってことさ。考えてみろ。アンの一家はどん詰まりだった。だから新天地を求めて移住した。仮に新事業が嘘だったとしても、当面の金を持って逃げられたんだ。東京でみじめな暮らしを続ける方がいいか、新しい生活に懸ける方がいいか。どっちにしたって、決めるのは俺でもないし、おまえでもない」

「でも、いつまでも逃げていられるかどうか……」

「そうさ、そんなことは誰にも分からない。だから俺達にはどうしようもないんだ」

「おじさん……」

「おまえにも分かっているはずだ。これが世の中ってやつなんだよ。どこまで行っても公平になんてできてやしない。不正と不公平がのさばってる。その中で、俺達は喘《あえ》ぎながら生きていかなきゃならないんだ」

マリクに言い聞かせているつもりが、途中から己自身の呪詛《じゅそ》となってしまった。

苦い自己嫌悪を噛《か》み締めて、宗光はベンチから立ち上がった。

「そういうことだ。ソユンは家族と一緒に逃げた。行き先は分からない。以上で本件は終了だ」

「おじさん」

「仕事はした。まだ何かあるのか」

「ソユンはきっと元気でいるよね？」

元気でいるさ、と答えたかった。

しかし言えば嘘になる。依頼人に対して嘘をつくことは許されない。他ならぬ自分がそう決めた。

「祈ろうじゃないか、その子が元気でいることを」

「うん、お祈りするよ、ぼく」

「それでいい。さあ、早く帰って宿題をしろ」

うなだれている少年を残し、宗光は振り返らずに公園を出た。

5

そうだ、世の中は公正なんかじゃありはしない――

ホテルの湿ったベッドに身を横たえ、とりとめのない想いに耽《ふけ》っていたとき、枕元に置いてあったスマホが振動した。

ディスプレイを見ると、『下原《しもはら》仲治《ちゅうじ》』と表示されていた。征雄会《せいゆうかい》系三次団体の組長である。

「宗光だ」

〈久しぶりやなあ、おい。元気しとるか〉

応答するなり、親しげな関西弁が飛び込んできた。下原はお世辞にも陽気とは言い難い人物である。こういうときは警戒するに越したことはない。

「元気とは言えないな」

〈なんや、どないしてん〉

子供のことでね、と言いかけ口をつぐむ。

どうかしている。自分ともあろう者が。

「それより、なんの用だ」

〈えらい無愛想な挨拶やないけ。まあええわ。ちょっとあんたに仕事頼みたいねん〉

「どんな仕事だ」

〈それがな、電話ではややこしいさかい、こっちまで出てきてくれへんか。もちろんアゴアシ付きや〉

下原の言う「こっち」とは堺市《さかい》のことである。出てこいと言われて気軽に出向くには遠すぎる。

「ややこしいかどうかはこっちが決める。話してくれ」

〈かなんなあ。あんたはすぐそれや。この仕事はどうしてもあんたにやってもらいたいね

ん〉

「受けるかどうかを決めるのもこっちだ。それが不服ならこの話はこれまでだ」

〈千満《せんみつ》組の楯岡《たておか》はんも同席しはる言うたらどないや〉

下原が本性を露わにした。

征雄会執行部に何人もの幹部を送り込んでいる千満組は裏社会でも名門として知られた大組織である。楯岡は千満組の若頭であった。宗光は千満組の資産運営にも関与している。楯岡の名を出された宗光に、選択の余地はなかった。


翌日の午後五時、宗光は指定された堺市堺区の『堺サプリームホテル』十七階にあるバーラウンジに入った。

奥のテーブル席では、下原と楯岡がすでに着席して待っていた。周囲にそれと分かるボディガードが見当たらないのは、ヤクザだと分かるとホテルを追い出されるからだ。とは言え、楯岡ほどの大物がノーガードで出歩けるわけもない。目立たぬよう訓練された男達が要所要所に配置されているはずである。

「お待たせしました」

一礼し、二人の向かいに腰を下ろす。

「よう来てくれたなあ、宗光はん。電話では元気ない言うとったけど、顔色はそう悪うないんで安心したわ」

「下原」

楯岡がおもむろに口を開く。

「宗光はエセ弁の中でも売れっ子なんやで。よけいなこと言うとらんと用件の方を先に言うたれ」

「へい、分かりました」

兄貴分に釘を刺され、下原が居住まいを正す。

「宗光はん、あんた、神崎《かんざき》ちゅう極道知っとるか。神崎組いうて、河内《かわち》を押さえとる男や。まだ若いけど器量もある。ええ男でな、わしも楯岡の兄貴も、神崎には目ぇかけとってん。いずれは千満、ひいては征雄会を背負って立つ男やと。この神崎が、詐欺の濡《ぬ》れ衣《ぎぬ》を着せられてまいよってん。それもただの詐欺やない、振り込め詐欺や」

「待ってくれ」

思わず口を挟んでいた。

しかし下原は、「言いたいことは分かっている」という顔で、

「相手がそこらにおるような半グレのガキやったら、わしらの方でカタにハメたる。けど、どうもそうやないらしい。やっとるのはカタギの会社員でな。それもれっきとした専務さんや。そんな奴がなんで振り込めに関わっとるのか、なんぼ調べても背景がよう分からん。

あんたも知っての通り、近頃は暴排条例のせいでわしらはどうにも動きが取れん。警察はやる気満々やし、検察はハナからこっちの仕事やと決めつけてきよるやろ。どっちにしたかて起訴されてもたらしまいやさかい、あんたにええ知恵貸してほしいんや」

なるほど、確かに自分の仕事のようだった。

「相手の名前と会社名を教えてくれ」

「中坪《なかつぼ》ちゅうおっさんでな、『マンデー商事』の専務取締役をやっとる」

マンデー商事なら知っている。大阪の中堅商社だ。

だが、下原は次に驚くべき名前を口にした。

「けどこのおっさん、なんやいろいろ妙な会社作っとってな。瀋陽興産とかいうたかいな」

「瀋陽興産だと」

「なんや、どないしてん」

下原が怪訝《けげん》そうな顔をする。

「知っとんのかいな」

「いや、別件で耳にしただけだ。同じ会社かどうかも分からない。続けてくれ」

ここでアン一家の件を持ち出しても話を混乱させるだけだ。曖昧にごまかして先を促す。

「神崎組の元の組員で芝井《しばい》ちゅうのがおってな。元組員いうても末端もええとこで、神崎は顔もよう知らんて言うとった。そいつがあんまり鈍臭《ドン》うて組にロクに金を入れよらんさかい、直接の兄貴分がキレてもうて追い出したんやて。そんな使えんもん抱えとっても、組では面倒見きれんからな」

　またその話だ。末端のヤクザはつくづく生きづらい時代らしい。

「振り込めでパクられたんがその芝井や。そいつがよりによって神崎の名前を出しよった。組の命令でやった言うてな。サツは最初から神崎が狙いでうまいこと誘導しよったんやろ。こんなときのために飼うとるポリから内部情報が入ったんやけど、神崎の逮捕状が出るんは時間の問題らしい」

「本当に無実なら心配することはない。堂々と潔白を主張すればいいじゃないか」

「ところがそうもいかんねん」

　下原は隣の楯岡を横目で見た。

「神崎はわしや楯岡の兄貴のためにえらい尽くしてくれとってん。はっきり言うたら、表に出せん仕事や。神崎がパクられて組にガサが入ったらそっちの方がバレてまう」

「後付けで事実上の別件になるというわけか。面白いな」

「呑気《のんき》なこと言うとる場合ちゃうど。そうなったら困るさかい、わざわざあんたに来てもろたんや」

　普段の強面《こわもて》とはほど遠い表情で下原が嘆く。

「わしらかて黙って座っとったわけやない。芝井の周辺を調べさせたら、中坪の息子が浮かんだ。濬陽興産も設立したんは親父やさかい、わしらはこの親父が怪しいと思とんねん。警察もつかんどるはずやけど、息子はどっかに飛びよって行方不明のまま手がかりもあらへん。親父はさっきも言うた通り素っカタギのド素人やさかい、警察も一応調べることは調べたけど、その後は神崎一本に絞ったっちゅう内部情報や」

話を聞いた限りでは、神崎が逮捕された場合、否認のまま起訴される可能性が高い。そして一旦起訴されたらまず無罪とはならない。表に出せない仕事とやらの数々が明らかになればなおさらである。

「本来やったら神崎本人を連れてきて直接話させるところやけども、聞いての通り、警察に目ェつけられとって動こうにも動かれへん。それでわしらがこないして頼んどるんや」

「分かった。神崎にはすぐに体をかわすように伝えてくれ。家族とも連絡を取るなとな」

「ほな、引き受けてくれるんやな」

「ああ、その間にこっちは芝井の自白内容が虚偽である証拠を捜してみる。調書は入手できるのか」

「内部の犬がコピーしてくれた。これに入っとる。他にわしらの方で分かっとる情報は全部持ってきた」

下原が大判の封筒を出してきた。それを受け取り、バッグにしまう。

楯岡が重々しい口調で言った。

「頼んだで、宗光。報酬はわしの方から振り込む。五百でええな」

五百万円。その金額を聞いて、宗光は楯岡がいかに神崎を評価しているか実感した。

「分かりました。では早速」

「おう、大至急で頼むわ」

ホテルを出て、近くにあったファミリーレストランに入る。

ドリンクバーを注文したが、喉が渇いているわけではないので何も取りに行かず、席に座ったまま渡されたばかりの資料を読み始めた。

中坪は現職のマンデー商事役員だが、金遣いの荒い後妻をもらったせいで経済的にだいぶ困ったことになっていたらしい。また父親の再婚がきっかけでグレたというわけでもないだろうが、大学生で十九歳の息子は相当にタチが悪い。名は広樹《ひろき》。不良学生や半グレとつるんで遊び回っている。だが調子に乗りすぎて半グレから金を借り、やはり厄介な状況に陥《おちい》った。

神崎組元組員の芝井は、歳が近いこともあり、ミナミのクラブで知り合ったこの息子によって振り込め詐欺の仲間に引き込まれたらしい。

最も気になるのは『瀋陽興産』という名の会社だが、資料によると中坪の所有する会社の一つということくらいしか分からなかった。実際の詐欺に使われたという証拠もない。

さて、どこから取りかかるか――

資料を読み終えた宗光は、結局何も飲まずに金だけ払って店を出た。

芝井の調書は、幸か不幸か、極めて杜撰《ずさん》なものだった。担当した刑事が予断を持って捜査に当たった痕跡《こんせき》が随所に見て取れる。社会にとっては不幸だろうが、宗光の依頼人にとっては幸いだった。

芝井の携帯に元兄貴分からの着信が逮捕直前まで頻繁にあったことを警察は組全体による関与の根拠としているが、元兄貴分当人に質《ただ》したところ、芝井に結構な額の金を貸していて、その返済の催促《さいそく》であったという。加えて芝井の携帯は詐欺を開始する以前から使用しているもので、詐欺とは明らかに無関係な通話相手がほとんどであった。

また曖昧な表現の多い調書の中で、組との打ち合わせなど重要な部分に関してのみ、妙に具体的な供述が目についた。そこで調べてみると、当該時刻に居合わせるはずのない人物がいたりする。さらには、証言者の一人は宗光のよく知る元警察官だった。不祥事を起こして警察をクビになりながら、警察仲間の庇護《ひご》を受ける見返りに、〈善意の第三者〉となって都合のいい証言をする。そういう裏のネットワークは、普通の弁護士には分からない。

警察にとって、やはり本筋は振り込め詐欺ではなく神崎組の捜査であったのだ。神崎さえ引っ張ることができれば、後はどうとでもなるという心理があったからこそ、振り込めの方の捜査がこれほどおざなりなものとなったのだろう。

宗光は下原に電話し、以上の結果をすぐに芝井の弁護士に教えるよう伝えた。

「ホンマ助かったわ。さすがは宗光はんや」

くどくどと礼を述べる下原との通話を適当に打ち切り、宗光は別の番号を入力して発信した。

神崎組ほどの規模を持つヤクザが巻き込まれたのは珍しいパターンと言えたが、それも放逐されたチンピラが警察に乗せられたせいであり、事件自体はありふれた詐欺のトラブルだ。しかし調査すべきことは残っている。この件にはどうにも引っ掛かる点が多かった。

詐欺に関わっていたのは芝井だけではなかった。芝井は自分と似た境遇にある若い半端《はんぱ》者《もの》に声をかけ、詐欺グループのメンバーを増やしている。自身が中坪広樹から声をかけられたように。

神崎組のみならず、千満組までもが捜索しているにもかかわらず、広樹の行方は杳《よう》として知れなかった。

そして最も不可解なのは、芝井が声をかけたという若者達が、一人残らず姿を消している点である。警察はそのことについて、早々に芝井の攪乱《かくらん》と断定して顧みようともしなかった。

呼び出し音が十回を超えたとき、相手が出た。

〈はい、中坪ですが〉

「あ、中坪様でいらっしゃいますか。突然お電話致しまして申しわけありません……」


宗光を自宅に迎え入れた中坪は、いかにも不機嫌そうに対応した。

「弁護士の宗光さんでしたね。まずお名刺を頂きたいのですが」

「弁護士？　そうは言いませんでしたよ」

「なんだって。電話では確かに」

「非弁護人と言ったんです。紛らわしいので、聞き間違えられたのでしょう」

嘘である。宗光は電話で弁護士と名乗った。紛らわしい発音で。

「非弁護人？　なんだそれは」

相手の問いには答えず、本題を切り出す。

「お話しした用件の方は間違いありません。ご子息の件です」

そう言われると、誰しも自然と話を続けてしまう。初歩的な話術である。

「警察にも話した。広樹のことは私とは関係ない」

「でも、広樹君のやっていることを承知しておられましたね。承知し、黙認し、あまつさえ協力して分け前まで受け取った」

「協力だと」

「あなたは広樹君に乞われるまま会社をいくつも設立し、名義を貸した。すべてペーパーカンパニーだ」

「違う。本当に事業を始めるつもりだったんだ。独立して、新しいビジネスを――」

「立派な会社の専務さんともあろう人が、そんなことをやる必要があったんですか」

「起業意欲に理由はいらんだろう」

「起業意欲と来ましたか。てっきり私は、奥さんの借金のせいかと思いました」

「失礼じゃないか、君」

相手の怒りは気にもせず、

「でも、一度に三つも会社を作るなんて、少々不自然じゃないですかね」

「不自然かどうかは人それぞれだろう。少なくとも私は、全部同時に動かすつもりでいたんだ」

「つもりでいた、ということは、現時点で実体がないということをお認めになりますね」

中坪は詰まった。

「あなたは広樹君から詐欺をやっていることを告げられた。なのに親として諫《いさ》めるどころか、積極的に協力した」

「証拠でもあるのか。もしあるのなら、警察がとっくに何かしてるはずだろう」

「ありませんよ、そんなもの。でも、広樹君の犯罪に巻き込まれて甚大な被害を被った人達はどう思うでしょうかね。中には素人とは言えないような人達もいるでしょうし」

録音されている場合に備え、神崎組の名は出さない。しかしこちらの言わんとしていることは充分に伝わっているはずだ。現実問題として、暴排条例のため組は何もできないのだが、ヤクザの存在は一般人にとって脅威だろう。

中坪は頭を抱えるようにして高価そうなソファに身を沈める。

「君の目的はなんだ」

「ご心配なく。話が聞きたいだけです」

「君はもう知ってるんじゃないのか。長らく家に寄りつきもしなかった広樹が久しぶりに帰ってきたと思ったら、自分の代わりに会社を登記してくれという。当然理由を訊いたさ。広樹の言うには、うまいビジネスがあるということだった。常識的に考えて、そんなものが真っ当な商売であるはずがない」

「分かりませんね。会社の登記くらい、広樹君が自分でできそうなものじゃないですか」

「私もそう考えた。すると、一緒に来ていた男が――」

驚いて話を遮《さえぎ》った。

「待って下さい。広樹君一人じゃなくて、他に誰かいたんですか」

「ああ。広樹は加藤《かとう》という男と一緒に来た。三十過ぎくらいの男で、ブランド品のスーツを着ていた。若手起業家によくいそうな風体だったな」

「広樹君のご友人ですか」

「さあ、本人はビジネスパートナーと名乗っていた」

「名刺は」

「まだあえて作ってないと言っとった。会社を設立してから社名入りのものを作った方が無駄を省《はぶ》けていいとね。とにかくその男の話では、広樹は住んでるマンションが事務所として使用不可の契約になっているので会社として登記できないと。だから実家の住所を貸してほしい、ついでに会社の役員にもなってほしいということだった」

「だったらその男の住所で登記するとか、他に事務所を借りるとか」

「私だってそう言った。すると加藤はこう言うんだ――自分は広樹に多額の金を貸している、しかし広樹には見込みがあるので、ビジネスパートナーとして迎えてやりたい、ついては保護者である私にも名前を連ねてもらいたい、そうすれば他の役員も説得しやすいし、ちゃんと役員報酬も払うと」

「それであなたは名義を貸したわけですね。あからさまに怪しい仕事だと知りながら」

「それが、加藤の説明を聞いているうちに、なるほどと思えるようになったんだ。要するに新手の人材派遣会社で、昔閣僚だった経済学者が始めたビジネスのバリエーションだ。これならうまく行くんじゃないかという気がしてきた。恥を忍んで言うが、金に困っていたのは事実だからな。渡りに船でもあったし、それで広樹が立ち直ってくれるんなら言うことなしだとさえ思った」

典型的な詐欺師の手法だ。理性的な会社員であるはずの中坪さえ、話を聞いているうちに洗脳される。いや、理性的であると自負する人であればあるほど騙《だま》されやすいと言えるだろう。

「実際に私のところへ報酬が入ってきた。しかし、それも最初のうちだけだったが」

「銀行口座に入金の記録は残っていますか」

「いや、広樹が直接届けにきた」

「おかしいとは思わなかったのですか。今どき口座を介さずに金を動かすなんて」

「広樹が言うんだ、『オレが父さんの顔を見たいから、加藤さんにお願いしてこうさせてもらってるんだ』って」

今や中坪は涙ぐんでいた。宗光には分かった。演技ではない。

家庭の崩壊した中坪は、息子との接点を失うのが怖くて、明らかに不審な話にすがりついたのだ。中坪家の経済的な破綻《はたん》も背景にある。

まだ十代の大学生である中坪広樹がすべての絵を描いたとは考えにくい。彼の背後に別の何者かがいたはずだ。

その人物は中坪家の弱点を正確に見抜いた。平凡で、脆《もろ》く、不器用な親子の情愛と打算だ。そしてあやまたずにそこを衝いた。それが加藤なのか、あるいは別の誰かなのかまでは定かでない。

「最後にもう少しだけ教えて下さい」

目頭を押さえている中坪に宗光は言った。

「瀋陽興産についてです」

「広樹に言われて作った会社の一つだ。君が指摘した通り、実体はない」

「安勝現《アンスンヒョン》、もしくは安志訓《ジフン》という名に心当たりは」

「韓国人か」

「はい」

「聞いたこともない。本当だ」

「徳原はどうですか」

束の間考え込んでから、中坪は答えた。

「いや、知らない」

「分かりました。いろいろありがとうございました」

礼を述べて辞去しようとすると、中坪はすがりつくように言った。

「教えてくれ。広樹はどうなる」

「もし連絡があったら、警察に自首するように勧めるべきです」

「私はどうなってもいい、あの子さえ――」

「残念ですが、犯した罪は消えません。広樹君にできることは、一日も早く罪を償《つぐな》い、社会復帰を目指すことです。あなたが本当に息子さんのためを思っているなら、警察に出頭して本当のことを話すべきです」

「分かった」

中坪はうなだれ、もう何も言わなかった。

玄関のドアを閉めながら、宗光は思った。中坪は警察に行くだろう。これで下原や楯岡に対する義理も果たせたことになる。

当面の仕事はこれで終わった。しかし、個人的に気になることがまだあった。

瀋陽興産という社名である。

今のところ、アン一家との接点はない。だがこれを単なる偶然の一致と片づけていいものか。

中途半端な仕事はしたくない。たとえそれが、子供から三千三百円で請け負った仕事であっても。

6

マンションのドアブザーを押すと、ドアが開いてチェーンの隙間から若い女が顔を覗かせた。

「はい？」

「鈴本沙梨《すずもとさり》さんですね」

「そうですけど？」

「私、高木延人《たかぎのぶと》君を捜してる者なんですが」

「ノブトを捜してんの？」

女は細い隙間から宗光の全身を上から下まで眺め下ろし、

「おじさん、ノブトの親戚かなんかなん？」

年が離れているから友人ではないと踏んだのだろう。

「まあ、そんなもんです」

例によって適当に合わせる。

高木延人は、千日前《せんにちまえ》でホストをやっていた男だ。客あしらいが下手で、三か月前にクビになっていた。鈴本沙梨はキャバ嬢で、一時期高木と同棲《どうせい》していたことが分かっている。

「関係ないよ。あたし、ノブトとはとっくに別れてん」

「それは知っています。延人君の行方とか、事情とか、何かご存じないかと思いまして、お伺いしたんです」

「知らへんて、そんなん。あいつ、変な仕事に嵌まってて、あたしにもえらいしつこう勧めてきよってん。『それって、詐欺なんとちゃうん』て言うたら怒り出して。『そんなんやあらへん、まったく新しいビジネスなんや』て。あいつ、一旦キレたら手ェ付けられへんねん。あたしもそれで別れたんやけど」

「その『新しいビジネス』について、何か具体的に言ってませんでしたか」

「そやから知らへんねんて。もう帰ってや。そろそろ出勤の時間やねん」

ドアを閉められる前に靴の爪先を差し込み、

「たとえば、一緒に仕事をやってた人とか、その頃よく電話してきた人とか」

そう水を向けると、沙梨は一瞬沈黙し、次いで「あっ」と小さく声を上げた。

「何か思い出されましたか」

「けど、こんな話して、あたしが性格悪いみたいに思われてもアレやし……」

「プライバシーは守ります。あなたのことは誰にも話しません。私は延人君を見つけたいだけなんです」

女は心持ち安心したように声を潜め、

「あいつ、頭は悪いけど顔だけはええやんか？　そやから浮気してるんちゃうかな思て、あいつがお風呂に入っているとき、スマホを調べたったことあんねん。そしたら履歴に『馬淵《まぶち》』いう名前がずらーっと並んでて」

「馬淵？」

予想と違う答えが返ってきた。

「本当に馬淵でしたか」

「そうや」

「芝井か中坪、もしかしたら加藤の勘違いでは」

「誰それ。あったかもしれへんけど、そこまで覚えてないわ。とにかくもう『馬淵』て名前ばっかり。てっきり女やろ思て、電話したってん。そしたら『馬淵インターナショナルです』て男の声がしたから、慌てて切ったんや。その次の日やった。あいつが黙って出ていきよったんは」

「先ほどのお話では、あなたの方から愛想を尽かして別れたように聞こえたんですが、違うんですか」

沙梨はばつが悪そうに、

「似たようなもんや。あたしも別れる気でおったんは確かやから。あいつから出ていってくれてほっとしたくらいや。おじさんさあ、もしあいつが見つかったら、残していきよった荷物、引き取りにくるように言うてくれへんか」

「延人君は荷物を残していったんですね」

「全部置いてったわ。もう邪魔で邪魔で困ってんねん。ただでさえ狭い部屋やのに」

馬淵インターナショナル。

違和感を覚え、急いで確認する。

「延人君がやっていて、あなたにも勧めてきた『新しいビジネス』というのは、振り込め詐欺ですよね？」

すると沙梨は憤然として、

「なにそれ。あんた、あたしをバカや思とんのちゃう？　そんなんやっとったら誰かてすぐに分かるわ」

「じゃあどんなビジネスだったんですか」

「だから知らへんて言うとるやんか。振り込めやなかったんは確かや。不動産かなんかちゃうか。ネットで外国の物件をよう見とったわ。その前はしょうもない動画とかばっかり観てアホみたいに笑《わろ》とったクセに。もう一晩中不動産ばっかりやったで」

「外国って、どこの国でしたか」

「さあ、ヨーロッパやあらへんかったな。どこの国か分からへんけど、アジアやったと思うわ。タイとか、マレーシアとか、そんな感じ……あんな、もういいかげんにしてくれへ

「ん？」

　限界だった。

「これはどうも、お忙しいところすみませんでした」

　愛想よく見えるはずの笑みを浮かべて去る。背後でドアが勢いよく閉められる音がした。

　歩きながら考える。

　何も知らないと言いながら、沙梨はいろいろと興味深いことを喋《しゃべ》ってくれた。

　芝井が声をかけた若者達は一様に消息不明になっている。元ヤクザ、半グレ、前科者。いずれも社会――それが表か裏かは問わず――のシステムからはみ出た者達だ。もともとが住所不定に近い者ばかりなので、いついなくなったとしても不思議ではないのだが、それにしても多すぎる。いや、例外が一人もなく全員というのはかなり奇妙だと言えるのではないか。

　そこで宗光は彼らの周辺にいた人物に話を聞いて回ることにしたのであった。

　共通していたのは、彼らがいなくなったことに無関心な者が大半であったこと。中には捜索願を出したという者もいたが、ほとんどの者は気にも留めていないどころか、いなくなってくれてせいせいしたとでも言わんばかりの態度であった。

　中坪広樹が『加藤』とともに始め、芝井を引き込んだ振り込め詐欺。『加藤』はそれを、人材派遣業のように擬装していたらしい。

真っ当なビジネスを装《よそお》って人を集め、振り込め詐欺に利用する。役割分担はさまざまだ。古典的な架け子、出し子、受け子、見張り役の他に、刑事役、ヤクザ役、役人役など多岐にわたる。〈シナリオ〉に応じて人材を派遣するのだ。下手な俳優そこのけのバリエーションだが、本物の元ヤクザや俳優志望の若者もいるので、無難にこなしていたようだ。

もう一つの共通点。それが高級スーツを着こなした『加藤』という男の存在だった。失《しっ》踪《そう》した男達の周辺にはなんらかの形で『加藤』の影が感じられた。

しかし、今日沙梨から聞いた話は違っていた。

失踪した高木に無関心であるのは他のケースと同じだが、高木がやっていたのは振り込め詐欺ではなく、不動産詐欺であった。現段階で詐欺と呼んでいいのかどうかも判然としないが、少なくとも真っ当な仕事であるとは思えない。なんの経験もないホストがいきなり参入できるほど、不動産業界は甘い世界ではないはずだ。

加えて、『馬淵』に『馬淵インターナショナル』という名前。

芝井達は、中坪の父親が用意した複数の会社を詐欺に利用していた。『瀋陽興産』はその一つである。だが『馬淵インターナショナル』という社名は初耳だった。

高木だけが他の事例と異なっている。

これは一体どういうことだ――高木は何をやろうとしていたんだ――

もしかしたら、馬淵インターナショナルもまたメンバーの誰かがでっち上げた会社で、さほど気にする必要はないのかもしれない。

それでも、宗光は何か異物を咀嚼《そしゃく》したような不快感を拭い去ることができなかった。本能、あるいは勘と言ってもいい。どちらも根拠に乏しいが、それこそが重要な資質であると経験的に知っている。

そう考えて、自嘲《じちょう》の笑いが浮かぶのを抑えることができなかった。

何が資質だ――自分は検事でも弁護士でもないというのに。


好奇心とは自嘲以上に抑えるのが困難なものであると初めて知った。

仕事でもなく、ましてや正義感などからでもなく、宗光は馬淵インターナショナルについて調べ始めた。

ネットの登記情報検索サービスで調べた限りでは、馬淵インターナショナルなる会社は存在しないようだった。手がかりがあるとすれば、やはり高木の周辺だろう。まず聞き込みの再開から着手することにした。

高木が勤めていたホストクラブをはじめ、出入りしていた店で話を聞いて回る。いずれも空振りに終わった。そしていずれの店でも高木の評判は散々だった。

尊大で思いやりがなく、気配りができない。嫌われるのも当然だ。恋人や友人ができても、皆すぐに高木の性格を知って離れてしまう。ある意味、孤独な男と言えるのかもしれなかった。

　収穫があったのは、道頓堀《どうとんぼり》の外れにある美容室だった。高木の行きつけの店である。

　無理のある若作りをした店長は、高木と聞いただけで迷惑そうに顔をしかめた。

「高木さんねえ、カットしてるときの世間話で、投資をしないかってしきりと勧めてきたの。こっちは仕事だから『ああ、いいですねえ』とか『へえ、凄《すご》いですねえ』とか、適当に相槌《あいづち》打ってただけなんですけど、次の日、ヤクザを連れてきてね」

「ヤクザ？　自分でそう言ったんですか」

　ヤクザが組の名前を出せば、それだけで脅迫となり警察沙汰《ざた》になりかねない。だから本職は滅多なことで自らについてカタギに告げたりしないものだ。

「言わなかったけど、見れば分かるよ。ウチはそういうお客でぎりぎり保ってるようなもんだし。馬淵インターナショナルの馬淵って言ってたな」

　馬淵だと――

「そいつの特徴を教えて下さい」

「若くはなかった。四十は過ぎてた。四十五くらいかな。右目の下に傷があったな。映画みたいなカッコイイ傷じゃなくて、イボかニキビを下手に潰した痕《あと》に見えた。ヘアは天然パーマをむりやりに七三にしたみたいなスタイルだった。言葉遣いがまたおかしくてね。ヤクザが無理してサラリーマンみたいな喋りをしようとして盛大に外してる感じ」

寂れた店でも美容師だけあって、客の特徴をよく覚えていた。

「なんかねえ、必死さみたいなのはイヤってほど伝わってきたけど、海外の不動産投資なんて、ほいほい乗れるようなもんじゃないでしょう。もう困っちゃって。結局なんとか断って帰ってもらいましたけどね」

店を出て下原に電話を入れた。今聞いたばかりの特徴を伝え、調べてもらうように依頼する。ヤクザにはヤクザ特有のネットワークがあるからだ。

一時間と経たないうちに折り返しの電話があった。

〈馬淵やったな。すぐに分かったで。もう解散してもうたけど、大戸《おおど》組の若い衆やった男や。ええトシしてシノギもでけへんアホやちゅうて、拾てくれる組もなかったみたいや。今は何をしとるか分からへん。もう死んだんちゃうかて言うとるもんもおるねんて〉

馬淵はやはりヤクザであった。厳密には元ヤクザだ。しかも落ちこぼれの。

スマホをしまい、宗光は路上で空を見上げた。

白々とした太陽光と、それ以外の何かに目眩《めまい》を覚える。既視感というやつだ。

マリクから頼まれた仕事は、姿を消した同級生とその家族を探すことだった。一家の父親は元ヤクザで、怪しげなビジネスに奔走していた。

下原組長から依頼された案件は、元ヤクザによる虚偽の自白が原因で、彼が集めた若者達全員が失踪している。

そして今度は元ヤクザによる不動産詐欺で、加担していた元ホストは行方不明だ。元ヤクザ。架空ビジネス。関係者の失踪。

構図があまりにも似すぎてはいないか。

果たしてこれは偶然か。それともなんらかの意味があるのだろうか。

気がつくと、喉が渇きすぎて舌が口腔内に貼り付いていた。

目についた自販機に歩み寄って硬貨を投入し、ミネラルウォーターのボタンを押す。音を立てて落下してきたボトルをつかみ出し、すぐに開栓して冷たい水を呷《あお》りながら考えた。

もしかしたら、他にも同様の事例があるのではないか。

仮にあったとして、だからどうだというのだ。仕事ではない。自分には関係ない。

いや待て――

逆に辿《たど》れば、高木延人、中坪広樹、瀋陽興産と、安勝現のやっていた仕事につながっていく。

それらをつないでいたのは、普通なら目に見えないようなごく細い糸で、自分がその糸に気づいたのは本当にたまたまでしかない。僥倖《ぎょうこう》であったとも、また不運であったとも言える。どちらなのか現時点ではまだ判然としない。

だがもしこれがアン一家に関わっているとすれば、立派に自分の仕事ではないか。三千三百円でマリクから引き受けた仕事だ。

それが自らに対する弁解であることは分かっている。しかしそんな理屈でも持ち出さねば、自分の行動と好奇心とを正当化できない。

宗光は今、この〈現象〉について調べようとしている己をはっきりと意識していた。

このままでは収まらない。マリクに対する義務感も。説明不能なこの胸騒ぎも。

「ちょっと、おじさん」

背後から呼びかけられて振り向くと、中学生くらいの女の子が不機嫌そうに立っていた。

「そこ、どいてくれませんか」

「ああ、すまないな」

慌てて自販機の前から退き、とっくに空になっていたペットボトルを据え付けの回収箱に投げ入れた。

7

馬淵について調べてみる。彼が引き込んだと思《おぼ》しき男達についても。

誰に聞いても同じ反応が返ってきた。すなわち、安や芝井について調べたときと寸分違《たが》わぬ回答だ。

「金に困っていた」「借金を重ねていた」「何をやってもうまくいかなかった」「元ヤクザなので就職もできなかった」「奥さんや子供さんがかわいそうだった」「それが目の色を変えて仕事の話を持ちかけてきた」「海外の不動産に投資したら儲《もう》かるという話だった」「誰かにその仕事をやれと焚《た》きつけられたようだった」「もういくつも物件の取引をしたと言っていた」「どうにも怪しいので相手にしなかった」「いつの間にか家族もろとも消えてしまった」。

予想の通りでありすぎて、圧倒的な既視感に打ちのめされる。

梅田《うめだ》駅前の歩道橋を渡りながらスマホを取り出し、発信する。下原にではない。千満組の楯岡にだ。

呼び出し音が一回を数えぬうちに相手が出た。

〈楯岡です〉

ヤクザは電話に出るのが一般人に比べてことのほか早い。命の懸かった局面が日常茶飯事となっているせいだ。

「宗光です。今よろしいでしょうか」

〈おう、構へん。あんたの仕事ぶりは下原から聞いとるで。ようやってくれた。けどあの仕事はもう済んだんとちゃうんかい〉

「お電話したのは、あの件についてではありません。いや、関係ないとも言い切れないのですが、実はこちらからお願いしたいことがありまして」

〈窓口は下原に任せとる。あっちに電話してくれ〉

「それを承知の上で楯岡さんに電話させて頂きました」

寛《くつろ》いでいたような楯岡の口調が一瞬で峻厳《しゅんげん》なものへと転じる。

〈つまり、千満の組織が要《い》るっちゅうこっちゃな〉

千満組の若頭を務めるだけあって頭の回転は抜群だった。

「はい。全国により幅広い情報網を持つ大組織であった方が適切だと判断しました」

〈聞こやないかい〉

「過去二年間に、廃業した元ヤクザについて知りたいのです。それも抗争事件を起こして破門されたようなホンモノではなく、元神崎組の芝井のように、組を逃げ出したり追い出されたり、要するにヤクザさえ務まらなかった手合いのリストです」

〈そんなしょうもないクズみたいなん調べてどないしょうちゅうねん〉

「分かりません。しかし私の勘が正しければ、皆さんが驚かれるようなご報告ができると思います。もっとも、私としては自分の勘が外れていてほしいとも願っています」

〈おもろそうやのう〉

電話の向こうで鷹揚《おうよう》に笑い、

〈傘下の組に連絡を回しとくわ。けど、そんなカスは仰山《ぎょうさん》おるさかい、とてもやないが

全部は調べられへんやろうし、手間だけやのうて時間もかかるで〉

「判明した分だけ順次お教え頂ければ結構です」

〈ほなそうしたるわ。けどな宗光、ウチの組をそれだけ使うっちゅうことは、ウチにどえらい借りを作ることになるんやで〉

「覚悟しております。借りたものはいずれ必ず」

〈それだけ聞けたらええわ。よっしゃ、あんじょうやったるさかい、しばらく待っとれ。連絡はこの番号でええな?〉

「はい。よろしくお願いします」

頭を下げて電話を切る。表示を見ると、充電したばかりであるはずのバッテリーがもうほとんど残っていなかった。

楯岡ほどの貫目《かんめ》のヤクザと話すのは、こちらのエネルギーを大幅に奪われるだけでなく、スマホのバッテリーも大量に消費させられるものらしい。

翌日には千満組から最初の連絡が入った。落ちこぼれヤクザ十人分のリストだ。関西圏が中心だが、関東の組からの報告も入っている。

大阪から近い順に当たってみることにした。

最初の五人は空振りで、いずれも所在が確認できた。生活は皆苦しいようだったが、知ったことではない。

六人目の岡本《おかもと》という元ヤクザが行方不明になっていた。例に漏れず借金を踏み倒している。もしやと思い足取りを追っていくと、兵庫の山奥にいることが分かった。ダム工事の現場に身を潜めていたのである。空振りだ。

そして七人目。名前は湯下《ゆした》。周辺で少し話を聞いてみると、「うまい儲け話があるから乗らないか」と声をかけられた者が続出した。宗光にそう話してくれたのは、湯下を相手にしなかった者達だ。その話に耳を傾けていたという数名が、湯下とともに姿を消していた。

当たりであった。

湯下の持ちかけてきた話というのは、〈ネットを利用した違法賭博《とばく》〉だった。似たようなシステムはすでに存在している。誰もがそう応じたらしいのだが、湯下の主張したところによると、「通信販売に見せかけて賭《か》け金の送金・回収システムを構築する」点に独自性と確実性があるのだということだった。

湯下本人がいないため詳細は不明だが、いわゆる特殊詐欺のバリエーションとして着眼点はそう悪くないと思われた。

そうは言っても、そんな話に乗ろうというのは社会的、経済的に追いつめられた者に決まっている。彼らはいずれも知人や親戚から金を借りているから、誰に聞いても「夜逃げしたんだ」という答えが返ってくるばかりだ。

さらに調べを進めていくと、湯下は『株式会社湯下興業』なる会社の名刺を持ち歩いていたことが判明した。

少々驚いたことにこの会社は実在で、登記簿を調べると湯下自らが設立している。代表取締役として当然の如く湯下の名が記されていた。

資本金は百万円。決して珍しい金額ではないが、法改正により資本金一円でも会社を作れるこの時代に、切迫した状況にあったはずの湯下が百万もの金を用意できたというのはどうにも腑《ふ》に落ちない。

「ああ、あの会社ね。湯下のアホが、嬉しそうに名刺見せびらかしとったで。『俺も社長になったんや』言うてな」

そう話してくれたのは、湯下の麻雀仲間であったという老雀士だった。

「『おまえ、麻雀の借金も払えへんのに、百万もよう持っとったなあ』て言うたったら、あのアホ、皮肉やいうのんも分からんと、『寺田《てらだ》さんが出資してくれたんや』て」

「寺田とは、湯下さんとどういう関係の人なんですか。初めて聞く名前ですけど」

「そやろ？　わしも知らんかったさかい、『誰やねんそれ』て訊いたってん。そしたら、『わしを絶対に男にしたるて言うてくれとる人や。まあ、参謀いうんか、懐刀《ふところがたな》みたいなもんかなあ』て、アホか思たで。湯下みたいなボンクラに入れ込むアホがおるわけないやんか。それで、『あ、こらヤバい、騙されとるな』て思たわけや」

老雀士の話は極めて理知的だった。彼がビジネスの誘いに乗ってこないと知った湯下は、自然と離れていったという。

「湯下に会うたら言うといてくれ。社長もええけど、そんなん、麻雀の借金返してからにせえてな」

それから何人かに湯下が勧誘した男達と家族の話を訊いて回った。

いずれもこれまでに聞いたような話ばかりで、特に新たな収穫はなかった。強いて言うなら、パターンがあまりに似すぎている。それを確認できたことが収穫だった。

寺田という名前について知っている者も数名いた。中には直接会ったという者もいたが、「特に印象に残らない、普通のサラリーマンみたいな人」という曖昧な証言しか得られなかった。

湯下の愚かしさは置くとして、彼の勧誘に応じた者達と家族の安否が気遣われた。

特に子供だ。マリクの同級生ソユンと同じパターンで、ある日突然学校に来なくなる。学校も行政も無力であるばかりでなく、一片の関心すら払おうとはしていない。

この社会はすべてが堅牢なコンクリートに覆われているようで、実は目には見えないブラックホールがあちこちで口を開けているのではないか。運悪く嵌まってしまうと、存在をかき消されるばかりでなく、もう二度と現世に戻っては来られない。

そんな妄想を抱いてしまうほど、恐ろしく簡単に人が消えている。

なんだこれは――

数日後、千満組から次のリストが届いた。末端の組にまで指示が行き渡ったのか、掲載されている名前は三十名に増えていた。

一人ではとても調べきれるものではない。それでもこつこつと歩き回る。

大半は該当しなかった。しかし、何人かは該当した。

家族や親族、周囲の生活困窮者を巻き込んで、ある日突然いなくなる。しかも中心となる人物の傍らにはそれまで誰も知らなかった男がいる。『徳原』であり『加藤』であり『寺田』である。彼らが何者であったのかは分からない。

一体何が起こっているんだ――

白くまぶしい陽光が目に痛いほど照り映える大阪の路上で、宗光は不意に足を止めた。

この白熱した舗道の先にも、もしかしたら――

黒々としたブラックホールを幻視したように思い、宗光は悪寒に身を震わせた。

8

関西の事例を大体調べた宗光は、一旦東京に戻った。

『京王プラザホテル』に部屋を取り、当面の拠点とする。

新宿《しんじゅく》西口周辺を久々に歩いた。十年ばかり前に改装された地下道は言うまでもなく、かつては至る所で見受けられたホームレスがずいぶんと減っている。

日に日に底なしの貧困へと滑り落ちていく日本が、突然豊かになったわけではもちろんない。行く当てのない人達が、画一的な行政によって何処《いずこ》かへと追いやられただけだ。

彼らは一体どこへ行ったのか。役所で尋ねても、たらい回しにされるだけだろう。警察で訊けば不審者扱いでこちらが逆に尋問される。個人の立場でできることは何もない。

昨日まで河川敷や雑木林の段ボールハウスにいた者が、ある日突然姿を消す。大半の市民は気にするどころか、気づくことさえない。

死んだ者もいるだろう。その数は決して少なくないはずだ。

恐ろしいのは、中には病死や自然死などではなく、殺された者がいるかもしれないということだ。仮にそうであったとしても、わざわざ調べようとする者がいなければ、何もかも知られることなく過ぎてしまう。

宗光が最もよく知る「死」とは、法廷で告げられるものであった。刑が執行されるか否かを決めるのは法務大臣だが、刑事訴訟法第477条により、検事には執行に立ち会う義務がある。だが体験した回数の差だろうか、宗光にとって「死」の入口は、厳然として法廷に設けられている。

病院で、家庭で、屋外で——人は死ぬ。社会的に認識できる「死」だ。

しかし、そうでない「死」があったとしたら。

千満組から断続的に届くリストを元に、宗光は関東各地を訪ね歩いた。

——○○ちゃんねえ、かわいそうに、学校にも行けなくて。今頃どこでどうしていることやら。

そんな声をよく聞いた。目的の人物と家族を知る近隣住民のものだ。アン一家に代表されるこれまでの例と酷似している。

暴排条例によりヤクザは事実上社会から排除される。悲惨なのはヤクザの家族だ。特に子供の話は胸が痛んだ。なんの罪もないはずなのに、差別され、疎外される。不条理としか言いようはない。

「藤川《ふじかわ》? ああ、あいつね。ヤクザみたいに損しないためのメンバーなのに、カン違いして組から盃なんか受けちまってさ。分かってなかったのかなあ、今どき。マジカッコ悪いっての。バカだよバカ」

〈メンバー〉とは、半グレ仲間を指す彼ら独自の用語らしい。

千葉の四街道《よつかいどう》に藤川という反グレ上がりのヤクザを捜しに行ったときのことである。地元で彼とつるんでいたという元半グレは心底馬鹿にしたようにそう語った。

彼の言うことに異論はない。しかし「現代ではヤクザは損するだけだから半グレでいる」ことが利口であるとする彼の価値観は、宗光にとってはヤクザ以上に唾棄《だき》すべきものだった。

「で、おじさんはなんなの。藤川の親戚？　だったら奴に借りパクされたバイクの代金とかさ、代わりに払ってくんない？　親戚だったら払う義務ってもんがあるんじゃないの」

「悪いが親戚じゃない。それに、法的には連帯保証人でもない限り親戚に債務を支払う義務はないんだよ」

「あっそ。じゃあもう帰ってくれる？　俺、そろそろ戻らなくちゃなんないから」

国道沿いのファミリーレストラン。従業員専用口の前でしゃがみ込み、タバコをふかしていた男は大儀そうに立ち上がった。彼は半グレからも足を洗って、今では〈真面目に〉やっているという。立派な言い草だが、実際は半グレ仲間と揉《も》めて追い出されたと聞いている。

「俺は親戚じゃないが、借りパクされた君には同情するよ」

相手に千円札を数枚突き出す。

「少ないけど、俺の気持ちだ。取っといてくれると嬉しいな」

男は素早くつかみ取った札をズボンのポケットにねじ込んで、

「そこまで言うんならもらっといてやるよ」

「それで、藤川は『いい仕事がある』って昔の仲間を集めて姿を消した、と」

「ああ。さっき言っただろ」

「藤川はどんな仕事を持ってきたんだ」

「福祉施設を山の中にぶっ建てるんだってさ。しかもメンヘラ専用の。笑えるだろ」

男は本当におかしそうに笑い、

「金持ちのメンヘラの名簿があるんだって。あ、金持ちっつっても、そいつらの親が金持ちってこと。豪華な施設を作って、高い金を吹っ掛ける。需要はあるし、入所金と初年度の介護費だけで元は取れるから、充分に暮らしていけるんだとよ、山奥で」

「どこの山奥だ」

「覚えてねえなあ。そうだ、これから決めるとか言ってたような気がするな」

「そんなあやふやな話に乗った奴らがいたのか」

「マジで金なくて困ってたからな、あいつら。俺は話聞いただけでカンベンしてってってカンジだったけど」

宗光はその場で考え込む——やはり同じだ、何もかも。

いわゆるヤンキーには十代で結婚する者も多い。必然的に若くして妻子を抱える境遇となり、困窮する。藤川のツレの中には、そうした貧困家庭を持つ者が少なくなかった。

男は挨拶もせずに職場へと戻っていった。

宗光は踵《きびす》を返し駐《と》めておいたレンタカーへと向かう。

事態の輪郭がおぼろげながらに見えてきた。

元ヤクザ、不法入国者、高齢者、障害者、多重債務者。それぞれの事情により、行政の支援を受けられない者達を集め、なんらかの〈ビジネス〉に従事させる。いや、実際に従事していたかどうかも分からない。単なる架空の儲け話か、あるいは新手の特殊詐欺か。

いずれにしても、関係者全員が姿を消し、後には何も残らない。

失踪しても騒ぎにならないような者達を対象としているからだ。不審に思う者がいたとしても、「某県の山奥で集団生活を送っている」「新事業に失敗して夜逃げした」等の理由があらかじめ用意されている。

レンタカーのドアレバーに手をかけようとしたとき、何かに全身を打たれたように思った。

待て――

宗光はファミリーレストランへと駆け戻る。

従業員専用口のドアを開けると、先ほどの男の背中が見えた。

「もう一つだけ教えてくれ」

男が怪訝そうに振り向いた。

「藤川の周囲に、君がそれまで会ったことのない変な男はいなかったか。おそらく福祉施設の計画を藤川に吹き込んで、全体を仕切っていた男だ」

「田島《たじま》のこと?」

「田島というのか。どんな奴だった? 年齢は」

「三十過ぎくらいかなあ。すげえテンションの高いヤツでさ、こっちが一言でも何か言うと、ニコニコしながらその十倍は返してくる。正直それでイヤになったってのもある」

「どんな服装をしていた」

「藤川や他の連中とおんなじだよ。いつもラフなスタイルだったな。上から下までユニクロで買ったような」

藤川と同じ恰好をした三十過ぎの男——

「なあおっさん、俺もう仕事なんだけど」

「悪かった。ありがとう、助かったよ」

迷惑そうにしている男に礼を述べ、宗光は今度こそファミリーレストランを後にした。

もはや疑いの余地はない。

日本の社会に居場所のないマイノリティに目をつけ、彼らを食い物にしている男達がいる。

『徳原』『加藤』『寺田』それに『田島』。

どういうつながりの男達かは分からない。誰が発案者で、誰がリーダーなのかも不明である。

しかし彼らは、社会的弱者を文字通り骨までしゃぶり尽くすビジネススキームを考案したのだ。

京王プラザホテルの部屋から電話をかける。相手は千満組の楯岡だ。

これまでの調査から判明した事実を報告し、自らの推測について述べる。

スマホの向こうで、楯岡が絶句しているのが分かった。

〈あんたの言うとった、『わしらが驚くような報告』て、それのことかい〉

「はい」

〈話聞いとると、あんたの推測の通りやと思うけど……正直言うてどうにも信じられへんわ。組を出たボンクラが家族ごと消えてるて……それも日本中でやろ……そんなことがほんまにあるんかい〉

「お疑いはごもっともと存じます。私自身、信じられない思いですから。しかし、失踪は事実です。これほどまでの大量失踪に誰も気づかなかった。消えた人達が全員のほほんと暮らしていると思う方が無理でしょう」

日本は他者に目を向ける余裕などとっくに失っていたのだ。ましてや、マイノリティやアウトサイダーがどうなっていようと、一片の興味もないに違いない。

〈分かった。わしは下のモンに気ィつけるように言うとくわ。注意喚起ちゅうやっちゃな〉

「お願いします」

〈ほんまやったら、組を出た奴らのことなんか、わしらには関係あらへんのやけど、いくらなんでも酷すぎるで。わしらかて人間なんやさかいな〉

「おっしゃる通りかと」

楯岡ほどの大物が呆然《ぼうぜん》としている。その心情が手にしたスマホから伝わってくるようだった。

〈わしらは確かに末端の落ちこぼれなんぞ気にしたこともなかった。あんたの言うように、そこに目ェつけたもんがほんまにおるとしたら、そいつはヤクザを喰《く》うとるヤクザ喰いや〉

通話を終え、宗光はスマホをサイドテーブルの上に置いた。

ベッドに腰掛け、頭の中で楯岡の言葉を反芻《はんすう》する。

〈ヤクザ喰い〉か——

うまいことを言ってくれる。まさにそうとしか名付けようのない連中が、今も餌《えさ》となる社会の脱落者を求めて日本のどこかを回遊している。

しかし、宗光は悠然と移動するサメの群れをどうにもイメージできなかった。

何かが違う――

理屈ではない。直感でもない。どこまでも〈イメージ〉だ。

なぜ自分はそんなものに引っ掛かっているのか。

そう考えた途端、これまで感じたことのない異様な冷気が背筋を瞬時に凍らせた。

もしかしたら――

反射的にベッドから立ち上がっていた。それほどまでに突飛でおぞましい想像だった。

〈奴ら〉ではないのかもしれない。

『徳原』『加藤』『寺田』『田島』。それだけではない。もっと多くの、名前すら知られていない男達。自らは決して表には出ず、全体の絵を描いて被害者をそそのかし、最後には大勢を蟻地獄のような罠《わな》へと誘い込んで効率的に始末する。

『田島』はテンションの高い三十過ぎの男。

『寺田』は印象に残らないサラリーマン風の男。

証言はまるで違っている。

だが、宗光は自らの想像を捨てることができなかった。

それだけの数の集団が組織だって行動しているとすれば、どこかで征雄会のような広域組織暴力団の情報網に引っ掛かってくるはずだ。裏社会のどの大組織にも察知されずそんな計画を推進するのは不可能に近い。

どう考えてもあり得ない。

だが、逆にあり得るとすれば——

その想像に、全身を覆う冷気がいや増した。冷気ではなく、吐き気とさえ言っていい。

『徳原』も『加藤』も『寺田』も、そして『田島』も、もしかしたら同一人物なのではないか。

〈ヤクザ喰い〉は、一人なのだ。

根拠はない。どこまで行ってもただの仮説でしかない。だが宗光は確信する。

たった一人の男が、名を変え、姿を変え、獲物を求めて社会の底流に潜んでいるのだ。

ＪＲの東十条駅を出た宗光は、少し考えてから、十条小学校の方へと歩き出した。黙然と足を運んでいると、下校中らしい低学年の子供達とすれ違った。

ランドセルを背負った彼らの姿を目にした途端、考えが変わった。路地に入って公園へと向かう。マリクから仕事の依頼を受けたあの公園だ。

昨夜もまた大雨で、人気のない公園は至る所に水溜まりができていた。犬を連れて散歩する老人の姿さえない。手入れの行き届かぬ木立の枝葉は、無秩序に大きく広がって光を遮《さえぎ》っている。つくづく気の滅入る場所だ。

ベンチに残っていた水滴を掌で拭って腰を下ろし、今さらながらに己を嗤《わら》う。そして己を嫌悪する。

東十条にはマリクに会うためにやって来た。会ってその後の経過を報告するためだ。「ソユンはもう生きてはいないかもしれない」と。

自分には報告する義務があると思ったからだ。

だがそんなことをわざわざ子供に教えてなんになるというのだ。単なる自己満足のために、子供に絶望を突きつけるのか。それが大人としての義務なのか。

違う。宗光はベンチで歯嚙みする。

途中経過など必要ない。自分がマリクに報告すべきは、〈その男〉の本名だ。犯人の正体だ。真実を明らかにし、それだけを告げればいい。

木立からこぼれ落ちた水滴が宗光の額を打った。それはどこまでも冷たく、無慈悲な挑発であるかのように思われた。

できるのか、おまえに。検事でも弁護士でもないおまえに。

ああ、やってやる――

立ち上がった宗光は、迷いなく駅へと引き返した。

今までの調査が間違っていたとは思わないが、方向性を誤っていた可能性がある。表面に立って動き回っていた元ヤクザや、彼らの誘いに乗ったと思しきアウトサイダー達を追うのではなく、影の如く彼らの傍らに寄り添っていた男について調べるべきだったのだ。

9

すなわち、『徳原』『加藤』『寺田』『田島』。判明している名前だけでもすでに四つ。

アン一家の件に関して、『徳原』の名が初めて出たのはアパートの大家の口からだった。そのときの様子からすると、大家の河出老人は『徳原』について名前以上のことを知らないだろう。またアン一家とその親族を知る者達は、『徳原』の存在自体に気づいてもいないようだった。

〈影の男〉は本当に実在するのか。まずそのことを確かめねばならない。

馬淵インターナショナルの馬淵が手がけていた不動産投資の件では、該当するような名前を耳にしなかった。

宗光は再び関西入りし、ホテル『コンラッド大阪』を拠点に定める。

現地で貸倉庫を借り、便利屋を雇う。すべて自己資金である。資産管理を任されている組から顧問料が入ってくるので、その程度の蓄えはあった。

便利屋の従業員二人を連れ、吹田《すいた》のマンションに直行する。高木延人と同棲していた鈴本沙梨の部屋である。彼女の在宅時間は把握していた。

「あんた、この前の」

宗光の顔を見て沙梨は驚いたようだった。

「先日はありがとうございました。鈴本さん、あのとき、おっしゃってましたよね、延人君の荷物を引き取ってほしいと。それでお礼と申してはなんですが」

「ノブトと連絡付いたん？」

「いえ、それはまだですが、とりあえず私が荷物をお預かりしようと。なんなら預かり証をお渡しします」

「ええわ、そんなん。それより、荷物持ってってくれるんやったら大助かりや。早いとこ頼むわ」

「ありがとうございます。では早速」

便利屋の二人に命じ、高木の荷物を運び出して小型トラックに載せる。部屋の大きさからして大した量ではないと踏んでいたが、案の定だった。

それらを貸倉庫に運び込み、便利屋を待たせて徹底的に調べる。安物の家具に用はないが、引き出しが付いていれば念のために中を隈《くま》なく探ってみる。乱雑に散らかっていたのであろう高木の日用品は、沙梨によっていくつかの紙袋に詰められていた。すべてビニールシートの上に広げて一つずつ検《あらた》める。特にノートやメモ、手紙類には慎重に目を通す。

やがて、一冊のパンフレットが見つかった。表紙に「今ならおトク！　海外リゾート物件のご案内」という見出しが躍っている。奥付には「制作・馬淵インターナショナル」と記されていた。

これだ——

宗光は便利屋に残った荷物の処分を任せ、コンラッド大阪へ引き揚げることにした。

タクシーの車内でパンフレットを精査する。紹介されているのは、タイ、フィリピン、シンガポールといった国々の別荘だ。それらの投資価格と利率等が併記されている。そのあたりは価格も妥当で、ごく標準的な仕様と言っていい。

担当者として馬淵の名前と写真、それに携帯番号が載っている。馬淵は道頓堀の美容師が言っていた通りの容貌《ようぼう》で、不自然この上ない笑顔が不気味であった。馬淵以外の名前はどこにも見当たらず、宗光は少なからず落胆した。

だが何度も読み返すうちに奇妙な点に気がついた。「リゾート物件」と謳《うた》いながら、リゾート地の不動産は皆無に等しい。中には普通の住宅にしか見えないものもある。

不動産詐欺を仕掛けるなら、もっとそれらしい物件や写真を掲載するだろう。このパンフレットには、詐欺案件に特有の〈臭い〉があまりに薄い。

宗光はスマホを取り出し、車内から発信した。相手は不動産専門のベテラン業者だ。もっとも、一般の業者とは到底言えない。地面師や悪徳業者の動向を専門に扱う〈コンサルタント〉である。

〈宗光さん、これはどうも、ご無沙汰《ぶさた》してます。何かご入り用のネタでも〉

こちらの稼業を知っている男だから話は早い。

「東南アジアの不動産を使った案件があったかどうか知りたい。そうだな、過去一年くらいの間にだ。仕掛けは馬淵インターナショナル。実在しないペーパーカンパニーだ」

〈そんな社名は記憶にないですね。オーストラリアとパラオのリゾート詐欺なら一件ずつありましたが、東南アジアは近頃聞きませんねえ〉

「捜二の方は」

捜二とは刑事部捜査二課のことで、詐欺や汚職事件などの知能犯罪を専門に扱う部署である。

〈どっかの捜二が動いたんなら私の耳に入るはずですが、ちょっと覚えがないですね〉

「そうか。ありがとう」

〈お役に立てたんなら何よりです。コンサル料の方ですが、今回は三十でお願いできればと〉

「今すぐ振り込むから確認してくれ。前と同じ口座でいいな」

〈はい。またのご利用をお待ちしております〉

通話を終えた宗光は、続けてスマホを使用しネットバンキングで〈コンサルタント〉に情報料を振り込む。精度の高い情報の提供を受けるには、対価を惜しんではならない。支払いを済ませ、目を閉じる。

詐欺事案ならば捜査二課が動くはずだ。しかしそんな形跡はなかったという。

ひょっとしてこれは詐欺ではなかったのではないか。もしそうだとすると、すべての前提が崩れてくる。警察が元神崎組の芝井を振り込め詐欺の容疑で逮捕したからこそ、宗光のもとに楯岡と下原の依頼が舞い込んだのだ。あの事件には確かに詐欺が絡んでいた。

どういうことだ――

集中する。集中して最初から考える。

元ヤクザの馬淵と一緒に行動していた高木は、芝井に声をかけられた一人である。

次にやるべきことが見えてきた。再びノートパソコンを操作し、目的のリストを開く。

現在地を確認してから、運転手に声をかけた。

「悪いが行き先を変更したい」

「そら構いまへんけど、どこに行きまひょ」

「西成《にしなり》の方へ行ってくれ」

芝井や中坪の息子が集めた人達について、一人一人調べ直した。最も近くにいる関係者の住所が西成だった。

「着いたら用が済むまで待っていてくれ。この車は今日一日貸し切りにしたい。十万円でどうだ」

「えっ、十万でっか。そらもう喜んでやらせてもらいますわ」

運転手は喜色も露わにハンドルを切った。


今度の質問事項は主に二つ。

一つめ、「失踪した人物は、その直前にパスポートを取っていなかったか」。

二つめ、「別名の可能性もあるが、『加藤』という男について知らないか」。

全員を調べ直すには到底至らなかったが、半分も調べないうちに宗光は確信した。

自分の読みは当たっていた。できれば当たっていてほしくない種類の読みであった。

何人かがまさにパスポートを取得、あるいは再発行の手続きを行なっていた。

単身者ばかりだとそこまで割り出すのは容易ではなかったろうが、カップルで取得に行った者達がおり、彼らの友人がそんな話を聞いたと話してくれた。同様に家族全員で同時に取得した一家もあった。独り者であっても、「オレ初めてパスポート作ってん」と得意げに吹聴《ふいちょう》している者もいたという。

そして彼らは一人残らず失踪した。パスポートを使って日本から出国したか否かについては、公権力を持たぬ宗光には調べようがない。

だが、間違いない――

彼らは揃《そろ》って日本を出た。行先はタイ、フィリピン、シンガポール。

芝井らが振り込め詐欺のために集めた人々は、高木が用意した物件へと送り込まれたに違いない。

かつて似たような事件があった。東南アジアの高級住宅に集められた何十人もの日本人男性が、軟禁状態でひたすら振り込め詐欺の電話をかけ続けていたという。

多分、それだ。

芝井や中坪の息子は、高木の手がける不動産の仕事について知らなかった。芝井はただ警察に誘導されるまま神崎の名前を口にしたのだ。

順序としては、芝井が高木に声をかけたのが最初だろう。そうでなければ偶然でありすぎる。次に『加藤』が高木に目をつけ、おそらくは別名を使って接近し、芝井から切り離した上で不動産投資のビジネスを持ちかけた。

つながった――芝井の「振り込め」事案と高木の「不動産」事案とが。

二つの異なる事案の裏で、巧妙に暗躍しているのが『加藤』なのだ。

『加藤』が高木に目をつけた理由は何かあるのかもしれないし、ないのかもしれない。この場合は後者だろうと宗光は思った。要するに誰でもよかったのだ。その方がなぜか『加藤』らしいように感じられた。

もちろん証拠など何もない。ただ検事であったときの勘が、その〈線〉の太さをはっきりと告げている。

自分の見立てが正しかったと確信できても、事態のあまりの異様さに、宗光はまるで喜ぶ気にはなれなかった。

一つめの質問による成果は得られたが、二つめの方ははかばかしくなかったということもある。

中坪の父親は、『加藤』について「三十過ぎくらいのいいスーツを着た男で、若手起業家によくいそうな風体」と語っていた。

何人かの者は、『加藤』の名を聞いたことがある、もしくは会ったことがあると証言した。

しかし、中坪の父親が述べた以上の情報は得られなかった。彼らは一様に、同じようなことを口にしたのである。「高そうなスーツを着たビジネスマン風の男」と。

逆に言うと、『加藤』は接触する相手にそれ以上の情報を与えなかったのだ。

これはある意味、『加藤』の慎重さを物語ってはいないだろうか。

千葉四街道のファミレス店員は、『田島』を「三十過ぎくらいのテンションの高いヤツ」と表現していた。年齢だけは一致しているが、人物像はまるで違っている。

さらに『寺田』は「印象に残らないサラリーマン風の男」だ。これでは本当に同一人物なのか、自分でも疑わしくなってくる。

宗光は続けて高木と馬淵周辺の再調査に着手した。

確か馬淵に関する聞き込みを行なった際、何人かが言っていた――「誰かにその仕事をやれと焚《た》きつけられたようだった」と。

まさに自分の見立てと符合する。その「誰か」を見つければいいのだ。

「馬淵の側におった男で、それまでわしらが知らんかったような奴やて?」

馬淵と同じく大戸組の元組員で、組の解散と同時に土木作業員になったという男が言った。

彼は組員時代に馬淵とは比較的親しくしていたが、海外不動産の投資を請われ、その場で断っている。

「そんなん、いちいち覚えてへんわ。仕事の邪魔や、はよ帰ってんか」

宗光はいかにも迷惑そうにしている男に食い下がった。

「なんとか思い出してみてくれないか。こっちは下原さんの紹介で来てるんだ。なんなら楯岡さんに聞いてもらってもいい」

「楯岡さんて、千満組の楯岡さんかい」

「そうだ」

「楯岡のカシラが言うとるんやったらしゃあないなあ」

男は積み上げられた建築資材の上に座り込み、黒ずんだタオルで汗を拭《ぬぐ》った。

「例えば、あんたが投資話を持ちかけられたとき、馬淵の他に誰かいなかったか」

「おらんかった。よう覚えとる。西九条《にしくじょう》のうどん屋や。差し向かいで食うとったさかい、他に誰もいてへんわ。わしら二人や。あんなセコい店で『海外のリゾート、どや』とか言われてても乗れるかい。実感ないにもほどがあるで。『おまえ、いつまでも夢みたいなこと言うてんと、ちゃんとした仕事探した方がええで』て説教したった。けどなあ、元ヤクザが真面目にやろ思てもやらしてくれへんのが今の世の中やさかい」

「そうか」

自嘲《じちょう》的な慨嘆の混じる男の話は具体的で、宗光はあきらめるしかなかった。

「ありがとう。邪魔してすまなかった」

礼を言って引き返そうとしたとき、男は急に思いついたように、

「そや、その後もういっぺん馬淵に会うたわ。客が見つかったて」

足を止めて振り返った宗光に、男は続けた。

「商売はうまいこといっとる言うてな。報告やのうて自慢話や。物件も買うたあるさかい、一緒に見に行くだけでええから現地行かへんかて誘いに来よってん。そやそや、そのとき馬淵はなんや見かけん男と一緒やったわ。共同経営者や言うとったかいな」

「そいつの名前は」

「ええと、なんやったかいな……そや、『小林《こばやし》』や。わしの従兄《いとこ》とおんなじ名前やったん思い出したわ。そない言うたったら、なんや嫌そうな顔しとったわ。一瞬やさかい、わしの気のせいかもしれれんけど」

気になる証言であった。「従兄と同じ名前、と言ったら嫌そうな顔をした」。もしかしたら『小林』は、名前の印象を極力残したくなかったのではないか。

「どんな年恰好だった」

「歳は馬淵やわしとおんなじくらいやったから、四十半ばっちゅうとこかな」

四十半ば。『加藤』や『田島』とは年齢が違っている。

「なんや愛想の悪い陰気な男で、着古した化繊のジャンパー着とったな。馬淵はなんちゅうても社長やさかい、はるやまで買うたようなスーツ着とったけどな」

人物像もまるで違うものだった。しかしそれはあくまで男の主観だ。宗光はさまざまな角度から男に質問を浴びせたが、これといった情報はなかった。

男と別れ、宗光はさらに関係者を当たって回った。

「『小林』という名前の男が馬淵の側にいなかったか」

具体的に名前を出すと、何人かの者が思い出してくれた。

――ああ、そない言うたらおったわ、そんなん。五十前くらいのおっさんや。

――会うたんは一、二回やさかい。あんまりよう覚えとらんけどな。

――なんやえらい辛気《しんき》臭い男でなあ、こんなんで商売やる気あるんかて思たわ。

――着とった服？　確かジャンパーやったと思うで。革ジャンなんかとちゃう。市場のおっさんが着とるようなナイロンの古着や。

彼らの証言は一致していた。名前は『小林』。古いジャンパーを着た陰気な男で、年齢は四十代後半。やはりこれまでの〈影の男〉とは年齢も人物像もかけ離れている。事実だとすると、同一人物説は根底から覆《くつがえ》る。

写真等はもちろん存在しない。『小林』と接点のあった者はいずれもアウトサイダーかそれに近い男達だ。気軽にスマホで写真を撮り合うような習慣はない。

コンラッド大阪の客室で、各証言を記したメモの内容をパソコンに整理しながら、宗光はある違和感を覚えていた。

年齢ではない。〈古いジャンパーを着た〉〈無愛想な男〉という点だ。

馬淵は知り合いを回っては不動産投資を募っていた。本心からやる気であったことは、量販店の品かどうかはともかく慣れぬスーツを着て張り切っていた点からも充分に窺える。対して『小林』は、古着のジャンパーというおよそビジネスにはふさわしからぬ服装であり、接した相手によい印象を残していない。これではまるで、相手に投資するなと言っているようなものではないか。

そこまで考えたとき、宗光は我知らずノートパソコンを閉じて呻《うめ》いていた。

馬淵に会社のパンフレットまで作らせながら、『小林』は投資を募る気などなかった。むしろ、投資などしてほしくなかったのだ。馬淵や高木らを利用し、不動産を用意させるだけでよかった。『小林』の目的は、海外の物件に芝井らが集めた人員を送り込むことにあったのだから。

馬淵も高木も、資産どころか借金しかなかったはずだ。海外の不動産を取得する原資はどこから来たのか。

もしかしたら、物件調達の資金はすべて『小林』が出したのかもしれない。それどころか馬淵らの借金を清算してやったとも考えられる。だからこそ馬淵も高木も『小林』を無条件で信頼した。

仮にそうであったとすると、馬淵や高木まで姿を消していることにも合点がいく。彼らもまた利用されただけなのだ。本気で不動産投資の仕事に懸け、最後には現地へと渡航した。〈ビジネス〉の正体とその全貌を知らない彼らは、疑いもせず命じられるままに出国したことだろう。

パソコンの横に置いてあったスマホを取り上げ、番号を選択して発信した。

例によってすぐに応答した楯岡に、宗光はこれまでの調査の結果を報告する。

無言で聞いていた楯岡は、重厚な声で言った。

〈それで今度はわしにどないしてほしいねん〉

「千満組には東南アジアの組織にもコネがあると聞きました。タイ、フィリピン、シンガポールでの馬淵や高木、それに『小林』の動きを調べてもらいたいのです」

〈宗光よ、それは筋違いちゅうもんとちゃうんけ〉

全身が震えるような重低音だった。

〈調子に乗っとったらあかんど。わしらはあんたの子分やないんやで。わしの一存でやれることやったらええけど、今の話からすると、馬淵や高木、それに『小林』か、そいつらだけでどないかできる仕事やあらへんわな。向こうの組織が関わっとる可能性がある。それを承知で、わしらを使お言うんかい〉

楯岡は事の本質を見抜いていた。これはヤクザの〈国際外交問題〉に発展するリスクを孕《はら》んでいる。

「だからです。だからこそ楯岡さんにお願いしているのです」

〈どういう意味や〉

「私の推測通りだとすると、『小林』は現地で大規模な振り込め詐欺をやっている。対象地域はおそらく日本各地。事は不動産絡みですから、他にもいろいろ仕掛けているでしょう。これは海外からのショバ荒らしとは言えませんか」

楯岡が黙った。

「今ならまだ間に合います。こちらから穏便に接触すれば、向こうの組織とも話し合いのしようはある。しかし、現地の警察に踏み込まれて発覚したら手遅れです。せっかく築き上げた東南アジア各組織との友好関係に亀裂が入ってしまうことにもなりかねない」

〈脅迫でもしとるんかい。エセ弁が強請屋《ゆすりや》の真似事かい〉

「違います」

〈ほな、なんや〉

「これだけのお願いをする以上、私もただで済むとは思っていません。それだけのメリットを提供できると考えたからです」

〈『小林』のノウハウを使てもええちゅうこっちゃな〉

「その通りです」

声もなく楯岡は嗤《わら》った。

〈そうやないやろ、あんたの狙《ねら》いは〉

見透かされている——

『小林』の構築したスキームを大組織に渡す。それは個人の発明した兵器を大国に委《ゆだ》ねるようなものだ。しかし危険な兵器であればあるほど、大国の管理下に置いた方が安全だと判断した。

〈けどまあ、話は分かった。確かにわしらとしてもほっとけん。そやけどこの件は大きす

ぎるさかい、征雄会の執行部にも話さなならん。征雄会はあっちにも支部を置いとるしな〉

「お任せ致します」

〈ついでにもう一つ言うといたるわ〉

楯岡の声がより低くなり、殺気とも称すべき波動を帯びる。

〈今はエセ弁でも、元は検事やろ。チンコロしよった習志野のおっさんみたいにならんよう気ぃつけえよ〉

そこで唐突に切れた。

習志野だと——

宗光はスマホを元の場所に置く。いつの間にか掌に汗をかいていたらしく、スマホの表面がうっすらと濡《ぬ》れていた。

どういう意味だ——

今の通話を頭の中で懸命に再現する。

自分にとっての「習志野」とは『習志野開発』を意味している。「チンコロ」とは密告を意味する関西の隠語である。「習志野のおっさん」とは、習志野開発の贈収賄を内部告発した元役員を指すとしか思えない。

楯岡はこう言ったのだ、「習志野開発の告発者のように殺されぬよう注意しろ」と。

一瞬で過去に引き戻される。高級ホテルの一室がたちまち刑務所の独房へと変貌した。

なぜ楯岡がそんなことを――

当然ながら楯岡は自分の過去について知っている。だが、今そのことについて触れる必然性はどこにもない。

楯岡だ。楯岡だったのだ。習志野開発の内部告発者を自殺に見せかけて殺害したのは。

いや、楯岡本人ではなく、傘下《さんか》の組織の誰かだろう。それでも命じたのは楯岡だ。

どうして今になってそのことを――

恫喝《どうかつ》であることは明らかだ。

具体的に自白したわけではまったくない。だがそれだけで、生意気な非弁護人の心胆を寒からしめ、反逆の気力を奪う。何があろうと誰も手を出せない、圧倒的な自分の力を見せつける。大物ヤクザとしての真骨頂といったところだ。

なんてことだ――

そうとも知らず、自分はこれまで楯岡の仕事を受け、また頼りにもしてきた。ことに今回の事件は、楯岡の協力なしに解明はあり得ない。

宗光は胸を押さえてうずくまった。息ができない。凍てついた心臓が砕け散る。

かつて篠田は、告発者の殺害を調べ直すべきだと主張した。その意見に従ってさえいれば、こんな地獄に堕《お》ちずに済んだかもしれない。そう思うと全身がわななく。

気力を振り絞って立ち上がった。今は考えぬようにするしかない。

法廷にも立たぬ偽弁護士にできることなどたかが知れている。しかしアン一家のように、今この瞬間にも目に見えぬ落とし穴に嵌《は》まりかけている人達がいる。社会から無視され、人知れず消え去ろうとしている人達。小学生だったアン・ソユン。彼女にも人生があった。心配してくれる人がいた。法律とは、そんな人達を守るためのものではなかったのか。自分はそのために法律を学んだのではなかったのか。

一刻も早く〈ヤクザ喰い〉を発見しなければ――

そのためには、楯岡の力がどうしても要る。

法の埒外《らちがい》に生きる男の力が。自分の運命を狂わせた事件に関係していた男の力が。

構わない。今の自分は、法と無法の境に立って、法に従う非弁護人なのだから。

翌日の午後、楯岡から連絡があった。

〈あんた、いつまでこっちにおるんや〉

「決めておりません」

常と変わらぬその口調に、こちらもまた何事もなかったように応じる。それでも自ずと敵意が滲《にじ》んだであろうし、向こうもまた感知しているはずだ。

だがそんなことを意に介するような相手ではない。

〈そやったら、今夜静岡《しずおか》で須江《すえ》組の須江に会え。執行部が承認してくれた。窓口は須江や。あんじょう手配してくれるはずやから打ち合わせはそっちでしてくれるか。須江も詳しゅう聞いときたいて言うとるし〉

「承知しました」

ありったけの自制心で以《もっ》て電話を切り、パソコンで新幹線の切符を手配する。次いで荷物をまとめ、チェックアウトした。

数時間後、新幹線静岡駅の改札を出ると、さりげない足取りでスーツの男が近寄ってきた。

「宗光先生ですね。お迎えに上がりました」

男に従って進む。駅の外で黒いセダンが待っていた。

「どうぞ」

促されるままに乗り込んだが、車はものの二、三分ほどしか走らなかった。目的地は駅近くの目立たない小料理屋だった。『本日休業』の札が出ている。

店内に入ると、奥の座敷でスーツ姿の痩《や》せた男が待っていた。須江だろう。

他にカウンターやテーブルにボディガードと思しき組員が四人。迎えの男は運転手とともに車内で待機している。

「あんたが宗光さんか。噂は聞いてる。まあ座ってくれ」

奥の男に促され、靴を脱いで座敷に上がる。

須江はテーブルの上に用意されたビール瓶とコップを目で示し、

「まあ勝手にやってくれ」

「恐れ入ります」

返事だけして手は出さない。須江の緊張が伝わってきたからだ。

「楯岡のカシラを通して大体の話は聞いてる。けどよ、なんだかややこしすぎてな。ウチもはいそうですかと簡単に人は出せない。そこであんたの口から直接事情を聞きたいと思ったんだ」

「分かりました」

かいつまんでこれまでの経緯を話す。パキスタン人の子供の話は省略した。言えばこちらの真意を疑われるだけだ。

顔色一つ変えずに聞いていた須江は、こちらが話し終えると同時に言った。

「〈ヤクザ喰い〉か。面白いな。確かに今は組長クラスでもシノギに苦労してる時代だしよ。そんな末端のはぐれ者なんぞ、産廃以下の価値もねえ厄介もんだ。組になんの貢献《こうけん》もしなかったくせに、後々まで迷惑ばかりかけやがる。それを人知れず始末してくれてるってんなら、その『加藤』とか『小林』とかって奴らは、言ってみりゃあ世の中のためになることをしてるんじゃねえのかい。公共事業ってやつだ」

ヤクザである以上、誰もがエゴイストの悪人に決まっている。それでも須江は、徹底して楯岡とは異なるタイプの人物であるようだった。

いや、本質的には違っていない——

楯岡も須江と同じく、犯罪を生業《なりわい》にしているヤクザという人種なのだ。そのことを思い知らされたばかりではないか。

「はっきり言ってな、迷惑なんだよ。タダでさえシノギが苦しいってときに、よけいな仕事を押しつけられてよ。しかも人件費やアゴアシ代はてめえ持ちだ。分かるか。行先はそこらの観光地じゃねえんだぞ。東南アジアのあちこちだ。いくらかかると思ってんだ」

分かる。須江の憤懣《ふんまん》はもっともだ。金だけではない。下手をすると現地組織との間でどんなトラブルに巻き込まれるか知れたものではないからだ。

「では、引き受けてもらえないと」

「そうは言ってねえ」

ビール瓶をつかみ上げ、須江は手酌で自分のコップに注いだ。

「ウチもウチの上の組織も、征雄会の代紋で飯を食ってる。執行部からの言いつけに逆らうなんてできっこねえ。言われた仕事はきっちりやるよ。楯岡のカシラも次の人事ではいろいろ考えといてやるって約束してくれたしな。けどよ宗光さん、あんたにこれだけは言っておくぜ。ウチは好きこのんで協力してるわけじゃないってな」

周囲の組員達も殺気を押し隠した目付きでこちらを睨んでいる。おそらくは実際に現地へ〈出張〉することになるのは彼らなのだろう。

「〈ヤクザ喰い〉か」

ビールを呷《あお》って須江は繰り返した。

「宗光さんよ、あんたはそんな奴を追っかけて楽しいか。いや、別に楽しくはねえだろうな。ヤクザ以下の最底辺の連中を食い物にしてる悪党を見つけ出す。そりゃあ気分がいいだろうぜ。けどよ、あんたの自己満足のためにパシらされる者の気持ちってやつも考えてみた方がいいぞ。当たり前だろ、カス連中の安全なんて知ったことか。言ってみりゃあ、あんたも、その〈ヤクザ喰い〉も、俺達にとっちゃおんなじだ。どっちもおんなじ厄ネタだ」

自己満足か――

目の前でビールを飲んでいるヤクザの言葉は、おそらくは本人が意図した以上に鋭く宗光の胸に刺さった。

唐突に篠田を思い出す。

かつて彼と訣別《けつべつ》したとき、やはり同じことを口にしてはいなかったか――「それはおまえの自己満足じゃないのか」と。

あのときの篠田の顔。篠田の声。篠田の怒り。

俺は間違ってなどいなかった――〈正しいこと〉を為そうとしただけだ――

「須江さん」

宗光は畳の上に額を付けていた。

「皆さんのご苦労は承知しています。でもね、ヤクザだって人間のはずだ。家族だっている。それを――」

「やめてくれ」

いまいましげに須江はコップを置いた。

「そんな真似してもらってもこっちは嬉しくともなんともねえ。やるって言ってんだろうがよ。だがこれだけは覚えとけ。善人ぶるのは勝手だが、もう二度とよけいな手間をかけさせねえでくれよな、宗光さん。他の組の連中もあれこれやらされてるみてえだが、楯岡のカシラに言われたからしょうがなくやってるだけなんだぜ。みんなそうさ。そこのところは勘違いするんじゃねえぞ」

「心します」

顔を上げて答えると、須江は部下達に目配せした。

男達が一礼して店を出ていく。

「あいつらは今夜中に出発する予定だ」

「ありがとうございます」

「何か分かり次第、連絡する。帰っていいぜ、宗光さん。あんたとはもう二度と会いたくねえ」

店の出入り口では、静岡駅まで迎えに来た男が待っていた。

須江に無言で一礼し、宗光も店を出た。

半ば強制的に静岡駅まで運ばれた宗光は、おとなしくそのまま東京へと戻ることにした。

宗光が新幹線の改札を通るのを、男はじっと見届けていた。

10

新幹線の車内で、宗光のスマホにメールの着信があった。

千満組からのもので、本文はない。ただ新たなリストが添付されていた。

自分が依頼したこととは言え、ひたすら悔恨の苦痛に耐える。楯岡は告発者の死に関与していた。ほんの少し前までは想像もしていなかった矛盾と葛藤とを抱え込むことになってしまった。しかもそのことを追及したが最後、自分には逃れられない死が待っている。

ファイルを開いて、一層暗澹《あんたん》たる思いに沈む。リストに記されているおびただしい名前は、リストラされたヤクザ達のものだ。ヤクザ組織は、すでにアウトサイダーのセーフテイネットとして機能していない。

カタギの大企業が、非人道的なリストラを行なって平然としている時代である。元来が悪党の集まりであるヤクザが、情け容赦なく仲間を切り捨てても当然と言える。しかし表と裏、両方の社会から見捨てられた大量の人間は、一体どこへ行けばいいのだろう。

組に見捨てられたヤクザのリストが、図らずも日本社会の崩壊度合の深刻さを示している。

疾走する新幹線の外は、闇に沈んで何も見えない。

だが、それだけではない――

この闇の向こうに、平安時代の都に在ったという羅生門《らしょうもん》が聳《そび》えている。

そこには、人を取って喰う〈何か〉が潜んでいるはずだ。


東京に戻った宗光は、新富町の寂れた和風旅館『福富館』に宿を取り、〈影の男〉の足取りを追った。

ヤクザ社会から放逐された男達の傍《かたわ》らにいつの間にか忍び寄り、甘い夢を吹き込む男。

これまでに集めた証言からすると、年齢の幅が広すぎて同一人物とは考えにくい。やはり複数から成る集団が動いていると見るべきだろう。

共通しているのは、どの男も存在した証拠すら残していないということだ。

これまでのところ、彼らは保険金詐欺にだけは手を出していない。保険会社は警察以上に執拗《しつよう》且《か》つ徹底的に調べるからだ。そういうあたりが憎らしいまでに周到だった。

彼らはどこから来て、どこへ消えたのか。そして今どこにいるのか。

いずれにしても、新たな獲物を罠に掛け、蜘蛛《くも》のようにその体液を啜《すす》っているに違いない。そう思うと、宗光はどうしようもない焦燥に駆られた。

マリクの同級生一家のように、消えた大勢の人達はどうなったのか。これほど大量の人間が消えているというのに、世間は何事もなかったかのように今日も機械的に動いていく。

だからといって警察に相談するわけにもいかない。警察はヤクザ以上に面子《メンツ》を第一に考える。そのこだわりは幼児じみているとさえ言っていい。前科者の訴えなど取り上げられるどころか逆効果だ。仮に明白な証拠があったとしても、警察は動かない。賭けてもいい。見て見ぬふりをするだけならいい方だ。証拠の隠滅くらいは平気でやる。なぜなら、それが警察という組織だからだ。

「ああ、新井《あらい》ね。シェア別荘の販売をやるって言ってたな」

春日部《かすかべ》駅近くのカフェでそう答えたのは、千満組のリストにあった元ヤクザの知人であった。高校の同級生で、一時は一緒に遊び回っていたという。

〈シェア別荘〉。どういう仕事かはおおよその見当がついた。これまでと同じパターンだ。

「最近会わないけど、どう、新井の奴、元気にやってる？」

「それが、もうだいぶ前から行方不明になってましてね」

新井の失踪について教えてやると、相手は本気で驚いていた。

「行方不明って、どっかに引っ越しただけなんじゃないの」

「だといいんですが、どうやらそうじゃないらしくて」

「あれじゃないの、別荘の方に移って念願の仕事を始めてるとか」

「その別荘がどこにあるか、ご存じありませんか」

相手は束の間考えてから、

「はっきりとは覚えてないなあ……群馬《ぐんま》のどっかだったような気がするけど」

「群馬ですか」

「それこそ、『長谷部《はせべ》』に訊いてみるといいんじゃないの。共同経営者って言ってたから」

例によって、〈影の男〉の名前が飛び出した。

「その『長谷部』って人なんですけど、誰も連絡先を知らないんですよ」

「嘘だろ。新井と一緒にあちこち回ってるって聞いたぜ」

「いえ、本当です。どんな人でした、『長谷部』さんて」

「どんな人って、そうだなあ、普通の人だよ。普通のスーツ着て、普通の髪型で。そこらにいる会社員みたいな人」

「年齢は」

「三十、いや四十くらいかなあ。コイツ意外に若いのかなって思うと、えらく老《ふ》けて見えるようなときもあったし。なんて言うか、年齢不詳って感じはしたなあ」

年齢不詳——宗光はその言葉を手帳に書き留める。

こうして歩き回っていても、見つかるのは〈影の男〉が掘ったと思しき蟻地獄の跡だけだ。

辿り着いたときには関係者全員が砂に埋もれて地上から消えている。ただ幻のような名前を残して。

今回は『長谷部』だ。

福富館の部屋でノートパソコンのキーを叩いていると、外から仲居の声がした。

「失礼します」

はい、と返事をすると襖《ふすま》が開けられ、中年の仲居が顔を出した。

「お客さんがお見えですけど」

「客だって？」

「ええ、久住《くすみ》さんとおっしゃる方が」

「久住？」

知らない名前だった。

「なんでも『長谷部』の件で宗光さんにお会いしたいと」

思わず座布団から腰を浮かせていた。

自分の居場所を知る者自体がほとんどいないはずなのに、『長谷部』の件とは。

「あの、お通ししてもよろしいでしょうか」

不審そうに言う仲居に、

「お願いします」

そう返答して考え込んだ。

何者だろうか。『長谷部』の件に限らず、元ヤクザを調べていると、地元の現役ヤクザや半グレ達から嫌がらせや恫喝《どうかつ》を受けることがある。時には警察から職務質問をされたりもする。

相手が警察の場合は弁護士のふりをするだけですぐに退散するが、ヤクザはそうはいかない。それでも楯岡や千満組の名前を出すと大抵は黙るものだが、中にはかえって絡んでくる者もいる。静岡の須江のように、宗光の行動に反感を抱いている者も少なくないのだ。

この客とやらもそうした手合いなのだろうか。

「こちらでございます」

仲居の声がして襖が開いた。

「失礼します。お連れ致しました」

入ってきたのは、落ち着いたスーツに身を包んだ銀髪の紳士だった。

この顔は、確かどこかで――

仲居が去るのを待って、客は自分から名乗った。

「はじめまして。遠山《とおやま》連合の久住です」

衝撃をまったく受けなかったというと嘘になる。

久住――そうか、久住崇一《そういち》か――

『遠山連合』とは、楯岡の所属する千満組の上部団体に当たる『征雄会』と日本の暴力世界を二分する大組織である。征雄会が関西に基盤を置いているのに対し、遠山連合は関東の組織を中心としているので、俗に「西の征雄、東の遠山」と呼ばれている。

その遠山連合の中でも中核を担っている組織の一つが、久住の率いる久遠会《くおんかい》なのだ。

多少なりとも日本の裏社会と関わりのある者ならば、皆その名を知っている。宗光とて例外ではなかった。

言わば楯岡の〈宿敵〉でもある久住が、単身こんな所へ現われようとは。

「座ってもいいかな、宗光さん」

穏やかにそう言われ、我に返った。

「ええ、どうぞ」

慌てて座布団を勧める。

古い旅館の色褪《いろあ》せた座布団は、久住の高級スーツにはいかにも不似合いであった。

長身の久住は、洗練された仕草で腰を下ろす。何から何までヤクザらしからぬ佇《たたず》まいである。

その視線が、座卓の上のノートパソコンを鋭く捉えた。

宗光はさりげなくパソコンを閉じながら言った。

「ご用件を伺いましょう」

「君が『長谷部』について調べていると耳にしたものでね。それは本当かな」

「本当です」

「実は私も『長谷部』を探していてね、それで気になって寄らせてもらったというわけだ」

意外なことを口にした。

「宗光さん、君は『長谷部』について何を知っているんだね」

「それは……」

答えるべきか、否か。宗光は躊躇した。

うわべはどこまでも紳士的であるが、相手はなんと言っても遠山連合の大幹部である。

現状として征雄会や千満組の力を借りている身で、迂闊《うかつ》に話していいものかどうか。

ヤクザ社会には厳然としたルールやしきたりがある。一般人よりそれらに通じているのは確かだが、本職でもない部外者である以上、どこで地雷を踏んでしまうか知れたものではなかった。

「これは失礼した。まずこちらから話すのが礼儀だったな」

宗光の逡巡《しゅんじゅん》と困惑を察したのか、久住は自ら語り出した。

「私がまだ駆け出しの時分に世話になった人で、竜本文治《たつもとぶんじ》って親分がいる。若い頃は竜巻のタツとも言われた極道で、その名の通り、素早い動きで一度も喧嘩《けんか》に負けたことがなかったそうだ。どういうわけか私はこの人に気に入られてね、ずいぶんと可愛がってもらったものだ。この人には息子夫婦がいたんだが、交通事故で二人同時に亡くなった。竜本さんは『俺のせいだ、親の因果だ』と嘆かれて、一人残された幼い孫を引き取って引退された。こっちの世界とは一切の縁を切り、お孫さんと二人でカタギの暮らしを始められたんだ。もう二十五年ばかり前の話だ。なにしろ名の通った親分だったから、昔の知人を頼ろうと思えばいくらでもできたはずなのに、それだけは頑《かたく》なに拒んでいた。本当に昔気質《むかしかたぎ》の人だったんだよ」

懐かしい思い出を反芻《はんすう》するように、久住はそこで言葉を切った。

宗光は黙って続きを待つ。

ややあってから、久住は再び口を開いた。

「何かの拍子に、この人と連絡がつかなくなっているらしいと知り、私はなんとなく気になった。そこで子分達にいろいろ調べさせてみた。しかしどうもよく分からない。唯一の手がかりは、竜本さんの側にいたという『長谷部』って男だった」

まさか——

こちらの顔色が変わるのを、久住は敏感に見て取ったようだ。

「君も知っているとは思うが、ウチの組織は決して小さくはない。にもかかわらず、いくら調べても『長谷部』という男の素性が分からない。そんなときだ、子分の一人がある情報を聞き込んできた。非弁護人の宗光彬が『長谷部』について調べているらしいとな」

そういうことか——

「君はどうして『長谷部』を調べていたんだね？　そもそもこいつは何者なんだ。何か知っていることがあったら教えてほしい」

宗光は座布団の上に座り直し、肚《はら》を据えて言った。

「〈ヤクザ喰い〉です」

そしてこれまでの経緯と自らの推論とを最初から細大漏らさず説明する。この人の前では、いかなる隠し事も避けた方が賢明だ——宗光はそう感得していた。

久住はじっとこちらの目を覗き込むようにして聞いている。温和な光を湛《たた》えていながら、少しでも偽りがあれば決して見逃さぬ眼光だ。

宗光が語り終えたとき、久住は深い息を吐いて言った。

「到底信じ難い話だが、君が嘘を言っているとも思えない。〈ヤクザ喰い〉か。宗光さん、おそらくは君の推測した通りだろう。現在の竜本さんは相当な高齢だ。ヤクザには年金も保険もない。ましてや竜本さんは投資なんかに手を出すようなお人じゃなかった。お孫さんもいる。生活は楽ではなかったはずだ。竜本さんはすでに……」

すでに『長谷部』の犠牲となった可能性がある――そう言おうとしたのだろうが、久住は思い直したように顔を上げた。

「頼みがある」

「なんでしょう」

「この件の調査を君に依頼したい。『長谷部』、いや〈ヤクザ喰い〉の正体を突き止めるんだ。竜本さんには言い尽くせぬほどの恩義がある。費用はいくらかかってもいい。徹底的にやってほしい」

「お断りします」

即座に答える。同時に途轍《とてつ》もない殺気の風が吹き付けてきた。千満組の楯岡に勝るとも劣らぬ、いや、それをはるかに凌駕《りょうが》する気迫。穏やかに座す紳士が、無言のうちに発したものだ。

「理由を聞かせてくれるかね」

どこまでも落ち着いた口調で久住が問う。

「すでに依頼人がいるからです」

「征雄会か」

「違います」

「では誰だ」

「マリクです」

「パキスタン人の子供か」

「はい」

「なら仕方ないな」

久住は苦笑して立ち上がる。

「しかし、おかしな男だな。君は征雄会に義理があるわけでもないのだろう?」

「はい」

「なのに征雄会には借りを作ってまで協力を求めながら、報酬を出すという私の頼みは断った」

「単なるなりゆきです。あなたが最初の依頼人であったなら、喜んでお引き受けしたでしょう」

「おかしな男だ」

同じことを呟《つぶや》くように繰り返した久住は、出口に向かおうとして足を止める。

「私で力になれることがあったらいつでも言ってくれ」

「ありがとうございます」

「その代わり」

「分かっています。竜本さんに関して何か判明したら必ずご報告します」

「君の仕事がうまくいくことを祈っているよ」

そう言い残し、久住は部屋を出ていった。

最後まで優雅な物腰だった。とてもヤクザ世界の実力者とは思えない。一瞬の殺気を別にすれば。

宗光はノートパソコンを開き、そこに「竜本文治」の名を打ち込んだ。新たなファイルを作成し、久住から聞いたばかりの話を記録する。

竜本老人は間違いなく被害者の一人だ。久住の恩人ということは、征雄会の系列ではない。しかも末端クラスとは到底言えない上に二十五年も前に引退しているため、ピックアップの条件からは外れてくる。だから千満組に依頼したリストには載っていなかったのだ。かつての大物ヤクザであっても、〈ヤクザ喰い〉にとっては単なる年老いた極道者でしかないということだろう。

パソコンをバッグに詰めて部屋のキーをつかむ。

今日の仕事が決まった。竜本文治の足跡を追うことだ。

『長谷部』の手がけていた仕事は、〈シェア別荘〉の販売である。

この不況下に、別荘の購入を新たに考える者など決して多くはないはずだ。年に何日使うか分からないのに、維持費だけでも馬鹿にできない金額となる。しかし何組かでシェアするのであれば、互いに都合のいい時期だけ使用でき、初期費用や管理費も分割できる。単なるシェア別荘なら、まさにその名目でビジネスを展開している先行業者が山ほどいる。

『長谷部』のプランは、打ち捨てられた廃屋同然の古民家を格安で買い入れ、リノベーションした上で転売するというものだった。だがそれだけではまだ難しい。『長谷部』がセールスポイントとしたのは、「購入者保証」を謳《うた》ったことだった。

仮に購入希望者が目標人数分見つからなかったとしても、『長谷部』の会社が購入するので、持ち主は絶対に損をしないという仕組みである。

なんのことはない、数年前に悪質な地銀と組んで女性向けシェアハウスを売りまくり、世間の耳目を集めた『シンデレラの馬車』とまったく同じ手口である。

あからさまな詐欺だから、いくら価格が法外に安くとも購入者などそう簡単に見つかるわけがない。

『長谷部』が探していたのは実は購入者などではない。〈共同経営者〉であった。

もとより破綻《はたん》前提のシステムである。その前にできるだけ金を集めようというのがこのスキームの正体だが、『長谷部』の真の目的は、金に釣られて寄ってきた男達とその家族なのだ。

そこで宗光は考え込んだ。

これまでの例のように、新井や他の男達は分かる。しかし、竜本はどうだろうか。すでに相当な高齢者のはずだ。いくら往年の暴れ者であっても、怪しい不動産の営業販売までやる気力があるとはどうにも想像しにくかった。

昔気質の老ヤクザ。裏社会と縁を切って引退し、孫とともにカタギになった。当然生活は苦しいものであったろう。借金を重ねたのかもしれない。しかし昔の知人には助けを求めず、孫のために――

ようやく気づいた。

孫だ。当時幼かったとしても、今は三十前後のいい大人だ。成長するまでは竜本が面倒を見ていた。しかし今では、逆に孫が竜本の世話をしていたのだ。祖父のためにも金が要る。そこを『長谷部』につけ込まれ、うかと話に乗ってしまった。そう考えれば合点がいく。

孫の名は猛《たけし》と言った。宗光は竜本ではなく、猛の周辺を洗うことにした。

もっとも、それくらいは久遠会の組員達がすでにやっているだろう。

それでも彼らが見落としている〈何か〉があるに違いない。今はそう信じるよりなかった。

竜本猛は千葉の市川《いちかわ》で介護施設の職員をやっていた。祖父の文治と同時に失踪しているので、本人に話を聞くことはできない。

弁護士を詐称して施設を訪れ、同僚だったという中年の女性介護士に話を聞く。

「猛君、大金でも借りてたんですか？　前にも話を聞きに来た人がいて……いえいえ、あなたと違ってえらく柄の悪い人達でしたけど」

やはり久遠会がすでに来ていたのだ。

「そうなんですか。私はご親戚の方に頼まれて、遺産管理の必要から竜本さんとお祖父様《じい》をお捜ししてるだけなんですけど……その人達、どんなことを訊いてきました？」

「どんなことって、ただ、竜本さんがどこに行ったか知らないかって……それはこっちが訊きたいくらいですよ。休み明けになっても出勤してこないんで、変だなって思ってたら『辞めます』って電話があって」

「それだけですか。他には何か言ってませんでしたか」

「もうほんとそれだけ。猛君て、今時珍しいくらい真面目に仕事する人だったから、あたし、もう何がなんだか。介護士の仕事しながら、家に帰ればお祖父さんのお世話もしてたわけでしょう？　えらいなんてもんじゃなかったわよ。みんなほんとに心配してて、それだけに、ねえ」

　これまでのケースと違い、竜本猛は職場の同僚を巻き込むようなことはしなかったらしい。

「もしかして『長谷部』って人をご存じでしょうか」

「いいえ。前に来た人達にもそんなこと訊かれましたけど、誰なんです、その人？」

「猛君と親しくしてた人みたいで、猛君の居所を知ってるんじゃないかと」

「さあ、申しわけありませんけど、私は聞いたこともないですね」

「そうですか」

　落胆がどうしても言葉に滲んでしまう。

「お忙しいところをありがとうございました」

　礼を述べて出口に向かおうとしたとき、

「そうだわ、もしかしたら美紀《みき》ちゃんなら知ってるかも」

「どなたですって？」

「境《さかい》美紀さん。猛君の元カノ」

　今度は驚きが顔に浮かぶのを隠せなかった。

「猛君て真面目で素直な子だったから、彼女がいたっておかしくないでしょ。パン屋さんで働いてて、猛君はそこの常連さんだったの。お似合いのカップルだったんだけど、介護士って仕事がきついわりにはお給料が安いから、美紀ちゃんもとうとう結婚には踏み切れなかったみたい。そりゃそうよねえ」

女性の言葉に諦念《ていねん》と自嘲が混じる。それと、社会に対する微かな怨嗟《えんさ》だ。

「それで結局、一年くらい前に別れちゃったの。だから本当に知ってるかどうかまでは……」

「そのことを、前に来た人達には」

「言ってません。今思い出したくらいだから」

久遠会が調べていたのはあくまで竜本老人の行方である。一年前に別れた孫の交際相手までは把握していなくてもおかしくはない。

女性介護士に教えてもらった境美紀の職場に直行する。介護施設からほど近い、明るい構えの店だった。

レジの中にいた店員に境美紀を捜している旨を告げると、店長らしい中年男が出てきて奥の事務所へと案内された。どうにも穏やかならぬ気配である。

「境さんならもう辞めたから、ウチは関係ないよ」

いきなりそう切り出された。

「介護士の男とまた付き合うようになってから、なんだか様子がおかしくなってさ」

「その男って、竜本猛さんですよね」

「あんた、知ってんの」

「ええ」

わけ知り顔で応じたが、二人の関係が復活していたとは聞いていなかった。

「様子がおかしくなったっておっしゃってましたけど、それは具体的にどのような……」

「なんなの、あんたは」

思い出したように店長が不審そうな視線を向けてきた。

「実は、浮気の調査なんです」

「浮気って、境さんが？　結婚したの、あの人？」

「いえ、それはまだなんですが、現在の彼氏さんがちょっとね……」

「ああ、いるよね、そういう人」

「それで調べてみると、どうも境美紀さんには妙なところがあったようで」

相手の話に調子を合わせて説明すると、店長はいかにも腑《ふ》に落ちたというように、

「今誰と付き合ってるか知りませんけど、浮気以前にあの娘はやめといた方がいいと思いますよ。そりゃね、最初は明るくていい娘だなって思ってたんですけど、段々と様子がおかしくなってってって、ある日、出勤するなり叫び出したり泣き出したり、挙句の果てに焼きたてのパンが載ってたトレイをひっくり返して、みんなもうびっくりしちゃって。なのに

いくら訊いても理由は一言も言わないし。何かあったのかなと思って『親御さんに連絡しようか』とか『警察を呼ぼうか』とか、いろいろ言ってみたら、本人が『絶対にやめてくれ』って。どうしようかと思ってると、『辞める』って言って出ていってそれっきり。居合わせたお客さんも驚いて帰っちゃうし、もう大迷惑だよ」

「お察しします。念のため、境さんのご住所をお教え頂けませんか」

「住所って、浮気の調査ならそれくらい知ってるんじゃないんですか」

店長が当然の疑問を投げかけてきた。

「それが、美紀さんがお相手に話してた住所がデタラメだったんですよ。それで以前、こちらで働いてたって話を突き止めて」

「なるほどねえ」

咄嗟《とっさ》の嘘に、相手は大きく頷《うなず》いた。

「個人情報だからほんとは駄目なんでしょうけど、事情が事情だし、ね。うっかり結婚なんかしちゃったら人生の一大事だ」

小声で言いわけをしながら、店長は元従業員の履歴書を見せてくれた。よほど彼女に腹を立てていたのだろう。

許可というより黙認を得て、スマホで履歴書の写真を撮る。添付された写真は特に大きく撮った。

店長の話から想像すると――

境美紀は竜本猛と一年前に別れたが、その後再び交際するようになった。おそらくは猛の方から接近したのだろう。理由は『長谷部』絡みの案件だ。そこで美紀は何かを目撃した。あまりにも衝撃的で、且つ警察にも肉親にも話すわけにはいかない何かを。どうやってその場から離脱できたのかは分からないが、一旦は習慣に従って出勤したものの、すぐに記憶が甦《よみがえ》って錯乱した。次いで理性を取り戻した彼女は身の危険を感じ、即座に職場から離れた。

だとすると、とっくに転居して行方をくらませていると考えられるが、一応は確認しておかねばならない。

履歴書に記されていた美紀の住所は同じ市内のマンションだった。見るからに若者向けのワンルームマンションで、オートロック等の設備はない。表札も出ていなかった。未婚の若い女性は表札を出さない場合も多いので、部屋番号だけを慎重に確認する。

過度な期待は禁物だと自らに言い聞かせながらドアベルのボタンを押した。

「はい？」

ややあって、化粧気のない若い女が顔を出した。

一瞬緊張したが、明らかに別人だった。

「ごめん下さい、境美紀さんでいらっしゃいますでしょうか」

「いいえ、違いますけど」

「あっ、申しわけありません。でも、境さんのご住所はこちらになっているんですけど」

怪しまれないよう、コンビニでプリントアウトした履歴書の住所欄を指し示す。

「たぶん、前に住んでた人なんじゃないでしょうか。私、先月越してきたばっかりなんで」

「ああ、そうなんですか。それはどうも失礼しました」

やはり美紀は転居していたのだ。

管理会社も転居先は把握していなかった。親元にも帰っていない。完全に姿を消していた。それは意図的に行方をくらませたのか。あるいは『長谷部』に捕捉《ほそく》されたのか。

現時点ではどちらとも言えない。

ただ一つ、ここで竜本の跡を辿る糸が完全に途絶えてしまったということだけがはっきりした。

もし彼女を見つけられれば、〈ヤクザ喰い〉の犯罪を立証する貴重な証人となったかもしれなかったと思うと、落胆は自分でも驚くほど大きかった。

11

宗光は沈む気持ちを強いて切り替え、別の線を追い始めた。

調べねばならぬ件は山のようにある。社会から見捨てられた人間の数はそれだけ多いということだ。調査に没頭している間は、楯岡と自分の過去について忘れていられる。それはこの上なくありがたかった。

そのとき宗光は、楊《よう》という前科者の男を追っていた。楊は残留孤児三世で、中国名を名乗っているが国籍は日本である。

居住地である横浜《よこはま》市鶴見《つるみ》区鶴見のアパートにまず足を運ぶと、例の如く転居した後だった。ここまで来るともはや失望も徒労感もない。

楊は『日本マイノリティ親睦教会』なる組織を起ち上げようとしていた。実態はよくある宗教セミナーだ。そして何より宗光の注意を惹《ひ》いたのは、楊の背後に『鈴木《すずき》』なる男が存在することだった。

「楊の奴、あんまり生活が苦しかったせいか、とうとう宗教なんか始めやがって。神にすがりたくなる気持ちは分かるけどね」

楊の知人は、清掃局の事務所でコンビニ弁当をかき込みながら言った。

「それで、楊さんが今どこにいるか、ご存じありませんかね」

なんの期待もせずにそう問うと、相手はこともなげに答えた。

「さあねえ。アパートにいるか、教会にいるか、どっちかじゃない？　パチンコに行ってるかもしれないけど」

「え、楊さん、とっくに引っ越してますよ」

「うん、三日前に鶴見から川崎に越したばっかりなんだよ。川崎に教会を作ったから、自分ちも近い方がいいだろうって。信者っていうか、会員がまだ三人くらいしかいないってのに、教会なんてさ」

宗光はいつの間にか予断に毒されていた己を罵《ののし》り、次いで幸運に歓喜した。

楊の宗教セミナーはすでに終わった仕事ではなかった。現在進行形だったのだ。

「もしかして、『鈴木』の居所もご存じでは」

「さあ、そこまでは……だけど楊とつるんでるのは確かだから、そのうち会えるんじゃないの」

ごくあっさりとした口調で男は言った。『鈴木』がどれほど危険な相手か、知る由もないからだ。

「よかったら私を楊さんに紹介して頂けませんか。活動に興味を持ってる男がいるって」

「でもあんた……」

宗光は男に数枚の一万円札を握らせて、

「人生に行き詰まってて、救いを求める男だとか言って下さい。決してご迷惑はおかけしませんから」

「ほんとに紹介するだけでいいの？」

疑わしげに言いながら、男はすでに札を自分のポケットにしまい、代わりにスマホを取り出している。

「ええ、ぜひお願いします」

「じゃあ、ちょっと待ってて」

男はスマホの発信ボタンを押した。

「……あ、楊さん？　ちょっといい？　この前あんたが言ってた教会の話なんだけどさ、知り合いに話したらすごく食いついてきて……うん、そう、人生に行き詰まってるとか言ってってねえ、ほんとに困ってるみたい。それで……うん、うん……じゃあ、ちょっと訊いてみるわ」

スマホを手にした男が顔を上げる。

「楊さん、教会にいるって。今すぐ行ける？」

タクシーで清掃局の男に教えられた住所に急行する。

川崎市幸区《さいわいく》中幸町《なかさいわいちょう》。古い雑居ビル『幸寿ビル』の一室が日本マイノリティ親睦教会の〈教会〉に充てられていた。五階建ての中の三階だ。

防犯カメラも何もないエントランスに掲《かか》げられたプレートの表示を見ると、各階にテナントが二軒ずつ入れるようになっている。デザイン事務所から個人名までさまざまだ。半分以上が空欄のままであるところを見ると、入居率がいいとは決して言えない。オーナーが宗教セミナーを入居させたのも頷ける。

エントランスを入ってすぐ正面に一基のみのエレベーターがあり、その左奥に非常階段が見えた。

エレベーターで三階まで上がる。向かい合わせに並んだドアのうち、左側のドアに『日本マイノリティ親睦教会　川崎本部』のプレートが貼り付けられていた。

インターフォンのボタンを押すと、すぐにドアが開けられ、四十絡みの男が顔を出した。坊主頭に作務衣《さむえ》を着ている。

「あの、私……」

「宗光さんですね、お待ちしておりました、どうぞお入り下さい」

満面の笑みで迎え入れられた。

内部はごくありふれた1LDKで、十畳ほどのリビングが〈教会〉であるらしく、金色に塗られたすだれが壁全体に掛けられていた。リフォームどころか、壁紙を貼り替えるよりも安く上がるという工夫だろう。初手からやり逃げの意図が透けて見える。

リビングの中央には、リサイクルショップで買ってきたようなアンティークまがいのテーブルと椅子が置かれていた。

「議長の楊です。さあ、お掛けになって下さい」

勧められるまま椅子に座り、怯《おび》えを感じさせるであろう声音で尋ねる。

「あの、議長と申しますと……」

楊は不自然なまでに温和そうな微笑《ほほえ》みを浮かべ、得々と語り出した。

「まずお断りしておかねばなりませんのは、私どもは世間で言うところの宗教ではないということです。俗世の苦難に悩み、苦しみ、救いを求める人達が、お互いに語り合い、苦しみの根源を見極める。そのための場を提供しようという趣旨に基づいて設立された研究団体なのです。新興宗教と誤解されると、それこそ詐欺の類だと疑われかねませんからね」

聞けば聞くほど詐欺としか思えない。

「ですから、牧師や僧侶といった言葉を使わず、議長という役職名を使用しているのです。文字通り、議論の司会を務め、皆様を正しい方向へと導く役目です」

〈正しい方向へと導く〉と言い切っている段階でそれは議論ではあり得ないと思ったが、そんなことは一切口には出さず、あくまで不安そうな入信希望者を装う。

「あの、今、役職と申されましたが、他にどのような役職の方がいらっしゃるのですか」

「私どもの会は発足して間もないのですが、組織はしっかりとしたものです。議長の私の他に、事務局長がおりまして、会の運営に関する仕事を一身に引き受けて下さっております」

「事務局長さん、ですか」

「はい、鈴木という者です」

『鈴木』——

「その方は、どちらに」

「残念ながら今日はこちらにはおりませんが、いずれご紹介致します。今申し上げた通り、あちこち飛び回っておりますもので。おかげで私どもは、こうして日夜議論を深めることに集中できるというわけです」

楊は敬虔《けいけん》そうに見えないこともない態度で控えめに笑った。

その笑顔を間近に眺めながら、宗光は己の興奮を抑えることに専念する。

ようやく〈ヤクザ喰い〉を射程圏内に捉えたのだ。

「ちょっとお待ち下さい」

楊が唐突に立ち上がる。

「あ、はい」

宗光は一瞬緊張したが、楊はそのまま流し台へ向かった。

作り付けの食器棚からカップを取り出し、洗っているのかどうかも定かでないスプーンを使って通販の広告で見かけるような粉末茶の粉を入れ、ポットの湯を注ぐ。

「気が利かなくてすみませんね。さあ、どうぞ」

満面の笑みで勧められ、宗光は恐縮したふりをしてカップを取る。

「恐れ入ります。いただきます」

一口飲む。不味《まず》い。

「おいしいです。なんだかほっとしました」

心から安堵したような表情を作ってみせる。

「そうでしょう、皆さんそうおっしゃいます」

　楊がにこやかに頷く。インスタントの茶に関して〈皆さん〉が本当にそう言っているのなら、全員の舌がどうかしていたのか、政治家並みの嘘つき揃いなのだろう。

それから楊は、部屋の隅に置かれた段ボール箱からパンフレットを一部取り出し、それをテーブルの上に広げて延々と会の意義について語り出した。

「そもそも日本はあまりに排他的で、低所得者層や難民に対して不寛容です。人道的見地からしても、酷すぎる実態が数多くあります。私もこれまで実に多くの例を見て参りました。一方で政府もマスコミも『美しい日本』と平気で言う。救いの手を差し伸べる者はどこにもいない。ならば虐《しいた》げられた者同士、互いに寄り添い、助け合うしかない。そこで我々は当教会の設立に至ったというわけです」

概《おおむ》ねそういう内容であった。話がうまいとはお世辞にも言えない。正直に言って聞き続けるのは苦痛だった。しかしこちらから下手に質問など差し挟まず、ただひたすら感じ入ったような演技をしながら我慢して話を聞く。

話の内容がなまじ真っ当であるだけに始末が悪い。マイノリティへの差別と無関心こそ、〈影の男〉――この場合は『鈴木』――が目をつけた日本社会の病理だからだ。

「……ですから宗光さんも、苦しいこと、困ったことがあれば、いつでもここにいらっしゃって、皆さんに心の内を聞いて頂くとよいでしょう。私も事務局長も、もちろんあなたの味方です。心に背負った荷物というものは、皆で分担することができるのですから。きっと心が楽になりますよ」

おそらくは『鈴木』に繰り返し練習させられたのだろう、そこだけは棒読みながら一息に言い切って、キメの笑顔を突き出してきた。

「あの、待って下さい、皆さんとおっしゃいますが、会員の方って、何人くらいいらっしゃるんでしょうか」

「現在は二十人くらいです」

大幅にサバを読んできた。清掃局の男は確か三人くらいと言っていたはずだ。

「でも、私はその人達をよく知らないわけですし、そんな見ず知らずの人達に、いきなりプライベートな問題を打ち明けるなんて……」

　踏み切れずに躊躇している入会希望者の演技を続ける。

「大丈夫ですよ。皆さんの温かい人間性は私が保証します」

「怖いんです、私、今まで他人に裏切られてばっかりで……」

　すると楊は大きく頷いた。

「分かります」

「親しい人を信じたばっかりに、私はすべてを失いました。ですから、人を信用するのが怖いんです」

　検事時代のこと。そして篠田のこと。それらを思い浮かべると、自分でも驚くくらいリアルな演技ができた。いや、演技ではなかったろう。胸の中に、当時の苦しみが黒く染み出てくるのを感じていた。

　自分はあの頃のことをここまで引きずっていたのか──

　思わぬ形で、宗光は己の内面を否応なく直視させられた気分であった。

「分かります、分かります」

　楊は同じ言葉を繰り返した。それだけは表面的なものであるとは思えなかった。彼もまた、自らの内に思い当たる経験があるのだろう。もっとも、それゆえに『鈴木』につけ込まれたとも言えるのだが。

「でも、やっぱり私、知らない人と話すのは苦手ですし……」

楊の顔に軽い苛立《いらだ》ちが覗いたが、すぐに笑みを取り繕《つくろ》って言った。

「どうしても不安だとおっしゃるのでしたら、まず私と事務局長だけを相手にお話ししてみるのはいかがでしょうか。何度か会話を重ねられて、信用できると思ったらその時点で入会するということでも構いません。ね、それなら安心でしょう?」

待っていた流れが来た。

「私、事務局長さんにもまだお会いしてませんし……」

「大丈夫、すぐに会えますよ。職務の都合で事務局長は外回りが多いのですが、仕事の合間にはここに顔を出して、極力皆さんとお話の時間を持つように努めておりますから」

『鈴木』はどんな男なのか。どこに住んでいるのか。今どこに行っているのか知らないか

――

質問したいことは山ほどあったが、あまり『鈴木』に固執しすぎると疑いを招きかねない。

「分かりました。ご厚意に甘えて、もう少し考えてみたいと思います。勝手を申してすみませんが、また来てもよろしいでしょうか」

「ええ、いつでもどうぞ。お待ちしていますよ……あ、このパンフレットはお持ちになっ

て下さい」

定番のアイテム〈パンフレット〉だ。もちろん載っているのは榻の名前と写真だけで、『鈴木』のことはどこにも記されていない。

「ありがとうございます。帰ってゆっくり拝読させて頂きます」

パンフレットをバッグにしまい、礼を述べて教会を出る。

来たときと同様にエレベーターを使って一階まで降り、人気のない道を駅の方向へと歩き出した。榻の相手をするのは疲れたが、それを上回る高揚感があった。

十メートルほど進んだとき、前方から歩いてくる人影に気がついた。

安物とも高級品とも言えない、ほどほどのスーツを着たごく普通の男であった。普段なら、そんな人物とすれ違っても気に留めることさえなかったろう。

だが今は、なぜかその男に惹《ひ》きつけられた。

中肉中背で、何から何まで普通としか言いようはなかった。年齢不詳。眉も、目鼻も、髪型も、まるで印象に残らない。それでいて、他者を安心させるような温和な笑みを口許に湛えている。

他者を安心させるような？　温和な笑み？

その笑みに、宗光はようやく自らが抱いた感覚の正体を察知し、次いで全身に震えを覚えた。

もしかしたら——いや、待て——だがあり得る——

己の動揺を懸命に押し隠し、そのまままっすぐに歩き続ける。

見てはいけない——同時に何も見逃すな——

相手はこちらのことなどまったく意識する様子もなく、ただ黙々と足を運んでいる。

互いの距離が縮まるにつれ、宗光は加速度的に確信を深めていった。

肌がざわめくような悪寒《おかん》。魂を腐らせるような臭いなき腐臭。そして——恐怖だ。

理屈ではない。本能と直感とが告げている。

この男が『鈴木』だ。

二メートル。一メートル。距離が次第に縮まっていく。破裂しそうな心臓の鼓動が、相手に聞こえないか心配になる。

三十センチ。かつて遭ったことのあるどんな人物、犯罪者とも異なる感触、そして空気感。精神が断線するかと思われるほどの緊張が頂点に達する。

何事もない、自然な様子ですれ違う。

そのまま五、六歩進んでから、宗光は振り返った。

確信はあるが、確証はない。

男はごく当たり前に遠ざかっていく。なんの変化も見られない。単なる一般人の後ろ姿である。

だが宗光ははっきりと確認した。すれ違った瞬間、間違いなく相手もこちらを意識していた。

咄嗟に決意を固め、相手の背中に向かって呼びかけた。

「鈴木さん」

やはり男の背中に変化はなかった。しかし宗光の張り詰めた神経は、その後ろ姿に微妙な震動が走ったことを感得した。

男は振り返りもせず、変わらぬ足取りで歩き続ける。聞こえなかったはずはない。そのことが、男の正体を示してあまりある。たとえ人違いであったとしても、普通なら足を止めたりするはずだ。

宗光が走り出すのと、男が幸寿ビルへと入っていくのがほぼ同時であった。

全力疾走で自分が出てきたばかりのビルへと駆け戻る。

エレベーターが上昇中だった。扉の上部に並ぶ階数表示を凝視する。

二階——三階——

三階を通過し、最上階の五階で停止した。

教会のある三階で止まらなかったのは、日本マイノリティ親睦教会と無関係であると思わせるためか。

エレベーターを呼び戻している時間が惜しい。宗光は奥の非常階段を一気に五階まで駆け上がった。各階を通過する際、通路に誰も潜んでいないことを確認する。

エレベーターは依然五階で停止したままだ。

五階に到達。誰もいない。階段の物音に注意しながら念のためエレベーターのボタンを押す。開いたドアの内側は無人であった。

再び非常階段を使って三階まで戻る。『鈴木』は階段を使って三階の教会に入ったに違いない。

施錠されていなかったドアから中へと飛び込む。

楊が驚いたように振り返った。

「宗光さん？」

土足で上がり込み、内部を調べる。

「ちょっと、何をやってるんですか、やめて下さい」

抗議する楊に構わず、トイレや押し入れの中までくまなく確認する。

誰もいない——

「『鈴木』は！『鈴木』は来なかったかっ」

「来てませんよ。あなた、さっき出てったばっかりじゃないですか」

楊がさらに何かを喚いているが、応じている暇はない。教会を飛び出た宗光は、四階に駆け上がり、『扇山《おうぎやま》デザイン事務所』のプレートが掲げられたドアを開けて中に入る。やはり施錠されていなかった。

「はい、どなた？」

机に向かっていた中年男が顔を上げる。

構わずに上がり込み、室内を調べる。間取りは三階の部屋と同じようだ。

「おい、勝手に何やってんだ。警察を呼ぶぞ」

「警察だ」

「えっ」

「犯人がこのビルに逃げ込みました。協力をお願いします」

そう叫ぶと、相手は困惑したように口ごもった。

事務所内には他に女性事務員がいただけだった。すぐに出て向かいの空き室に向かう。ドアには鍵が掛かっていた。

同様に各階を調べて回った。ビル全体がたちまち騒然となったが、構ってなどいられない。

どの階のどの部屋にも、『鈴木』の姿はなかった。

どこへ行った――

一階に戻り、周囲を見回す。

非常階段の方へ駆け戻り、上を見上げる。各階の踊り場に明かり取りの窓があった。一階部分の窓を調べると、古いサッシの鍵が中から開けられていた。

やられた――

ビルに入った『鈴木』は、エレベーターに乗ったと見せかけるため五階のボタンを押し、自らは非常階段の窓から脱出したのだ。

窓を開けて外を見回す。周りには小さい雑居ビルの背面がひしめいて、その隙間《すきま》が三方へと伸びている。どっちへ行ったかは分からない。

言葉にならない憤怒と絶望とに襲われ、宗光は力任せにビルの壁を殴りつけた。

あれだけ捜し求めていた〈ヤクザ喰い〉と遭遇しながら、自分はほんの鼻先で取り逃がしてしまったのだ――

悔やんでも悔やみきれないとはこのことだ。しかし嘆いている暇はない。宗光はすぐに幸寿ビルから離れた。入居者の誰かが不審に思い、警察に通報されたらまずいことになる。すでに通報されている可能性も大きい。

清掃局の男から聞き出していた幸寿ビル近くのアパートに直行する。斜向《はすむ》かいに寂れた喫茶店があった。地元の老人を相手に細々と営んでいるような店だ。入店して窓際の席に座り、コーヒーを注文する。当然の如く他に客などいなかった。

一時間も経たないうちに、楊が帰ってくるのが見えた。作務衣をジャンパーに着替え、坊主頭に安っぽいキャップを被っている。

店を出た宗光は、足音を殺して楊の背後へ接近する。周辺には通行人もいない。

ポケットから鍵を取り出した楊が、一階の端にある部屋のドアを開ける。同時にその背中を突き飛ばすようにして室内に押し込み、後ろ手にドアの鍵を閉める。

「うわっ」

「てめえはっ」

つんのめった楊が、振り返って本性を露わにする。

「騒ぐな。静かに話したい」

楊を奥へと追いやりながら自らも室内に入り込む。

「何言ってやがるっ。てめえは一体なんなんだっ」

「最初に名乗ったはずだ。宗光とな」

「ふざけてんじゃねえぞコラ」

「俺に凄《すご》んでも無駄だ。第一、俺はあんたの命の恩人だ」

「なんの話だ」

「『鈴木』の話だ。俺が二度目に来た後、つまりこの一時間の間に『鈴木』から電話があっただろう」

「それがどうしたってんだ」

楊のトーンが変化した。

「『鈴木』はあんたに訊いたはずだ。直前に来ていた男は何者かってな」

相手の顔色を見ているだけで、自分の推測した通りであったことが分かる。

「あんたはそれを『鈴木』に教えたか」

「ああ、教えたよ。宗光っていう男だってな」

「そうか。それであんたは俺について知っていることを全部話した。あんたがほとんど何も知らないと悟った『鈴木』はすぐに電話を切った。そうだろう？」

「それがどうしたって訊いてんだよっ」

「一つ言っておいてやろう。『鈴木』があんたに連絡してくることは二度とない。あんたがいくら捜そうとも、『鈴木』が見つかることは決してないんだ」

楊の様子が、それまでの虚勢から困惑と怯えとに変わった。

「適当なことぬかしてんじゃねえよ」

「じゃあ、あんたから『鈴木』に電話してみるといい。賭けてもいいが、電源が切られている。『鈴木』のスマホはもう処分されているだろう」

楊が自分のスマホを取り出して発信ボタンを押し、耳に当てる。

彼の顔面が見る見るうちに焦燥に覆われていく。

スマホを切って楊が怒鳴った。

「鈴木さんはそんな人じゃねえっ。なんでてめえにそんなことが言えんだよ」

「『鈴木』は〈ヤクザ喰い〉だからだ」

「〈ヤクザ喰い〉？」

宗光はこれまでの経緯についてかいつまんで話した。

「だからもう『鈴木』は二度と現われない。地上からすべての痕跡を消してな。教会にも『鈴木』の身許を示すようなものは何も残されていないはずだ。違うか」

「そんなこと……」

と言いかけた楊が絶句する。こちらの指摘した通りであることに思い至ったからだ。

「あんたも教会も、すべて放棄された。つまり、俺はあんたを間一髪で救ったわけだ」

「そんな話、信じられるか」

これまた予測された通りの反応を示す相手に、

「あんた、立派な前科《マエ》があるんだろう？　千満組の楯岡さんは知ってるか」

「名前くらいなら……」

宗光は自分のスマホを取り出して楊に突きつける。

「ここに楯岡若頭の直通番号がある。電話して訊いてみるといい。宗光って男の言ってることは本当かってな」

「ハッタリじゃねえのか」

「ハッタリかどうか、自分でかけて確かめればいいじゃないか」

「貸せっ」

スマホを引ったくった楊に、

「言っておくが、相手は千満組の若頭だ。くれぐれも言葉遣いには気をつけろ。一つでも無礼があったら、あんたにとって後々面倒なことになるぞ。そこのところを心して電話しろよ」

発信ボタンを押しかけた楊の指が止まる。ハッタリであろうとなかろうと、やはり楯岡ほどの大物と直に話す度胸はないようだ。

無言でスマホを返してくる。

それを受け取り、宗光はそれまでと一転した落ち着いた声で話しかけた。

「あんたは独り者だと聞いている。だが、会員の中には家族のある者もいるはずだ。自分の責任で地獄に落ちるのはそいつの勝手だ。だが巻き添えにされた家族はどうなる。俺はこれ以上犠牲者が増えるのを防ぎたいだけなんだ。さあ、話してくれ。あんたはどこで『鈴木』と知り合った?」

「どこでって、鶴見のパチンコ屋だよ。いつの間にか隣に座っててさ、えらく当たってたな。それで俺に玉を貸してくれたんだ……」

楊の話はくどくどと長く続いた。

『鈴木』は楊の身の上にいたく同情し、自分はかつてＮＰＯで働いていたと語ったという。

宗光はその場で検索したが、『鈴木』が口にした団体は見つからなかった。

また『鈴木』は楊にセミナーを起ち上げようと持ちかけてきた。それは同じような境遇の人達のためになるだけでなく、大いに儲《もう》かるという話であった。

結局、楊も『鈴木』について何も知らないということが判明しただけだった。

前科者で仕事に困っていた楊の情報を『鈴木』がどこで仕入れたのか、それすらも分からない。

唯一の僥倖《ぎょうこう》と言えそうなのは、楊をはじめとする新たな被害者の発生を未然に防げたということだけか。

まだ半信半疑といったような惚けた顔をしている楊を残し、宗光はアパートを後にした。

この線も完全に断ち切れたということだけは確信できる。

またも思う——悔やんでも悔やみきれない。

12

新富町《しんとみ》の福富館に戻った宗光は、布団に寝転がって考えた。

自分は『鈴木』をこの目で見た。

年齢不詳。中肉中背。まるで印象に残らない顔立ち。

特製の靴を履《は》けば身長は高く見せられるし、卑屈な猫背を装えば低くも見せられる。

後は、話し方、態度、髪型、それに服装。いずれも意識して変えることはできる。三十代前半から四十代後半までなら、年齢も演じ分けることは可能だろう。相当な演技力が必要とされるだろうが、〈ヤクザ喰い〉は生来その力を持っているという自信があったればこそ、これだけの犯罪を実行できたのだ。

川崎ですれ違った『鈴木』の印象を頭の中で再現する。

あのおぞましい嫌悪感。思い出そうとしただけで、背中に感じる布団の温気《うんき》が氷に変じるようだった。あんな男がそうそういようとはどうしても思えない。

これまで大勢の人達から聞き取ってきた話を総合する。その〈感触〉に、川崎で遭った男は見事に嵌《は》まる。

やはり、一人なのだ――

『徳原』『加藤』『寺田』『田島』『小林』『長谷部』、そして『鈴木』。

現在自分が把握しているだけでも七つ。実際にはもっとあるに違いない。

〈影の男〉は、それだけの人格を完璧に演じ分けているのだ。誰からも知られることなく。

宗光は起き上がって少ない荷物をまとめ始めた。

福富館は居心地の悪い宿ではないし、宿泊料も手頃と言える。しかし、いくら大組織からの顧問料があるとは言え、今回の事案ではいささか経費を使いすぎた。それまでの生活習慣から、東西の高級ホテルを頻繁に利用していたのも結果的に思慮が浅かったと認めざるを得ない。

非弁護人として今まで蓄えていた資金もそろそろ限界に近づきつつあった。ここらで節約していかないと、これ以上調査を継続することは難しい。手始めはもっと安い宿に移ることだ。

精算を済ませて福富館を出た宗光は、特に当てもなく駅に向かって歩き始めた。

どこに行こうか――

ふと脳裏に浮かんだのは、東十条のビジネスホテルであった。確かクリーンワールド東十条だったか。

マリクの父親の作るパキスタン料理が、今は無性に懐かしい。

宗光は心の赴《おもむ》くままに東十条へと向かうことにした。

クリーンワールド東十条にチェックインした宗光は、休む間もなく街に出た。

どこかでマリクと遭遇するかもしれなかったが、それならそれでいいと考えた。

元気かい――学校はどうだ――宿題はちゃんとやってるか――

そんな話をするのも悪くない。むしろ、そういう会話がしたかった。

あの少年を慕わしく感じている自分に気づき、宗光は少々驚いた。そんな感傷は無用であると自らを戒《いまし》める。東十条にやってきたのは、あのビジネスホテルに泊まるためだ。それ以外の理由はない。

どこかに考え事をする場所はないか。すぐに答えが頭に浮かぶ。

あの公園だ。

薄暗く湿った公園で、頭を冷やしながら今後の方針を立てるとしよう――

ぶらぶらと足を運んでいたら、いつの間にか環七通りの近くに出た。どこかで道を間違えたらしい。

もともと土地勘のある場所ではないし、考えをまとめるための散歩自体が目的だったと言えなくもない。

そのまま歩き続けていると、うらぶれたアパートが目に入った。この事案の関係者は、大抵がこんなアパートに住んでいる。

昭和を思わせるブロック塀に、アパートの名称が記されていた。『サン東十条ハイツ』。どこかで聞いたことがある――足を止めて、ほんの少し考える。思い出した。マリクの父親が、店に来た刑事に住所を訊かれたとき、確かこの名称を口にしていた。

すると、ここがマリクの家か。

思わず眺めると、ほとんどの部屋の郵便受けからチラシがあふれているようだった。ご多分に漏れず、空き部屋が多いらしい。

突然、嫌な感触が背筋を走った。

早足でアパートに近寄り、チラシが詰め込まれている部屋の表札を確認していく。一階の該当する部屋には表札はなかった。ただの空き部屋だ。そのまま二階に上がり、端からチェックしていく。

階段側から二番目の部屋の表札を見て息を吞んだ。

そこには、『ナワーブ・アミル』とカタカナで記されていた。マリクの父親の名前だ。

ドアの郵便受けからは、機械的にポスティングされたと思しき宅配のピザやマッサージ店のチラシが覗いていた。どう見ても空き部屋だ。少なくともこの数日は誰もこの部屋に入っていない。

落ち着け──単に引っ越しただけかもしれない──

隣の部屋には『サロンガ』とやはりカタカナで書かれた表札が出ていたが、チラシの類は溜まっていない。

息を整えてチャイムのボタンを押す。

すぐにドアが開いて若い男が顔を出した。浅黒いアジア系の肌をしている。

「どなた、ですか」

発音にぎこちなさは残っているが、丁寧な日本語だった。

「突然で申しわけありません。私はお隣のナワーブさんの知り合いなのですが、どうもいらっしゃらないようで……」

若い男はすぐに「ああ」と頷いて、

「ナワーブさん、少し前から、見かけなくなりました。息子さんもです。それで、おかしいなって、思っていたところです」

「いつからですか。できるだけ正確に思い出してくれませんか」

「えっ」

男は一瞬、不審そうな表情を浮かべたが、それでも誠実に対応してくれた。

「私は、コンビニのシフトがあるので、正確ではありませんが、たぶん、六日か、七日くらいだと思います。何も言ってなかったし、引っ越した様子もなかったし、私も、気になってました」

まさか――まさか、そんな――

最悪の予感が、宗光の中で明確な形を取り始めた。

「いなくなる前、ナワーブさんに変わった様子は見られませんでしたか」

「さあ、ナワーブさんとは、お互い、仕事に出る時間帯が違っていて、それほど親しかったわけでは、ありませんから」

宗光は食い下がった。

「何か仕事の話を持ちかけられたりはしませんでしたか」

「仕事、ですか」

「はい、〈新しいビジネス〉とか〈マイノリティの救済〉とか、そういう触れ込みの」

　こちらから振ってみると、青年は何か思い当たることがあるようだった。

「そう言えば……在日外国人の、なんでしょうか、互助、そう、互助集会に興味はないか、と聞かれたことがあります。私が夜勤に出るとき、ちょうど帰ってきたナワーブさんから……あんまり突然だったので、覚えています」

「詳しい話を聞きましたか」

「いえ、そのときは急いでいたので……そうだ、もしかしたら、それがナワーブさんに会った最後かもしれません」

　彼からはそれ以上の話は聞き出せなかった。

　アパートを出た宗光は、スマホを取り出して地元小学校の番号を調べ、その場から電話した。

「私はＮＧＯ『国際こども人権広場』の山梨《やまなし》と申します。そちらに在校しているマリク・アミル君についてお尋ねしたいのですが……」

　実在する団体の職員を装って問い合わせる。

　応対してくれた事務員によると、父親から「仕事の都合で転居する」との連絡があり、マリクはすでに転校したという。転校先については把握していないとのことだった。

次いで宗光は、ナワーブが経営していたパキスタン料理店に駆けつけた。

シャッターが閉ざされたままになっている。周辺の店で訊いて回ると、やはり一週間前から休業していた。

「なにしろ客なんて滅多にいなかったからねえ。パキスタン料理なんて、それでなくても日本人にはあんまり馴染《なじ》みないだろう？　原宿とか六本木みたいな立地だとまた違ってくるんだろうけど。ずいぶん苦しかったと思うよ。ま、ウチも似たようなもんだけどね」

そう語ってくれたのは、三軒隣にある定食屋の親爺《おやじ》だった。商店会の付き合いでナワーブと少しは交流があったという彼の話によると、ナワーブは店の経営難から借金を重ねていたらしい。

それから各所を走り回って得られたのは、ナワーブは在日外国人の小規模コミュニティに顔を出して、〈在日外国人のための新しい互助システムの構築〉について話していたという証言であった。

その互助システムとは、さまざまな理由により行政の支援が受けられない在日外国人――不法入国者やビザなし就労者を含む――のために、それぞれが積立金を出し合い、運営するというものだった。さらに各自が新会員を勧誘すれば、それだけ団体としての発言力が増すため、積立金返還時の利率が有利になるという。

新しいどころか、まるで江戸時代の頼母子講《たのもしこう》だ。そこにネズミ講すれすれのギミックを上乗せしているあたりが新しいと言えば新しい。いずれにしても、日本の〈講〉という概念について不案内な外国人には新鮮に見えなくもないところが悪質だ。

ナワーブから『サンユニット・ファミリーズ』なる団体のパンフレットを見せられたと証言する者も数名いた。主催者としてサムットというタイ人の名前が記されていたという。

〈影の男〉の存在までは確認できなかったが、もう間違いない。

マリク父子は〈ヤクザ喰い〉の罠に落ちたのだ。

よりにもよって、どうしてマリクが――

呆然と路上に立ち尽くしていた宗光のスマホが、不意に震動した。

「はい」

全身を業火で炙《あぶ》られているような苦悶《くもん》を隠して応答する。

〈宗光さんかい〉

耳に伝わってきたのは、思いもかけぬ男の声だった。

〈俺だ。須江だ〉

須江組の須江か、静岡の。

〈今こっちに来てるんだ。会って話したい。都合、つけてくれるよな〉

東京駅近くのクラブ『キャナリー・ロー』を指定し、そこで落ち合うことにした。最初は銀座を提案したが、須江は駅の近くにこだわった。早く用を済ませて帰りたいようだった。キャナリー・ローなら、格は決して低くない。

タクシーで駆けつけると、須江はホステスに挟まれてバーボンをストレートで飲んでいた。出入口近くの席にいたボディガードらしい二人の男が、剣呑《けんのん》な視線を向けてくる。

宗光の顔を見るなり、彼は周囲の女達に告げた。

「しばらくあっちに行っててくれ」

女達が去るのと入れ違いに、宗光は相手の向かいに腰を下ろし、黒服に同じ酒を注文した。

「俺がなんの用で来たか、分かってるな」

「アジア各地からの報告ですね」

「ああ、出張した連中が全員戻ってきたんでな」

だが須江は、自分とはもう二度と会いたくないと言っていたはずだ。

本人もそれは覚えているらしく、いかにも苦そうな顔でバーボンを呷った。

「本来なら子分に電話させるつもりだった。あんたとは話だってしたくなかったからな。でもよ、あっちへ行ってた子分達の話を聞いたら、考えが変わった。これぱっかりは電話じゃあ済まねえ、直接話す必要があると思ったんだ」

「一体何があったんですか」

「まあ待て」

須江は自らボトルを取って自分のグラスに酒を注ぎ、

「最初に戻ってきたのはフィリピンに送った男だ。例のパンフレットに載ってた写真は案の定見せかけのオトリ物件だったが、空港やバス会社の方から当たってみたそうだ。旅行者らしくない、妙な日本人の団体客はいなかったかってな。そしたら大当たりだ。集団移住みたいな家族連れを大勢運んだってバスがあった。目的地はパンフレットに載ってたような、広いだけのしょぼくれた一軒家だ」

おそらく振り込め詐欺の海外拠点だろう。

「バス会社の話では、もう一度バスを出したって言うんだ。今度はその家から子供だけを乗せて別の場所に運んだってな」

「それは、もしかして……」

しかし宗光は、後の言葉を続けられなかった。

須江は不機嫌そうに頷いて、

「バス会社も薄々は察してたんだろうな。それ以上は何も言わなかったってよ。どう言いくるめたのか知らねえが、子供だけ別の場所に移させた。こいつはどう考えたって人身売買の売り物にされたんだ。ブローカーに引き渡すだけで、相手が勝手に処分してくれる。とんでもねえ大儲けだ。〈ヤクザ喰い〉の野郎、そういう組織との窓口だけは持ってやがったんだなあ。道理で人をどかどか外国に送り込むはずだぜ」

「だとしても、一人でそううまく事を運べるものでしょうか」

「そこだよ」

須江が赤くなった顔を突き出してきた。

「もちろん現地に協力者がいる。向こうの組織に属さない、日本で言うと、ちょうど半グレみたいな連中だ。こいつらを手なずけて使っていたらしい。ウチの人間がそこまで調べ上げたとき、さすがに地元の組織が接触してきたってよ。『日本人が、何を勝手に妙な探り入れてやがんだ』ってな。褒めてやってくれよ、ウチの若いのを。あらかじめ言いつけておいた通り、そいつは覚悟を決めてボスに向かい、肚を割って全部話した。ボスは最初、半信半疑だったってよ。それでも調べてみたら本当だったんで、ひっくり返って驚いてたそうだ。あんたが楯岡のカシラに言った通りになったよ、宗光さん。おかげであっちの組織との信頼関係は保たれたどころか、前より絆《きずな》が強まったってところだ」

「それより須江さん」

今度は宗光が膝を乗り出す。

「調べてみたら何がどう分かったんです？　子供以外の日本人達はどうなったんです？」

「だからだよ。だから俺が東京までわざわざ直接話しに来たのさ」

なぜか須江は暫《しば》し黙った。

バーボンのグラスを手に、宗光はじっと続きを待つ。

「ボスの手下が半グレどもを締め上げて全部吐かせた。いいかげん稼いだところで、奴ら、家にこもって振り込めの電話をかけ続けている日本人全員に、毒入りの弁当を食わせたんだ。全員血を吐いてぶっ倒れるのを、にやにやしながら見物してたってよ。あれみたいじゃねえか、なんて言ったかな、大昔の事件で、映画にもなった」

「『帝銀事件』」

「そう、それだ。奴らは真っ昼間から引っ越しを装って段ボールで梱包《こんぽう》した死体を運び出し、フィリピンの山奥に運んだ。それから、誰も来ないような沼に全部投げ込んだんだとよ。組織の連中が行ってみると、まるまる太ったワニが上機嫌で泳ぎ回ってた。ウチの若いのも同行したが、ワニを追い払って沼を浚《さら》うのに苦労したそうだ。もっとも、食い残しの手首が出てきたところで、組織もそれ以上調べる必要はないとやめちまったらしいがな」

そこで須江はグラスを呷り、また手ずから酒を注いだ。その仕草に、やりきれぬ思いと嫌悪とが滲み出ている。

「半グレどもは〈ヤクザ喰い〉の正体についてはなんの手がかりも持っちゃいなかった。ただうまい話を持ってきてくれる日本人だとしか知らなかった。そいつの指示通り、家を借りたり、飛ばしの携帯を買い集めたりしてたそうだ」

「そいつらは今どこに」

「証言でもさせようってのか、ニセ弁護士さん」

須江は顔の形だけで笑った。

「無駄だと思うぜ。外国人を日本の法廷に呼んで証言させるのは無理があるっていうか、いろいろ難しいって聞いたことがある」

「その通りですが、それでも——」

「だから無駄なんだよ、宗光さん」

グラスを置いて須江は言った。

「そいつら、一人残らずその場でワニの沼に投げ込まれたそうだ。あっちの組織は容赦ってもんがねえ。連中にしてもウチにしても、警察の目を惹くような騒ぎは起こしたくないって点で一致してる。事が表沙汰《おもてざた》にならずに済んだからこそ、向こうもこっちに感謝してくれてるんだ。タイやシンガポールから戻った連中の話も大体似たようなもんだったよ」

騒がしいはずの店内から、一切の音が失われたようだった。

宗光も須江も、ともに黙ったままでいる。

「あんた、言ってたよな、ヤクザも人間だろうって」

沈黙にこらえかねたように須江が口を開いた。

「きれい事なんてどこにもねえ。ヤクザはヤクザだ。他人を踏みつけにしてでもてめえだけはいい思いをしてえ。そんな奴がヤクザになる。のし上がってこそのヤクザなんだ。だから組に迷惑をかけるだけの落ちこぼれなんてクズ以下の産廃だ。俺は今でもそう思ってる。けどよ、いくらなんでもこいつは酷い。吐き気がするぜ。まず一度に殺した数が普通じゃねえ。死体を片っ端からワニに食わせたフィリピンの半グレにも反吐《へど》が出るが、それくらいならヤクザだってやる。俺が心底外道《げどう》だと思うのは、死体の始末も、血まみれになった家の掃除も、全部人にやらせておいて、てめえは何もせずに姿を消した野郎だ。ヤクザを喰うから〈ヤクザ喰い〉なんだろうが、女子供も一人残らず食らい尽くす。それだけじゃねえ。フィリピンの半グレをそのままにしといたことだ。外国にどんな証人がいようと、てめえには害はないと知ってやがる。こいつだけは許せねえ。絶対にな」

言葉もないとはこのことだった。

「分かったかい、俺が会いたくもないあんたに会いに来たわけが」

「よく分かりました」

宗光は素直に頭を下げた。むしろ頭が自《おの》ずと下がったと言うべきか。

「俺は今夜中に帰るつもりだ」

そう言って須江が立ち上がる。

「今でも俺はあんたが嫌いだ。けどよ、あんたが〈ヤクザ喰い〉を見つけられたら、ちっとは好きになれるかもしれねえなあ」

二人のボディガードを引き連れ、須江は店を出ていった。

その後ろ姿がドアの向こうに消えるまで、宗光は身じろぎもせず見つめ続けた。

13

麴町《こうじまち》にあるオフィスビルの七階『株式会社クオリティ・ベース』の受付で、宗光は言った。

「宗光と申しますが、顧問の久住さんにお取り次ぎ願いたい」

応対した若い社員が首を傾《かし》げ、

「宗光様……ですか」

「はい」

「顧問は原則として出社することはありません。申しわけございませんが、お引き取りを」

「おかしいですね。いつもこちらにおられると伺っておりますが」

「失礼ですが、お約束でもおありでしょうか」

「いいえ。しかし顧問にお伝え頂ければお分かりになるはずです」

「少々お待ち下さい」

社員は内線電話の受話器を取り上げた。

「受付です。宗光様と申される方がいらっしゃって……はい、承知致しました」

受話器を置いた男は、一片の愛想も見せることなく宗光に告げた。

「失礼しました。すぐに係の者が参ります」

「ありがとう」

言われた通り待っていると、一分と経たないうちに別の社員が現われた。筋肉質で、目の配りに隙のない男である。

「お待たせしました。担当の蜂野《はちの》と申します。ご案内致しますのでどうぞこちらへ」

先に立つ蜂野に従って歩き出す。

クオリティ・ベースは表面的にはカタギの総合商社を装っているが、実際は久遠会のフロント企業である。いや、顧問を務める久住が自ら指揮を執るための砦《とりで》としているので、フロント企業と言うよりは奥の院とでも言った方が適切かもしれない。また暴力団への締め付けが厳しい昨今、久住が表の堅実なビジネスで大きな利益を出しているのも事実であった。

丁重な物腰で、しかし無駄口は一切叩くことなく宗光を先導した蜂野は、奥まった部屋のドアをノックした。

「お連れ致しました」

　正面のデスクに座っていた久住が立ち上がる。

「ご苦労。下がっていい」

「しかし……」

　警戒心を露わにして宗光を横目で見る蜂野に対し、久住は穏やかに告げた。

「その人なら大丈夫だ。心配は要らない」

　蜂野は一礼して去った。

　久住は以前会ったときと変わらぬ様子で宗光に向かい、

「よく来てくれたね。まあ座ってくれ」

　応接用のソファを指し示し、自らもそちらに移る。

「突然押しかけて申しわけありません」

　勧められるままに腰を下ろしながら詫びる。

「構わんよ。それで、用件は」

「先日のご依頼、お受け致します」

「依頼人はすでにいるはずではなかったのかね」

「原告団という言葉がある通り、依頼人もまた一人でなければならないと決まっているわけではありません」

ほう、と目を見開いた久住に、宗光はすべて話した。

竜本と孫の猛、それに猛の元恋人の美紀について。征雄会系須江組が調べ上げた〈ヤクザ喰い〉の所業について。そして目の前で〈ヤクザ喰い〉を取り逃がした自らの失態について。

久住はそれらを銀髪の一筋も動かすことなく聞いていた。

「よく分かった。改めて君に依頼しよう。なんとしてもその男を見つけ出してくれ」

「私は探偵ではありませんので、人捜しが本職ではありません。最終的な目的は、あくまでもその男を法廷に引きずり出し、正当な裁きを受けさせることです」

「同じことだ……いや、待てよ」

年齢にそぐわぬほど引き締まって形のよい顎《あご》に手を当てて、久住は思慮深げに言った。

「我々による正当でない処刑は認めないということか」

「そうとも取れますね」

「いい度胸だな」

「よく言われます」

「すると、千満組の楯岡さんもそれに同意していることになる」

「明言はしておられませんが。私を使うということはそういうことです」

「分かるような気もする。我々は一般社会からはみ出たヤクザだが、それでもやはり人間だ。そのヤクザの生血を啜り、一般人の間で平然と暮らしている奴を、世間の法で裁きたい。楯岡の考えそうなことだ」

久住は大きく頷いて、

「よかろう。私も同意する。むしろ積極的にそれを願う。ヤクザも人間だということを、世間の人達に示してほしい」

「それでは、着手金として五百万円。それから、遠山連合の構成員を動員できる態勢の構築をお願いします」

「これはまた、ずいぶんと大きく出たね」

「久住さん」

宗光は相手から目を逸《そ》らさずに言う。ここで説得できないようでは〈ヤクザ喰い〉を捕らえることなどできはしない。それはマリクの死に直結している。

「公権力が使えなければ、裏の力を頼るしかない。すなわち、日本中のヤクザの組織力だ。半分は征雄会がカバーしてくれます。しかしそれだけでは、半分破れたタモ網で魚をすくおうとしているようなものです」

「我々に残りの半分をカバーしろと」

「警察にできないなら、ヤクザがやるしかありません」

「ヤクザ自身のためにも、ということだな。よかろう。遠山連合傘下の全組織に通達するには総会での承認が必要になるが、それは私がなんとかする」

「ありがとうございます」

「で、それほどの提案を持ち出してきたからには、何か具体的なプランがあるんだろうね」

　さすがに久住は甘い相手ではない。こちらも覚悟して乗り込んできたのだ。

「はい。すぐにでもお願いしたいことがあります」

「聞かせてもらおうじゃないか」

　宗光のプランに対し、久住はその場で確約してくれた。

「ただちに取りかかろう」


　三日後、蜂野からスマホに連絡があった。

〈見つかりました。宗光さんの推測通りです〉

　宗光が久住に要請したのは、東日本の風俗店従業員の徹底調査である。西日本の風俗店は、すでに征雄会に当たってもらっている。

　目的は境美紀の発見。彼女は『長谷部』の犯行を目撃するか加担するかしたに違いない。それで恐ろしくなって身を隠した。『長谷部』の追跡をかわすためには、家族、親戚、友人等に連絡を取ることは一切できない。大した蓄えもなかったはずの彼女は、着の身着のままで逃げ出したことだろう。どこへ逃げたかは分からない。しかし身分証なしで雇ってもらえるとしたら、まず考えられるのは風俗店だ。最近は雇用に厳格な店も多いが、それでも他の業種に比べると社会の漂泊民を受け入れる素地はまだ残されている。パン屋の履歴書にあった写真からすると、美紀は明らかに未成年でないと分かる容姿をしていた。風俗店の経営者が一番怖れるのは未成年を知らずに雇用してしまうことだから、美紀の場合、許容される可能性はさらに大きいと言える。

久住の指示により、美紀の写真のコピーを持った遠山連合系の構成員達が手分けして風俗店を片っ端から当たったというわけだ。これぱかりは〈影の男〉がいかに利口であっても、大組織でなければ真似はできない。

美紀が身を潜めていたのは、秋田市川反《かわばた》通りの店だった。『しおり』の源氏名で客を取っていたという。

宗光は蜂野とともにすぐに秋田へと飛んだ。

店側が寮として用意しているアパートに美紀はいた。地元組織の組員が三人、周辺で監視兼護衛に付いていた。店側とも話をつけ、美紀には部屋を出ないように警告してある。

到着した宗光と蜂野は、筋を通して彼らに挨拶してから美紀の部屋に入った。

室内はさっぱりと小綺麗《こぎれい》に片付いていたが、美紀は幽鬼のように痩せ細っていた。あの写真の面影はほとんど残っていない。よく発見できたものだと感心したくらいである。人相の特定においては、ヤクザが警察官と同程度以上に習熟しているということの証左だろう。

今の美紀は完全なすっぴんに、安物のカーディガンを羽織《はお》っていた。店に出るときはもう少し派手な恰好をしているのだろうが、それでも背後が透けて見えるような影の薄さだ。特に怯えているといった印象は受けなかった。強いて言えば、諦念、あるいは放心に近い虚無を感じる。

宗光はきちんと正座している美紀と向かい合うように腰を下ろした。蜂野は閉じられたドアの内側で警戒に当たりながらこちらの様子を窺っている。

「境美紀さん、ですね」

相手が微《かす》かに頷くのを確認し、宗光は名乗った。

「私は非弁護人の宗光と申します」

非弁護人とは何か、という当然の疑問を、美紀は投げかけてこなかった。もはやあらゆるものに対して関心を失っているかのようだった。

「私は『長谷部』の犯罪を追っている者です。彼のやったことは分かっています。しかし具体的な証人がいない。みんな殺されたからだ。ただ一人、あなたを除いて」

自分の声が聞こえているのかどうか。美紀は反応を示さなかった。

「まずあなたとあなたのご家族の安全を約束します。私は単なる個人でしかありませんが、それだけは信用して下さい。『長谷部』の犯罪を憎んでいる者は、あなたが思っている以上に大勢いるのです。また、警察ではありませんので、あなたを逮捕しようというわけでもありません。それどころか、全力であなたを守るつもりです」

焦らず、ゆっくりと語り聞かせる。

「私はあなたの交際相手であった竜本猛君について知っています。順序立てて申しますと、猛君のお祖父様の行方を捜していて、あなたに辿り着いたのです。猛君は『長谷部』にそそのかされ、詐欺行為に加担していた。その頃あなたは彼とは別れていたが、再び姿を現わした猛君は、あなたにも参加するように求めてきた……もし違っているなら、首を左右に振って下さい」

美紀はじっと俯《うつむ》いたまま微動だにしなかった。

「私の想像ですが、あなたは当初、猛君が真っ当な仕事に就いたと信じた。真っ当で、しかも絶対に儲かるというビジネスです。介護士も立派な仕事ですが、いかんせん待遇が悪すぎる。これでは安定した結婚生活は望めない。そう考えてあなたは猛君と別れたわけだから、よい仕事に就いたという猛君の言葉は、あなたに復縁を決意させるに充分だった。確か〈シェア別荘〉の販売でしたよね。会社の方で購入を保証するという。だがすべてを操っていた『長谷部』のビジネスは、真っ当なものなどではなかった。単純な詐欺ですらない。関わった者すべてを食らい尽くす、恐るべきものだった」

美紀はやはり動かない。

「あなたはシェア別荘の正体を知った。もしくは、何かを目撃した。警察にも言えない、家族にも言えない何かをです。『長谷部』は全員を殺す。一人たりとも生かしておくはずがない。だからあなたは、こうして逃げざるを得なかった」

肉が落ちて女性らしさの失われた美紀の肩が、小刻みに揺れ始めた。

「あなたは何を見たんですか。あなた一人だけ逃れることができたのはどうしてですか。どうか、話して頂けませんか」

突然、美紀が甲高《かんだか》い絶叫を上げた。

その両眼はすでにこの世を見ていない。過去の地獄を覗く目であった。

「落ち着いて下さい、どうか落ち着いて」

だが美紀は喉から血が迸《ほとばし》りそうな悲鳴を上げ続けるばかりである。

それは宗光にとって、充分に予測された反応だった。

宗光は力を込めて美紀の両肩を押さえつけ、その顔を覗き込むようにしてはっきりと告げた。

「私は法廷で『長谷部』に必ず裁きを受けさせます」

悲鳴が止まった。美紀の視線は、混乱の色を残しつつ眼前の宗光に向けられている。

「奴を公《おおやけ》の場に引きずり出し、犯した罪にふさわしい罰を与える。あなたは今日まで誰にも言えず苦しんできた。あなたを救うにはこれしかない。どうか私を信じて下さい」

「私……お金なんてありません……」

虚脱したようになって美紀が呟く。

「そんなものは不要です。依頼人は他におりますので。しかし『長谷部』を告訴するためにはあなたの協力が不可欠なのです」

美紀は大きく長い息を吐く。だいぶ落ち着いたようだった。

「先生」

背後からの声に振り返ると、蜂野がミネラルウォーターのペットボトルを投げてよこした。

片手でそれを受け止め、開栓して美紀に渡す。

「さあ、どうぞ」

「ありがとうございます……」

弱々しく受け取った美紀は、それでも喉を鳴らして水を飲んだ。

そしてボトルを畳の上に置き、居住まいを正して宗光に向き直った。

「本当に『長谷部』を捕まえてくれるのですね。私はもう逃げなくてもいいのですね」

「約束します」

「分かりました」

美紀は意を決したようだった。

「猛さんのためにも、私が知っていることはすべてお話しします」

「録音させて頂いてよろしいですね」

「はい」

美紀が同意するのを確認してからＩＣレコーダーのスイッチを入れる。

「ほとんどあなたがおっしゃった通りです。猛さんに誘われた私は、久々のデートにでも行くような気分で説明会に同行しました。場所は南房総《みなみぼうそう》市の黒浜《くろはま》町にある古い別荘でした。内部はきれいにリノベーションされていて、現地の見学会も兼ねていたのだと思います。主催者は堀口《ほりぐち》という人でした。この人がシェア別荘を提唱している『房総ネオリゾート開発』の社長で、その横にいる『長谷部』が相談役ということでした。参加者からの質問に堀口が詰まったりすると、すぐに『長谷部』がフォローしていたので、この人が実質的に仕切っているのだなというのはすぐに分かりました。ちょっと変だなって思ったのは、参加している人達がみんな不動産を買えるほど裕福には見えなかったことです。もちろん猛さんだってそんなお金、持ってるはずありません。堀口の説明では、〈会員〉ももちろん出資するけど、一人で一軒の別荘を買うわけじゃない、何人かで出資して、その割合に応じて販売時に配当を受け取るということでした。そうすることによって、会員なら少額の出資でも利益が得られるんだと。つまりシェア別荘とは、購入者が物件をシェアするだけじゃなくて、販売側もリスクをシェアするというわけです。だからお金持ちでなくても不動産を購入できるのだと。また会員の主な仕事は購入希望者を勧誘してくることで、購入者が増えれば増えるほど配当も増えるし、たとえ購入者が見つからなかったとしても、会社が購入を保証するので絶対に損はしないっていうお話でした」

「それでも、家一軒分となると大金なんじゃないですか」

美紀は再びペットボトルに口を付けてから頷いた。

「もちろんです。私達だけじゃなくて、会員はみんな貯金すらないような人達ばかりでした。堀口は全員に、良心的な金融業者を紹介するから大丈夫だと言いました。必ず儲かるから、すぐに返せるって」

「それを信用したのですか」

「まさか。そのとき『長谷部』がこう言ったんです、保証代わりとして、購入者が見つかるまで別荘に住んでいい、出資したわけだから別荘は自分達のものだ、遠慮は要らないと。つまり家賃の要らない住居が保証されているんですと。購入者が見つかれば借金はすぐに返せるし、それまでは家賃分を貯蓄に回せるから、どう転んでもいいことずくめだって」

どう転んでもいいことずくめ。宗光にはどう聞いても詐欺の常套句《じょうとうく》にしか聞こえなかった。誰であってもそう思うだろう。普通の精神状態であるならば。だがそこに集まっていたのは、翌月の家賃にも困るほど切迫した人達がほとんどであったに違いない。

「『長谷部』はまたこうも言いました。そのあたりは開発計画が持ち上がっていて、大手の会社が目をつけているから、購入希望者以外には今後絶対に口外しないようにって。会員が優遇されるリスクヘッジシステムの秘密が漏れたら他社にすぐ真似されてしまい事業価値が失われる、自分達の価値はこの発想と企画力にあるので、大手に真似されたら太刀打ちできない、それまでに稼ぎきることが勝負の分かれ目なんだ、だから誰にも話してはいけないって。後で考えるといろいろ疑わしい点はあったのですが、『長谷部』が言うとみんな信じてしまうんです。すぐに乗れるような話じゃありませんから、誰しも頭を絞ってあれこれ質問するんですけど、何を訊いても『長谷部』はうまく答えるんです。すると段々、ああ、なるほど、そこまで考え抜かれた計画なのかなって気がしてくるんです」

どうやら〈影の男〉は、悪魔のように弁の立つ男らしい。

驚くには値しない。それが詐欺師の資質であるからだ。

「猛さんは必死でした。お祖父さんのお世話もしなくちゃならないから……そうです、そもそも猛さんが堀口らと知り合ったのは、知り合いの介護士さんの紹介だったんです。職場は別だったそうですけど、その介護士さん、とてもいい方で、一緒に住むんならお祖父さんの面倒を見るお手伝いをしてもいいとまでおっしゃってくれたんです。だから猛さんはすごく乗り気になってて、私にも出資を勧めてきました。その方が配当が大きくなるから、結婚したときに楽な暮らしができるって」

のだろう。

美紀の双眸《そうぼう》に涙が滲む。そのときに夢見たささやかな家庭の幻影を思い浮かべでもした

「でも私はパン屋の仕事がありましたし、借金をしてまで出資する気にはなれませんでした。猛さんはそれでもいいよって言ってくれたんで、私も猛さんの仕事を応援すると約束しました。猛さんは『長谷部』の紹介で資金の借り入れを行ないました。他の人達もです。中には生命保険とか、子供の学資保険とか、そういうのを全部解約してお金を作った人もいました」

それが〈影の男〉の狙いだったのか――

〈シェア別荘〉なるビジネスを掲げて人を集め、福の神の面を被った奪衣婆《だつえば》の如くに彼らから金をむしり取ったのだ。

「猛さんはすぐにお祖父さんを連れて何棟かある別荘の一つに引っ越しました。私は仕事が休みの日には、欠かさず顔を出すようにしていました。別荘はいつの間にか会員の共同住宅のようになっていて、和やかで家庭的な雰囲気にあふれていました。なにしろ販売用の別荘ですから、狭いアパートなんかとは比べ物にならないほど広くて快適です。部屋もたっぷりあるし、みんな目を輝かせてました。子供達は広い庭で仲良く一緒に遊んでたし、皆さん、明るくて優しくて、全員が本当の家族みたいに感じたのを覚えています。誰かが何か心配事を抱えていたりすると、いつも堀口ではなく『長谷部』が相談に乗っていまし

た。とても親身になってくれて、具体的にあれこれやってくれて……そんなところも、会員の信頼につながっていたようです」

目に浮かぶようだった。〈影の男〉は危険な兆候を見逃さない。それを本能的に察知して、早急に芽を摘み取ろうと近寄っていく。

彼は会員のことを心配していたのではない。会員がコミュニティ以外の場所で問題を起こしたりしないよう、自分にとって都合のよい方向に誘導していたのだ。

「肝心の購入者が一向に見つからないことは気になりました。でも堀口と『長谷部』は、お構いなしに近隣の古い別荘の購入を進めていました。中には廃屋に近い物件もありましたが、それは解体して新しく建て直すと言って、実際に工事を進めていたんです。再開発の予定されている地区だから、買い手はすぐに見つかるって。ショベルカーで大きな穴が掘られているのを見て、私も、ああ、ちゃんとした会社の仕事なんだなと改めて思ったことを覚えています。気がついてみると、会員の全員が別荘に移住していました。せっかく権利があるのに、住まないのはもったいないって。堀口がそう言ってしきりと移住を勧めていたというのもあったんだと思います。私だけが休日に通ってくる恰好でした」

「全員とおっしゃいましたが、具体的に何人くらいでしたか」

「子供や赤ちゃんまで含めると、二十人くらいだったと思います。世帯数で言うと、確か六家族です。それに、猛さんとお祖父さんの二人」

「そうすると、配偶者や家族を除くとして、会員の数で言うと六人、猛さんを加えて七人ということですか」

暫し考えていた美紀が首肯《しゅこう》する。

「ええ、そうです」

「思っていたより少ないですね」

「はい。言われてみれば、ある時期から会員の勧誘はしなくなってました」

「その時点で購入者は」

「見つけられた会員はいなかったと思います。でも堀口はよく新規の申込書や名簿を見せてくれました。これだけの購入希望者が殺到してるって」

「実際にそうした人と会いましたか」

「いいえ。中には疑っている人もいて、現地に来てもいないのに購入希望なんて変じゃないかって堀口に訊いている人もいました。五月の連休のことで、そのとき私も泊まりがけで来てたんです。すると『長谷部』が、この連休中に一斉見学契約会をやる予定なんだってにこにこしながら言いました。すでに通知も済ましてるって。だからそれまでに物件の掃除をしておく必要があるって言われ、追及はうやむやになりました。そんな予定があるんならもっと早く言ってくれればって不満を漏らす人もいたんですが、『長谷部』は連休中の方がいいだろうと急遽《きゅうきょ》決断して、その準備に追われてましてとか、そんな言いわけをしてました。ともかく、みんな大慌てで掃除にかかることになったんです。きれいにして生活感もなくしておかないと、売れる物も売れなくなるって。皆さんと一緒になって、私も一生懸命手伝いました。だって別荘が売れると、それだけ早く猛さんと新しい生活を始められるわけじゃないですか。会員の生活用品や私物は一旦倉庫に移し、販売棟の隅々まで磨き上げました。子供達もみんな笑顔でお手伝いしてました。あ、猛さんのお祖父さんだけは免除ということで、ちょこちょこと走り回る子供達を、ロッキングチェアに座ってにこにこ眺めておられました。ご自分の曾孫《ひまご》のようにでも思っておられたのでしょうね」

気がつけば、蜂野も美紀の話に聞き入っているようだった。

「契約会の前の日になって、ようやく全部終わったんです。すると『長谷部』が、契約会の成功を祈って、前祝いの慰労会をやろうと言い出しました。みんな掃除が終わったところですから、異論はありません。ちょうどそこへ、少し前に車で買い出しに出ていた堀口が、高級そうなお弁当やお惣菜、それにケーキやお菓子を買い込んで帰ってきました。もちろんお酒もあります。どうやら最初から慰労会も予定に入っていたようでした。秘密にしていたのは、私達を喜ばせようとしたんだなとそのときは思いました。会場は皆が住んでいた別荘のリビングを使うということで、工事用の青い大きなビニールシートが広げられました。せっかく掃除したのに、飲食物をこぼして汚してはいけないという配慮です。

そこへ料理や飲み物を並べ、みんなが思い思いの位置に座りました。用意したのはすべて堀口です。飲み物も、ビニールシートも。最初は『お花見みたい』『遠足みたい』とはしゃいでいた子供達でしたが、中には悲しそうに泣き出す子もいました。わけを尋ねると、『このお家から出て行きたくない』『ずっとみんなと一緒にいたい』って」

そこで胸を詰まらせた美紀は、ペットボトルを取って喉を湿らせた。

「すみません……それで、全員に飲み物、大人にはビール、飲めない人や子供にはジュースが行き渡ったのを確認してから、『長谷部』がビジネスの成功を確信しているとかなんとか語り、乾杯の音頭を取りました。『かんぱーい』と皆が唱和して、同時に飲み物を飲みました。しばらくはにぎやかに歓談していたのですが、掃除の疲れでしょうか、居眠りを始める人が出てきました。そのうち私も眠気を覚えて、初めて、おかしいなって思ったんです」

もともと日の入らない薄暗い部屋であったが、夕刻が近づいているせいか、美紀の顔が陰に沈む。

「猛さんに体調が悪いって言おうと横を見たら、猛さん、いびきをかいて寝てるじゃないですか。これは普通じゃないと思ったときには、もう手遅れでした。私もふっと意識を失って……どれくらい時間が経った頃でしょうか、何かの物音で目が覚めました。いえ、肌寒さのせいだったかもしれません。別荘の中にいたはずが、地面の上にじかに寝かされていました。あたりには会員の人達が同じように転がっています。慌てて起き上がろうとしたとき、人の話し声が近づいてきました。恐ろしくて、咄嗟にそのまま眠っているふりをしたんです。声は、『長谷部』と堀口のものでした。『よし、次はこいつだ。しっかり持てよ』って、『長谷部』が堀口に。ええ、それまでとは打って変わった、ものすごく横柄な命令口調でした。それに対して、堀口はただ『はい、はい』とひたすら従っているんです。そっと目を開けた私は、ようやくそこが近くの工事現場だと知りました。そうです、廃屋を解体して新しい物件を建てようとしていた場所です。気づかれないようにほんの少しだけ顔の位置を変え、薄目で声の方を見ました。眠っている誰かの体を抱えた『長谷部』と堀口が、穴の底にその人の体を放り投げました。『次はそこのガキだ。堀口、おまえ一人でやれるだろう』、そう命令された堀口は、大地《だいち》君……一年生になったばかりの男の子です……大地君の体を持ち上げ、穴の中に投げ込みました。そして、次々に子供達を……」

美紀が嗚咽《おえつ》し始めた。

無理もない。聞いているだけで目の前に地獄が広がっていくようだった。

「他の人は死んだように眠ったままです。それで気がつきました。堀口が配った飲み物の中に薬が入っていたに違いありません。私は昔から寝付きが悪くて、長年ハルシオンを処方されていました。それで私だけ目が覚めたんです」

ハルシオンはベンゾジアゼピン系の超短時間型睡眠導入剤である。宗光も服役中に精神的苦痛から不眠症状に陥り、出所後長らく眠剤の処方を受けていた。ハルシオンやレンドルミンといったベンゾジアゼピン系薬剤の場合、短時間で眠りに落ちるが、耐性がつきやすいという大きな欠点がある。つまり、長期間服用していると効かなくなってくるのだ。

「二人は手前の人達から順番にどんどん穴へと放り込んでいきます。よく悲鳴を上げなかったものだと自分でも思います。恐ろしすぎると、声って出なくなるものなんですね。私は人形のようになって、ただ次々と人が穴の底に消えていくのを眺めていました。野崎《のざき》さんの両手両足を持ち上げたとき、『長谷部』がふらつきながら、『こいつは重いぞ、しっかり持てよ』って言いました。野崎さんはとても太ってらしたんです。私は、今だ、と思いました。二人がうんうん唸りながら野崎さんを運んでいる隙に、そっと立ち上がって、後ろの大きな木の陰に隠れました。心臓が今にも破裂しそうでしたが、気づかれずに済みました。でもしばらくはそこから動くこともできず、身を隠したまま必死に自分の口を押さえていました」

座したまま美紀は体を二つに折るようにして、両手を回し自分の両肩を押さえていた。痙攣《けいれん》のようにがくがくと震える自らの体を押さえつけようとしているのだ。

「いつまでもそこにいるわけにはいきません。怖かったけど、私はそっと木の陰から二人の様子を見てみました。そしたら……そしたら……」

暗がりに沈んだはずの美紀の顔が、恐怖とも哄笑《こうしょう》ともつかぬ歪《ゆが》みを見せる。

「二人は、誰かを勢いよく放り投げたところでした。穴に消える寸前、その顔が一瞬見えました。猛さんでした。私……私、猛さんを見捨ててしまった……結婚するはずの人を……でも、何もできなくて……私、ただ隠れているだけで……」

しばらく美紀の嗚咽が続いた。嗚咽と言うより慟哭《どうこく》か。

久住の側近で、筋金入りの極道であるはずの蜂野も蒼白《そうはく》になって立ち尽くしている。

「そのうちすっかり日が落ちて、あたりは段々暗くなってきました。穴の底に落とされて目が覚めた人もいたのでしょう、亡者のような呻き声が聞こえてきました。『堀口、これで全部か、間違いないな』と『長谷部』が何度も念を押してから、『よし、さっさとやっちまえ。誰か這《は》い上がってきたりしたら面倒だ』、そう命令する声が聞こえました。すると、次にモーター音が聞こえてきました。ビシャビシャっていう音も。すぐに分かりました。穴の横にはミキサー車がありましたから。堀口が基礎のコンクリートを流し込んでいる音でした」

想像以上の凄惨《せいさん》さに絶句する。

『長谷部』は、女子供を含めた会員達をコンクリートで生き埋めにしたのだ。

「私はもう気が遠くなってしまって……もしかしたら、立ったまま気絶していたのかもしれません。『長谷部』が何か大声で叫んでいました、『堀口、堀口』って。それでまたはっとしました。『堀口、ちょっとこっちへ来てくれ』って。コンクリートミキサーの音が止まり、急に静かになりました。『なんですか』とか言いながら堀口が近寄ってくる足音がしました。そして突然、鈍い音がしました。何かで人を強く殴《なぐ》ったような音です。堀口の呻き声が聞こえたかと思うと、次にコンクリートの上に落ちたような音がしました。ドボッという大きな音です。思わず木の陰から覗いてしまいました。もうだいぶ暗くなってましたけど、『長谷部』の後ろ姿が見えました。堀口はどこにもいません。『長谷部』は持っていた鉄パイプを穴に捨て、最後に両手の手袋を脱いでそれもコンクリートの中に捨てました。考えてみれば、宴会の準備をしていたのは堀口だけで、『長谷部』はお皿の一枚も触っていません」

指紋が残るのを警戒したのだ。その徹底した用心深さに慄然《りつぜん》とする。

「それから『長谷部』は、ミキサー車に乗り込んで堀口の代わりにコンクリートを再び流し込み始めました。こちらに背中を向けている恰好です。今しかない、と思い、私はゆっくりと木から離れ、必死で走りました。足音がしたかもしれませんが、ミキサー車の音で聞こえないはずだって考えました。どうやってマンションまで帰ったのか覚えていません。気がつくと、バスルームにしゃがみ込んでぼんやりしていました。すっかり朝になっていて、仕事に行かなくちゃ、と思いました。きっと、何も考えられなくなっていたのだと思います。支度をして、いつものようにお店に行きました。おはようございますって挨拶しました。いいえ、したように思いますが、ひょっとしたらしなかったかもしれません。しなかったというか、できなかったのかな。よく分かりません。みんなの声が、変に遠くから聞こえてくるようでした。さあ、仕事だ、仕事しようって思った途端、全部思い出しました。大地君のこと、野崎さんのこと、それに猛さん……」

とうとう耐えきれなくなったのか、美紀は畳の上に突っ伏した。

宗光は黙ってそれを見守るしかなかった。

こんなとき、どのような言葉をかければいいものなのか。検察庁でも法廷でも、学んだことは一度もなかった。

「急に気がついたんです、私はここにいちゃいけないって、『長谷部』がいつやってくるかもしれないって……昨日は運よく逃げられましたが、私だけがあの場から消えていたことに、長谷部が最後まで気づかないなんて、そんなの、あり得るでしょうか……ミキサー車の運転席にいた『長谷部』は、確かに反対側を向いていましたが、バックミラーに逃げる私の姿が映っていたかもしれないじゃないですか。そう考えたとき、私は職場で悲鳴を上げていました。あの『長谷部』ですよ、いつもにこにこして、親切で、頼りがいがあって、会員のみんなをすっかり虜《とりこ》にしていた男ですよ」

「だからあなたは逃げたんですね。職場から逃げるように辞め、マンションを引き払って。誰にも連絡できなかった。ご両親にも、友達にも」

涙を畳にこすりつけるように美紀が頷く。

「怖かったんです……『長谷部』はきっと来る……きっと私を殺しに来る……私、分かってるんです……どこに隠れたって無駄。『長谷部』は夢の中から私を見ている、人混みの向こうから、じっと私を見つめていて、必ず私の居場所を見つけ出す……恐くて、恐くて、警察に行くことさえできませんでした」

そこで美紀は、上半身を起こして宗光を睨んだ。

「いいんです、私、殺されたって。だって、私、猛さんを見捨てたんです。見捨てて一人だけ逃げたんです。私なんて……私なんて、もう……」

『長谷部』への恐怖だけではない。彼女はずっと、自分自身を責め続けていたのだ。心に負った深い傷は、そう簡単に癒やされるものではないだろう。

「えれぇことを聞いちまったな」

蜂野がぼそりと呟いた。この場に居合わせたことを後悔しているかのような口ぶりであった。

「考えてみて下さい、境さん」

「……え？」

宗光はまっすぐに美紀の両眼を覗き込む。

「あなたは確かにつらい体験をなさった。しかし『長谷部』は、今この瞬間にも全国で同じことをやっているんです。一刻も早く奴を止めなければならない。それができるのは、境さん、あなたと私だけなんです」

「そんな、私……」

「言ったでしょう、奴を裁くにはあなたの証言が必要だと」

「じゃあ、あなたはなんなんです」

美紀は食ってかかるように言った。

「あなたに何が分かると言うんですか」

「マリクという少年がいます。パキスタン人の子供です」

自分でも驚くほど静かな声が出た。

「本当は『いました』という過去形で言うべきかもしれませんが、私はまだ希望を捨てたくない」

相手が息を呑むのが分かった。今の言葉だけで美紀はすべてを察したようだった。

「マリクは三年生でした。別荘にいた大地君よりはちょっと上かな。マリクは父親と一緒に『長谷部』の手に落ちた。早くしないとマリクも大地君と同じ運命を辿ることになる」

驚いたように目を見開いている美紀に、

「お願いします、境さん。どうか協力して下さい。あなたの力が必要なんです」

長い無言の時間が過ぎた。長い、長い時間であった。もしかしたら、ほんの数分だったかもしれない。

やがて両手の指で涙を拭った美紀は、声を詰まらせながらもきっぱりと言った。

「やらせて下さい、私にできることならなんでも」

ほっと大きな息を漏らしたのは、宗光ではなく背後に控えた蜂野であった。

「ありがとうございます。では境さん、あなたにはまだまだ話して頂くことが山ほどあります。大変でしょうが、どうかご辛抱《しんぼう》下さい」

「ええ」

「あなたには二十四時間態勢で護衛をつけます。と言っても、警察ではありません。反社、つまり早い話が暴力団の男達です。いかついのが揃っているので少々息が詰まるかもしれませんが、警察よりも頼りになることは保証します。日常の御用も遠慮なく彼らにお申し付けになって下さい。いわゆる極妻の姐《あね》さん達もあなたの味方ですから、女性でなければ頼めないような用事であっても大丈夫です」

「はい。よろしくお願いします」

覚悟が決まったのだろう、美紀は深々と頭を下げた。

「お疲れのところ恐縮ですが、早速始めたいと思います。よろしいでしょうか」

「はい」

「夕食に何かお召し上がりになりたいものはありますか」

「いえ、特には」

「蜂野」

振り返らずに背後に向かって声をかける。

「はい、先生」

「うまい弁当か出前を頼む。それと飲み物だ。ノンアルコールのな」

「承知しました」

蜂野がスマホを操作する気配を背中で感じながら、宗光は手帳を取り出し、びっしりと書き込んだ質問事項に目を走らせる。

「それでは、始めさせて頂きます」

14

千葉県南房総市黒浜町は、房総半島の南端に近い場所に位置している。宗光は海岸沿いの国道をレンタカーで走りながら、鈍色《にびいろ》に広がる房総の海を眺めた。行楽日和《びより》とはほど遠い天候であったが、目的はもちろん観光ではない。むしろ重苦しい空模様が、その日の目的にふさわしいとさえ言えた。

営業しているのかどうかさえ判然としないドライブイン以外には、国道沿いに建物はなかった。人影はほとんど見受けられず、対向車の数も少ない。

カーナビの示す道順に従い、ハンドルを切って国道から離れ、海岸のすぐ近くにまで迫った山の中へと入っていく。カーナビに入力した住所は、美紀の教えてくれた別荘地のものだ。

十分あまりも走っていると、左右の森の中に、別荘らしい建物がちらほらと見受けられるようになった。目的地はもうすぐそこだ。

急に視界が開け、道が真新しい舗装道路になった。

宗光は路肩にレンタカーを駐め、運転席から降り立った。美紀に書いてもらった地図を取り出し、周囲の光景と見比べる。木々はきれいに伐採され、豁然《かつぜん》と整理された区画を分かつ舗道には吹き寄せられた木の葉以外に紙屑《かみくず》一枚落ちていない。

彼女の話から受けた印象のせいか、陰鬱《いんうつ》な廃墟が森の合間に点在するようなイメージを抱いていたのだが、そこに広がっている明るい町並は予想と大きく異なるものだった。

考えてみれば当然だ。竜本猛達が共同生活を送っていたのは、再開発の前、及びその初期なのだから、すべての工事が終わってしまえば見違えるようにもなろう。

ともかくも歩き出した宗光は、突然あることに気づき、次いで全力で走り出した。

もしそうだとしたら――

美紀の手書きの地図と実際の地形とを見比べながら、必死で当時の景観を頭の中で再現する。

美紀の記憶力は実に正確だった。当時、猛らが共同生活を営んでいた――そして〈最後の晩餐《ばんさん》〉を行なった――棟はすぐに分かった。予定では可能なら中を確かめるつもりであったが、そんな余裕はない。急いで先へ進む。

目印となる大木の特徴も詳細に聞き出している。美紀が咄嗟に身を隠したという大木だ。それさえ残っていたなら――

あった。美紀の証言した通りの形をしたケヤキの大木が立っていた。

ならば、この先に――

視線を前方に向けた宗光は、脱力のあまり放心したように立ち尽くすしかなかった。

そこにあったのは、コンクリートで固められた穴ではなかった。

堂々たる新築の別荘が建っていたのだ。

誰の設計によるものかは知らないが、モダンでありながら軽薄に流れない、風格さえ感じさせる二階建てであった。

奥歯を嚙み割ってしまいそうなほどの力で歯嚙みしたのは、かつて冤罪《えんざい》で逮捕されたとき以来だろう。

自分も蜂野も、どうして最初に気づかなかったのか――

美紀の話の凄惨さに、魂と思考力とが麻痺《まひ》していたとしか言いようはない。

『長谷部』は勝手にミキサー車を使用して死体をコンクリートで埋めた。ならば下請けの業者に対してあらかじめなんらかの工作を施《ほどこ》していたはずだ。基礎のコンクリがいつの間にか流し込まれていても不審を抱かれないような。そして基礎が終わっていれば、すぐに建築に着手するのは自明の理ではないか。

こんな上物《うわもの》があったら、コンクリートの基礎の中に無数の死体が埋まっていると分かっていても掘り出すことはできない。自分や久住、楯岡のようなアウトローが警察に訴えたところで相手にもされないだろう。たとえ当局が話を信じたとしても、かえって頑《かたく》なに拒否することは目に見えている。美紀という証言者がいようといまいと、そんな面倒を掘り起こす手間を惜しまぬ者も法的根拠も存在しない。そもそも公的機関には、解体に要する費用を出せる予算などない。それが日本の警察であり、現実である。

『長谷部』はこうなることが分かっていてここに死体を埋めたのだ――

証拠はこの下に埋まっている。怨念《おんねん》を抱えた死骸《しがい》となって。

だがそれを掘り起こす手立てがない。

つまり、証拠は〈ない〉ということなのだ。

別荘地を取り巻く木々の彼方から、雨の到来を告げる湿った風が吹き渡ってきた。広がりゆく葉擦れの音が、あたりをにわかに騒がせる。

生温い風の中に、〈影の男〉の哄笑を宗光は確かに聞いた。

　その事務所は、大手町《おおてまち》にそびえるタワービルの二十一階にあった。専有面積はさほどではないが、業界的に新進の部類に入る事務所にしては破格の構えである。主が詐欺師でなければ、それだけで実力を証していると言っても過言ではない。そして宗光は、この事務所の主が詐欺師などではないことを知っている。

「加納《かのう》物産社会インフラ事業本部の福島《ふくしま》次長にご紹介頂きました香川《かがわ》と申します。十時に所長とお約束があって参りました」

　午前九時五十四分。ブリーフケースを手に受付の前に立った宗光はそう名乗った。ビルのメインエントランスでもそれで問題なくゲートを通過している。

「はい、福島様よりご紹介の香川様ですね。お待ちしておりました。どうぞあちらの応接室へお入り下さい」

　受付の女性職員は、完璧な笑顔で左側奥のドアを示した。

「どうもありがとう」

　こちらも微笑みを返し、通路を進んでドアを開ける。会話の内容が漏れ聞こえないようにするためか、相当に頑丈《がんじょう》な造りになっていた。

　中で待っていた事務所の所長が愛想よく立ち上がる。その笑顔が一瞬凍りつき、端整な顔がたちまち激怒に歪んだ。

「宗光っ！」

篠田は叫んだ。

ここは篠田法律事務所であり、所長を務めるのは彼――篠田啓太郎である。

「貴様、どうやって入り込んだっ」

「どうやっても何も、ちゃんとアポを取ってきた」

加納物産は確かに篠田法律事務所の顧客だが、社会インフラ事業本部の福島と篠田とはさほど親密な関係ではない。その点を衝き、福島の名を借用し香川の偽名でアポを取ったのだ。その程度は篠田なら瞬時に推察できる。

「ふざけるな」

「偽名を名乗っても特に罪にはならないはずだが」

「俺がどれだけ忙しいと思ってるんだ。偽計業務妨害罪が成立する」

「じゃあ本名を名乗れば会ってくれたのか」

「警備員を呼ぶ」

テーブルの上の受話器を取り上げた篠田に、宗光は静かに言った。

「おまえに弁護を依頼したい」

「なんだって？」

もう一度、ゆっくりと繰り返す。

「おまえに弁護を依頼したい。だから来たんだ」

宗光を見据えたまま、篠田が受話器を置く。

「面白いことを言うじゃないか、え、宗光」

そこへノックの音がして、コーヒーの載ったトレイを持った職員が顔を出した。

「あの、コーヒーをお持ちしたんですけど……」

室内の異様な空気に怯えているようだ。

「ありがとう。テーブルの上へ置いといてくれ」

若い職員は急いで二人分のコーヒーカップを応接テーブルに置く。

「ああ、それからこの部屋にはしばらく誰も入れないように。電話も取り継がなくていい」

「承知しました」

一礼して職員が退室する。

ドアが閉められるのを確認し、篠田が振り返った。

「最初に聞くが、頭の方は大丈夫か」

「おかげさまでね」

「屑のニセ弁護士が、とうとう一線を越えちまったか」

「屑であることは否定しないが、それも違う。弁護を頼みたいのは俺じゃない。ある重大犯罪の被害者だ。これは俺一人では手に余るほど厄介なヤマだ」

「当たり前だ。非弁活動が許されると思っているのか」

「そうじゃない。俺は確かに非弁護人と呼ばれているし、裏の仕事もしているが、一つはっきりしているのは、俺は決して法廷には立てないということだ。だから俺の代わりに出廷してくれる弁護士がいる。それも並の弁護士では駄目だ。一流の腕がないと相手に取って喰われてしまう。敵はそれほど狡猾《こうかつ》なんだ」

そう言うと、篠田はかえって激昂した。

「貴様の代わりだと。ずいぶんと安く見られたものだな。そんな仕事を俺が引き受けると本気で思っているのか」

凄まじい剣幕で詰め寄ってくる。

「貴様のせいで、俺は、俺は――」

両手を広げて篠田は室内を指し示し、

「見ろ宗光。こんな事務所、俺はちっとも望んでなかった。俺は貴様に人生を狂わせられたんだ」

「それはこっちも同じことだ。篠田、貴様が裏切ってくれたおかげで俺は前科者になり、母は死んだ。今では世をはばかる非弁護人だ。はっきり言うとな、おまえにだけは頼みたくなかった」

「だったらどうして！」

篠田がこちらの襟首をつかみ、壁に押しつけた。

息が苦しい。だが篠田は少しも手を緩めようとはしない。長年鬱積《うっせき》していた怨念をぶつけてくるかのようだった。

自分が今感じているのは、痛みだろうか、憎しみだろうか。もしかしたら、哀しみかもしれない。

「あのとき俺は、もっと慎重に証拠を積み上げるべきだと主張したはずだ。なのに貴様は聞く耳を持たなかった。俺達は告発者の死について究明しておくべきだったんだ。そうすればその後の流れも変わっていた。二人とも検事でいられたかもしれないんだ。貴様は自分でその可能性をぶち壊した。俺にはもうどうしようもなかった。違うかっ」

「違っていない」

そう答えると、篠田は一瞬、虚を衝かれたようにこちらを見つめ、次いでさらに猛然と締め上げてきた。

「今になって俺をからかいに来たのか」

「違う」

力任せに篠田の手を振り払う。

「習志野開発の告発者は自殺じゃなかった。殺されたんだ」

「適当なことを言うなっ」

「命じたのは千満組の楯岡だ。征雄会は政界とつながっているからな」

さすがの篠田も驚愕《きょうがく》したようだった。

「そんなことをどうして」

「楯岡本人がそう言った。俺は楯岡にこの件の協力を要請した。奴が俺達の過去に関わっていたとも知らずに。楯岡は俺の頼みを引き受けると同時に、釘を刺してきやがった。エセ弁風情が身の程をわきまえろとな」

強烈な自虐の毒が全身に回っていくようだった。

その毒を追い払いたかったわけではない。より深く吸い込むように、宗光は涙をこらえて頭を下げた。

「あのときは俺の判断が間違っていた。すまなかった」

「今になって……」

だが篠田はそれ以上言葉を続けられず、皮肉で以《もっ》て強引に話題を戻した。

「そんな曰《いわ》く付きの案件を俺のところへ持ってきたというわけか」

「そうだ。超一流の弁護士じゃないと歯の立つ相手じゃない。だが大手の事務所や長老クラスの大物は絶対に引き受けない仕事だ」

「それでも俺よりは可能性があるだろう」

「聞け。俺は法廷には立てないが、法廷の外と中とで連携し力を合わせて戦わないと、この敵には決して勝てない。俺の知る限り、それだけの力があるのは、篠田、おまえだけなんだ」

「今度はおだてか。そんな手に乗る俺だと思うか」

「思わない」

何事か考え込んでいたらしい篠田が、ややあって口を開く。

「貴様、さっきから敵とか言ってるが、それが真犯人なのか」

「そうだ」

「そんなに手強《てごわ》い相手なのか」

「これを見てくれ」

ブリーフケースの中から取り出した資料のファイルをテーブルの上に置く。これまでの経緯を苦労してまとめたものだ。

ソファに腰を下ろした篠田が、眉間《みけん》に皺《しわ》を寄せて資料を読み始める。

最初はあからさまにぱらぱらと斜め読みしていたが、次第に顔色が変わってきて、やがて食い入るように読み出した。

最後のページを読み終えた篠田は、深い息をつき、ファイルをテーブルの上に投げ出した。

「とても信じられない」

「同感だな」

「証人がいるとあったが」

「境美紀か。資料ではあえて居場所をぼかしたが、某所で保護している。だが敵に見つけられたらどんな手を使ってくるか知れたものじゃない」

「依頼人は彼女というわけか」

「形の上では、だが」

「彼女を保護するためにあえて逮捕させる。その弁護を俺が担当する、ということだな」

「ああ」

「その時点ですでに非弁護人の戦略が始まっているという筋書きか」

さすがに篠田は鋭敏だった。

「それだけじゃない。真の目的は〈影の男〉を炙《あぶ》り出し、裁きにかけることだ。そのためには警察の力がどうしても要る。なんとしても事を表沙汰にし、警察を動かさねばならない」

「まだあるだろう」

篠田はファイルのあるページを開き、指で叩いた。

「このパキスタン人の少年だ。もう手遅れだろうとは思うが、放置しておくわけにもいくまい」

　こちらの弱みを一発で見抜かれた。

「並行してマリク君の線も追っていく。救出できればそれに越したことはないが、期待はするな。それでも何か新事実が見つかるかもしれない」

　じろりとこちらを見上げた篠田は、それ以上マリクには言及せず、別のページを広げた。終わりの方だ。

「肝心の死体が埋まっている千葉の別荘だがな、これは無理だ。警察でも手が付けられん。死体が出なければ犯罪は立証できない」

「それに関してはもう手を打った」

「本当か」

「ああ。そこが非弁護人の強みだ。俺が必ずなんとかする」

「ヤクザの力を借りるのか」

「ああ。楯岡の力もだ。〈ヤクザ喰い〉を潰すのにヤクザを使う。理に適《かな》った話じゃないか」

　篠田が目を見開いた。

「正気か。奴はかつて殺人を命じた張本人なんだろう」

「だからこそだ。今度の件で奴は俺に貸しを作ったつもりでいる。だが今はこっちが返してもらう番だ」

「それは貴様だけの理屈だろう」

「そうだ。俺が勝手に思っている。心配するな。おまえの分まで俺が勝手に取り返す。俺は確かに法の境界にいる男だが、それだけに誰よりも法にしがみつく」

篠田は丁寧に整えられていた髪に指を突っ込み、ぐしゃぐしゃにかき回し始めた。りゅうとした若手弁護士の髪が、ホームレスもかくやというような無残なありさまと成り果てた頃、篠田がようやく顔を上げた。

「引き受けよう」

宗光は胸を撫《な》で下ろすと同時に、分かっていたはずの奇妙な感慨に囚われた。

この自分が、篠田と再び手を組むことになろうとは——

「言っておくが、俺は貴様を許したわけじゃない」

宗光の内心を見透かしたように篠田が言う。

「〈ヤクザ喰い〉……俺はこいつが許せないだけだ。貧困ビジネスどころじゃない。法の不備と人の偏見を嫌らしいまでに衝いている。弁護士資格がどうのと言っていられる場合じゃない。誰かがこいつの正体を暴かねば、犠牲者が増える一方だ。だから宗光、俺はおまえと組む」

そして篠田は葛藤の深い爪痕《つめあと》を眉間に刻み、

「だが勘違いはするなよ。組むのは今回限りだ」

「心配するな。それはこっちにとっても同じことだ」

「もう一つ。ウチの着手金は高いぞ」

「現金で用意した」

宗光はブリーフケースから帯封ではなく輪ゴムで止めた札束を四束つかみ出し、テーブルの上に置いた。

「四百万ある。これで足りるか」

久住に着手金として高額の金を要求したのは、このためであった。あのときすでに篠田を雇うしかないと決意していたのだ。

「充分だ」

枚数を確認しようともせず、篠田は苛立たしげに言った。

「何をしている。突っ立ってないでさっさと座れ。時間がないんだろう。すぐに作戦会議だ」

都内の幹線道路を漫然と流すアルファード・エグゼクティブラウンジの車内で、宗光と向かい合って座った久住はいつもの落ち着いた口調で話し出した。

「買収の手続きはすべて終了した。すぐにでも着工できる」

「ありがとうございます」

宗光は低頭して礼を述べる。

竜本猛らが埋められた穴の上に、立派な別荘がすでに建設されている。それをまのあたりにした宗光は、一旦は絶望しかけたが、すぐに対応策を立案した。

それが「久住に別荘の買い取りを依頼する」という案であった。

不動産の購入には莫大な金がかかる。自治体も警察も出せるものではないし、そもそも現段階では法的根拠がない。それを拠出できるのは、久住や楯岡といった裏社会の実力者を措いて他はない。

とは言えヤクザも資金源を失いつつあるこの時代に、おいそれと乗れる話でも額でもない。

それでも宗光は、九死に一生を得た美紀の話を詳細に伝え、説得した。その結果、久住は決断してくれた。恩人である竜本とその孫の、あまりに惨《むご》い死に対する怒りもあったろう。

もちろん単なる善意ではあり得ない。全額宗光のローンという形を取って久住が資金を融通したわけである。ヤクザからの借り入れなので闇金並みの利率を覚悟したが、さほどではなかった点に、久住の犯人に対する憤怒が見て取れた。ローンの担保は言うまでもなく宗光の命である。

表向きの段取りは久住の方でつけてくれた。フロント企業ではないが、遠山連合の息のかかった代理店が大手デベロッパーを介し、地元不動産業者を通じて別荘のオーナーに購入を持ちかけた。提示した金額は土地建物代金、それに工費を合わせた総額の約二倍。買収の口実は『近隣の別荘や売地をまとめる再開発計画』である。再開発された土地の再開発とは珍しいようでいて、全国的に見れば同様の事例は決して少なくない。そのためだけに、もっともらしい『再開発計画書』まで急遽でっち上げている。

別荘のオーナーは当初難色を示したらしいが、ビジネス的見地に立てば〈大儲け〉である。諸条件にかなり色をつけることで売却に同意した。

「早ければ今日の午後からでも解体にかかれるそうだが、それでいいね」

「もちろんです。後はこちらにお任せ下さい」

「ところで」

久住は一転して鋭い視線を向けてきた。

「君が雇った弁護士だが、何やら君とは浅からぬ因縁のある男らしいじゃないか」

さすがに遠山連合の大幹部である。情報収集においては遺漏《いろう》がない。

「本当に大丈夫なのかね。そんな人物を引き込んで」

「心配はない、と言えば嘘になるでしょう。なにしろ、お互いに人生最大の仇敵《きゅうてき》ですからね」

「だったら――」

久住の危惧《きぐ》を遮って、宗光は断言した。

「〈ヤクザ喰い〉のような相手と戦うときに、奴ほど頼りになる男はいません」

裏社会の力を利用するという案に、篠田が抵抗を示したのは事実である。実際に、真っ当な弁護士が受け入れるような案件ではあり得ない。

しかし宗光と組むと決めた時点で、篠田はすでに〈境界線〉上に立っている。

――篠田、おまえは正真正銘の弁護士だが、俺はどこまで行っても裏でしかない非弁護人だ。表と裏、その両方を合わせるしか方法はない。

――表と裏か。なるほどな。言っておくが、俺は裏に踏み込むつもりはない。裏の泥は貴様がかぶれ。

――こっちは最初《ハナ》からそのつもりだ。

篠田に作戦を承諾させるためそう言った。嘘ではない。内部告発者の死を洗い直すという篠田の提案を容《い》れなかったという過去の引け目がある。

しかし同時に、宗光は心の中に湧き上がる皮肉をも感じていた。

篠田よ、かつておまえは、検察の醜い裏に対して迎合《げいごう》したはずじゃなかったのか――

黒浜町での解体作業は突貫工事で進められた。

撤去された廃材はすでに大部分が片付けられ、基礎のコンクリートが剝《む》き出しになっている。

「じゃあ、始めますよ。いいですね」

現場監督が蜂野に向かって叫ぶ。

「ああ、やってくれ」

頷いた監督が、作業員達に指示を下す。五台の油圧ブレーカーが一斉に稼働し、コンクリートを破砕《はさい》し始めた。たちまち耳を聾《ろう》する激烈な轟音《ごうおん》が周囲を揺るがす。

篠田と並んで立った宗光は、固唾《かたず》を呑んでそれを見つめる。

下請けの現場監督はカタギの業者だが、蜂野からある程度の話は聞いていて、相応の見返りと引き換えに協力を約束してくれていた。

砕かれたコンクリートの破片が手際よく次々と取り除かれていくが、〈それ〉らしいものは一向に現われない。

「本当にっ、あるんだろうなっ」

心配になったのか、篠田が大声で訊《き》いてきた。それでも油圧ブレーカーの轟音でよく聞き取れなかった。

「えっ、なんだって?」

「死体が出なかったらどうするつもりだっ」

篠田が怒鳴るように繰り返す。

「さあなっ」

すべてが夢かデタラメならばその方が幸いだ——そんな意味のことを言い返そうとしたとき、

「おい、なんだこりゃ」

作業員の一人が叫んだ。

現場周辺にいた男達が、一斉に視線を向ける。

まるで型取りの石膏《せっこう》を外したように、コンクリートが人型にきれいに割れている。

左右に広がったその隙間から覗いているのは、人間の形を保った死体であった。

反射的に宗光は用意していた消臭マスクを装着する。篠田も同様だ。

コンクリートに包まれた死体は、混ざり合ったり密着したりすることはないので、腐敗しつつも元の形で保存される。永久死体の一種『屍蠟《しろう》』である。

すべての油圧ブレーカーが停止した静寂の中、裂け目からあふれ出た茶色の液体が周囲に広がっていく。遺体の腐敗液であった。

凄まじい悪臭に、作業員達が一斉に飛び離れる。中にはこらえきれず嘔吐《おうと》している者も少なくない。

経験的にこうなることが分かっていたから、宗光と篠田はマスクを持参していたのだ。現場の汚れたタオルで鼻と口を覆った蜂野が駆け寄ってくる。

「やっぱり出ましたね、宗光先生……それにしてもなんて臭いだ。正直言って、腐ったホトケは初めてじゃありませんが、この臭いは別格ですよ」

「後は現場に任せて、俺達は引き上げるとしよう」

「はい」

蜂野は現場監督を振り返り、大きく手を振った。監督は小さく片手を上げて応じる。コンクリートの撤去作業中に死体が出た——現場から所轄《しょかつ》の警察署にそう連絡を入れる手筈になっている。後の作業は警察がやってくれるというわけだ。

足早に現場を離れる宗光と篠田に従いながら、蜂野が言った。

「こう言っちゃなんですが、別荘のオーナーはとんでもなくツイてましたね」

振り向いた宗光達に、蜂野は大真面目な顔でうそぶいた。

「俺達がいなけりゃ、足許にあんな死体がうじゃうじゃ埋まってるってことを死ぬまで知らずにいたわけですから。しかもとんでもない大金までもらって。こっちが金を払ってもらいたいところですよ」

まったく表情を変えることなく篠田が応じる。

「君の言う通りだな、蜂野君」

東京に戻った宗光と篠田は、その足で仲御徒町《なかおかちまち》のビジネスホテルに直行した。六階の一室をノックすると、中からドアが開けられた。

「どうぞ」

中にいるのは美紀である。四日前に秋田市から移ってきたのだ。

ホテルの内外には遠山連合のボディガードが身を潜めているはずである。

室内に入った宗光は、コーヒーテーブルの前の椅子に座る。篠田と美紀もその周囲に腰を下ろした。

「死体が出ました。あなたの証言の通りです」

問われる前に宗光は答えた。

「虐殺は事実だった。篠田弁護士も確認しました」

篠田の紹介は早い段階で済ませてある。

美紀は何も言わず、じっと俯《うつむ》いている。

「誰の死体だったのかは分かりませんし、私どもが見届けたのは一体だけです。残りは警察が残らず発見してくれるでしょう」

やはり美紀は黙っている。心の中では、恋人だった猛の遺体が最も気になっているであろうに。

「マスコミも殺到して、すぐに大騒ぎになるはずです。ここからが私達の戦いの始まりです」

　美紀の顔を覗き込むようにして、篠田が念を押す。

「境さん、予定通り進めます。場合によってはあなたが逮捕される可能性さえあり得ます。覚悟はできていますね？」

「はい、大丈夫です」

　俯いたまま、美紀はきっぱりと答えた。

15

［千葉の別荘地下から多数の死体］
［コンクリート漬け　身許死因依然不明］
［前代未聞の大量殺人か］
　翌日の新聞各紙にはそんな見出しがあふれ返った。
　現場監督から死体発見の第一報を受けた千葉県警館山《たてやま》署はすぐにパトカーを派遣したが、最初に到着した警察官達は、状況を県警本部に報告することしかできなかった。

その日のうちに本部から鑑識、機動捜査隊、刑事部捜査一課、警備部機動隊等が動員され、現場に臨場し土地建物所有者の了解を得て写真を撮影した。次いで捜査報告書を作成し、現場検証や鑑定のための令状請求を行なった。令状がなければコンクリートをさらに破壊し、遺体を捜索、発掘することができないからである。

重機等、各種装備の手配にも時間がかかる。しかし押し寄せたマスコミは、警察が徹夜の作業を続けている最中にも先を争って報道を開始した。

黒浜町の別荘跡周辺は多数の警察官、関係者、報道陣、その他の野次馬でにわかに喧噪《けんそう》を極め、周辺の住民は途轍もない迷惑を被ったであろう。もっとも、本来が別荘地であるから定住している住民がほとんどいなかったのは不幸中の幸いであったとも言える。

報道によると、発見された死体の総数は、乳幼児と思えるものを含めて十九体。性別は着衣と髪の長さから判別するしかない状態だった。大変な騒ぎの末に県警に委嘱《いしょく》されている病院へ移送されたが、屍蠟化して人体の形は保っているものの、腐敗が酷く司法解剖による死因の特定は難航した。

ただ同時に発掘された青いビニールシートにくるまれた状態で、食べ残しの食物、嘔吐した痕跡などが発見された。それらを分析した結果、ベンゾジアゼピン系薬剤の成分が検出された。そのことから、死亡者はいずれも睡眠導入剤を服用し、意識不明のままコンクリート漬けにされたものと推測された。

事件が発生したと推測される時期に、現場近くの別荘で二十人あまりの集団が共同生活を行なっていたという証言は得られたが、近隣の定住者が皆無に近いということもあって、どういう集団であったのか知る者はいなかった。

別荘の施工業者は当然厳しく追及されたが、複数の下請け業者が関与しており、誰がコンクリートミキサー車を犯行時刻に用意したのか、未だ特定されていない。

死体発見から三日後、千葉県警は大量殺人事件と断定、特別捜査本部を設置した。

境美紀が篠田啓太郎弁護士に付き添われて千葉県警本部に出頭したのは、その二日後に当たる三月四日のことであった。

あらかじめ篠田が県警に連絡を入れていたため、二人はすぐに応接室へ通された。

室内には捜査本部の副本部長、事件主任官、捜査班運営主任官、捜査班長らが顔を揃えていた。

捜査本部の幹部が最初から応対するのは、ひとえに篠田の人脈と信用のゆえである。

そこで美紀は、自らの身許と体験、目撃したすべてについて詳細に供述した。

最初は無表情を装って聞いていた一同は、話が進むに従い、驚愕と衝撃を隠せなくなっていった。

特に捜査班長は途中何度も部屋から飛び出すように中座した。捜査員達に裏付けを命じに行っているのだ。

美紀が話し終えたとき、事件主任官が興奮を押し隠すように質問を発した。

「お話は分かりました。その『長谷部』という男が全員に睡眠薬を飲ませ、コンクリートで生き埋めにした、と」

「はい」

「それをあなたは目撃していた、そして隙を見て逃げ出し、今日まで身を隠していた」

「はい」

「それほどの犯罪を目撃しながら、すぐに警察に行こうとは思わなかったのですか」

「とてもできませんでした……いえ、考えもしませんでした」

「どうして」

「怖かったからです。あいつは、『長谷部』は、それほど……それほど……」

「なのに今になって名乗り出る気になったのはどうしてですか」

事件主任官の強い口調に、美紀が身をすくませる。

「それは……」

「弁護士として申し上げますが、私の依頼人は、勇気を振り絞ってここへやってきたのです。取り調べではありませんので、依頼人を必要以上に怯えさせるような発言は控えて下さい」

「これは申しわけありませんでした」

篠田の抗議に、一同が形ばかりに頭を下げる。

事件主任官はすぐに何事もなかったかのように美紀を促した。

「つらいでしょうが、捜査のためにもお答え頂けませんか」

「テレビでニュースを見て……私が話さなくちゃ、警察に行かなくちゃって、やっと……でも、頭では分かっていても、体がどうしても動かなくて……それで店長に相談したら、『だったら弁護士さんについていってもらったら』と言われて、それで……」

「店長とは」

「勤めていたお店の店長さんです」

「特殊浴場『カナリア』の店長ですね」

「はい」

「それで篠田先生に相談したと」

「はい」

疑わしげな一瞥《いちべつ》を篠田に投げかけ、事件主任官はすぐに視線を美紀へと戻す。

「よく分からないのですが、どこで篠田弁護士をお知りになったのですか。確かに篠田先生は実力派の弁護士でいらっしゃると私どもも伺《うかが》っております。しかし多くの企業の顧問を務めておられますし、失礼ながら、あなたとの接点が……」

「ネットで調べました」

打ち合わせ通りに美紀は答える。

「篠田先生がそこまで有名な方とは知りませんでした。でも、先生のことを紹介している雑誌の記事が検索の上の方に出てきたので、それで電話してみたんです」

「つまり、紹介者もいなかったわけですね？」

一同はあからさまに不審そうな視線を篠田に向けた。

美紀に代わって、平然と篠田が応じる。

「通常なら弊所《へいしょ》では紹介者なしの案件は受け付けておりません。しかし、電話を受けたのがたまたま私だったのです。聞けば今話題になっている黒浜町の目撃者だというじゃありませんか。すぐに面談を致しましたところ、依頼人は真実を語っていると確信しました。しかも依頼人が相当に追い詰められていることは一目瞭然《りょうぜん》でした」

「ええ、分かります」

蒼白になって震えている美紀の様子に、一同も首肯せざるを得ない。

「社会正義のためにもこれは全力で当たるべきだと考え、代理人をお引き受けした次第です」

篠田は堂々と言い切った。

「今のお話にあった、その『長谷部』とかいう男についてなんですが……」

それまで黙っていた捜査班運営主任官が口を開いた。

「あなた方のおっしゃる通り、おそらくは偽名だと思われますが、その男の身許を調べるための、その、何か手がかりのようなものはありませんか。いえ、疑うわけではありませんよ。とにかく物証がないものですから、警察としては、何か裏付けとなるものが欲しいわけでして」

「物証とか、手がかりとかになるかどうかは分かりませんが……」

美紀は膝に置いていたハンドバッグから、小さいビニール袋を取り出し、応接テーブルの上に置いた。

それは、プラスチック製のブローチであった。直径七、八センチくらいの円形で、花弁の白い花をかたどった幼児向けの玩具である。

「これは、陽菜《ひな》ちゃん……桑畑《くわはた》陽菜ちゃんていう、共同生活をしていた五歳の女の子が、お母さんの今日子《きょうこ》さんからもらったものです。確か、どこかのお店の景品だって、今日子さんが陽菜ちゃんに渡しながら言ってました」

そこで美紀は、ハンカチを取り出し目頭を押さえた。

〈共同生活をしていた〉ということは、桑畑今日子と陽菜の母娘は、ともにコンクリートの中から発見された被害者ということになる。在りし日の桑畑母娘を思い出し、とうとうこらえきれなくなったのだろう。

「すみません……」

一同に謝りながら美紀はハンカチをしまい、先を続けた。

「陽菜ちゃんは大喜びで、すぐに厚紙の台紙を剝《は》がそうとしてましたから、新品であったのは間違いありません。だけど、まだ小さいからうまくできなくて、今日子さんが笑いながら台紙を覆っている透明なプラスチックを外しました。そのとき、中身のブローチが滑り落ちて床の上を転がっていきました。それを拾い上げたのが『長谷部』でした。足許に転がってきたブローチをひょいとつまみ上げ、いいものをもらったねえ、とか言いながら、『長谷部』はそれを陽菜ちゃんに渡していました」

篠田は密かに特捜本部の面々の様子を観察している。

今の話だけを聞いていると、どこにでもありそうな微笑ましい一場面である。篠田も最初に聞いたときにはそう思った。だがそこには、一つの重大な意味が含まれているのだ。

「陽菜ちゃんはこのブローチを胸につけてみんなと一緒に表で遊んでいました。私は洗濯のお手伝いをしていて、外に洗濯物を干しに出たとき、これが落ちているのを見つけたんです。陽菜ちゃんが遊びに夢中になっているうちに落としたに違いありません。後で返してあげようと思ってブラウスのポケットに入れたんです。でも、その日はうっかり渡し忘れて……自宅に帰ってから気づいたんです。でも、次に行ったときに渡してあげればいいと思ってそのままに……その次に別荘に行ったとき、あの事件が……」

嗚咽《おえつ》しながら話す美紀とは対照的に、一同の視線はテーブルの上のブローチに釘付けになっている。

「生き残った私は、手近にあった衣類や身の回りの品をバッグに詰め込んで逃げました。夢中で持ち出してきたものの、このブラウスだけはどうしても着る気にはなれず、バッグに入れたままほったらかしにしてあったんです。篠田先生にご相談したとき、『長谷部』の存在を証明できるような物はないかと、皆さんと同じようなことを訊かれたので、ないとお答えしたんですが、念のため、バッグを調べたらブラウスがあって……それでようやく思い出したんです。慌ててポケットを探ってみたら、これが……このブローチが入ってて……」

事件主任官が鋭い目で美紀を見据える。

「つまり……このブローチに『長谷部』の指紋が付いているということですね？」

「はい」

美紀ははっきりと頷いた。

すかさず篠田が口を添える。

「あくまで可能性です。私も依頼人に確認しましたが、このブローチを拾ったとき、『長谷部』は確かに素手であったそうです。またその日、子供達はずっと別荘の敷地内にいたし、周辺に外部の者はいなかった。他者の指紋等で消えている可能性もありますが、もし被害者以外の指紋が検出されたとすれば、それは『長谷部』のものであると推測されます」

「待って下さい、死体の状態が状態です。判定可能な指紋が採れるかどうかはまだなんとも……」

「それでも照会してみる価値はあるのではと愚考します」

篠田は強調する。指紋の照会と照合。それこそ、警察でなくては絶対にできない作業であるからだ。

「よし、やってみよう」

副本部長であった。

「『長谷部』が実在し、且つ、過去に犯歴があればすぐに割れる。無駄にはならんよ」

即座に退室した捜査班長が、黒い箱形のライブスキャナーを抱えて戻ってきた。

副本部長は太った体軀《たいく》を窮屈そうに動かして美紀の方へ向き直り、言った。

「よろしいですね。お話からすると、このブローチには境さんの指紋も付いているはずだ。まずはあなたの指紋も採取しませんと」

篠田が頷くのを横目で確認し、美紀は右手の指を広げて差し出した。

「お願いします」

ブローチから採取された複数の指紋を照合した結果、四つの指紋が検出された。

大きさからして成人の指紋が三つ、幼児の指紋が一つである。

成人の指紋のうち一つは境美紀の指紋。

子供の指紋は桑畑陽菜のものと推測される。

残る二つの指紋のうち、小さい方は最新の技術により女性のものである可能性が高いという結果が出た。陽菜の母親である桑畑今日子のものと考えられる。

そして、残る一つの指紋は、警察のデータベースに残されていた。

十九年前に傷害事件を引き起こし有罪となった犯人から採取されたものである。

記録されていた名前は、［蜷川功一《にながわこういち》］。

それが『長谷部』と名乗っていた男の本名であった。

以上の報告を、宗光は逐一篠田から受け取った。

蜷川功一、か——

宗光にとっては、単なる感慨を超えたものがある。

『長谷部』だけではない。『徳原』『加藤』『寺田』、その他無数の名前を使い分けていた男。全員が同一人物であるという物証はないが、本名と身許が割れた以上、いずれ発見されることだろう。仮に自分の推測が外れていたとしても、捜査が進むのならそれはそれで望むところだ。

本籍地は滋賀《しが》県守山《もりやま》市。両親は二人とも公立学校の教員で、蜷川は父母がともに四十代の頃に生まれた一人っ子だった。目立たない生徒で、高校を卒業するまで特に問題を起こしたこともなかったらしい。二十歳のとき、金銭トラブルから高校時代の後輩を殴打。鼻梁《びりょう》が陥没するほどの重傷を与えている。その事件により逮捕、起訴され、懲役《ちょうえき》一年の有罪判決を受けた。

十九年前の話だから、現在は三十九歳ということになる。

判決書によると、犯行当時、蜷川は地元私大に在学中で、大学の内外で多数の人間に金を貸していた。被害者は当時無職で借りた金を返そうとせず、地元河川敷で蜷川と口論になった。その挙句、蜷川は足許に転がっていた石で被害者を何度も殴りつけた。

「これだけか」

京成千葉駅近くにあるビジネスホテルの一室で、宗光は手にしたノートから顔を上げた。それはもちろん判決書ではない。千葉県警が千葉地検に要請して取り寄せた判決書の内容を、篠田がメモしたものである。

「そうだ」

対面に座った篠田が頷く。

刑事確定訴訟記録法によると、過去に確定した刑事記録については有期懲役の場合、判決書の保存期間は五十年だが、五年未満の懲役の場合、判決書以外の刑事記録の保存期間は五年と定められている。つまり、当時の記録で現存しているのは判決書だけなのだ。

　また篠田は過去に蜷川が起こした傷害事件について利害関係を有するものではないので、現在の検察実務に従えば判決書の閲覧請求を行なっても拒否される。

　県警に対し捜査協力を申し出た篠田に対し、県警はあくまで非公式の厚意で判決書の内容を話してくれたというわけである。

「蜷川は貸金行為を行なっていたとあるが、そのあたりは追及されなかったのか」

「ああ。おそらくは被害者が口裏を合わせたか、検察も面倒臭がったんじゃないかな。友人間の単純なケンカとして処理されてる。相手もタチの悪い奴だったんだろう。まあ、蜷川の過去や経歴については警察が徹底的に洗い直すはずだ」

　蜷川はこの事件により退学処分を受けている。その後どこで何をやっていたのかは不明である。

「こっちでも調べてみよう」

「手は足りてるのか」

「遠山連合や征雄会傘下の組織がやってくれる」

「警察に睨まれたらこの先やりにくくなるぞ」

「分かってる。その辺はヘタを打たないように久住さんがうまくやってくれるはずだ。あの人の統率力は大企業のＣＥＯに匹敵する」

　やや不快そうな口調で篠田が言う。

「表と裏の力を使うというコンセプトは確かに聞いた。それが必要な案件であるのも理解している。ただし念を押しておくが、俺と俺の事務所は反社とは一切関係ない」

「心配するな。そのために俺がいるんだ。幸か不幸か、俺とおまえの因縁《いんねん》は法曹界の誰もが知ってる。手を組んでると言われたって信じる奴はいないだろう」

「それだけじゃない。千満組の楯岡は俺達にとって――」

篠田の言葉にどうしようもない〈過去〉が滲む。

「それについてはこの前も言った通りだ。俺は楯岡も利用する」

苦衷《くちゅう》と言ってしまうにはあまりに痛く、魂が灼《や》けるような思いを噛《か》み締めて返答する。

篠田はそれ以上何も言わず、バッグから別のファイルを取り出した。

「境さんの証言から特定された被害者のリストだが、警察が所在を調べた。全員が行方不明だ。しかも『シェア別荘の仕事を始めた』と被害者が言っていたと証言する者が何人も見つかった。境さんの証言を裏付けるものだ」

「さすがに公権力は人手がある分だけ仕事が早いな」

「茶化すな。警察はすでに蜷川を重要参考人として追っている」

「よし、そろそろ次の手を打つとするか」

「あっちの方はどうなってる」

マリクの件だ。

宗光は座しているアームチェアが急に燃え出したような焦燥を覚えた。

「まだ手がかりはない。だが必ず見つけ出す」

「任せたぞ」

二人同時に立ち上がる。

今は互いに、やるべきことをやるだけだ。

16

［黒浜町大量殺人事件の被害者集団を特定］

衝撃的な警察発表を受けて世間の騒ぎはいよいよ過熱し、マスコミは事件の報道に本腰を入れ始めた。

そんなとき、全国紙の記者数人に対し複数の情報源からリークがあった。

惨劇から生き延びた目撃者がいるらしい――

その証言から警察は被害者を特定できた――

犯人による報復を怖れる目撃者を篠田弁護士が匿《かくま》っている――

リークを受けた各社は、半信半疑ながら裏付けに走った。その結果、情報はどうやら本当らしいということが判明した。

必然的に、篠田はマスコミに追い回される羽目《はめ》になった。こうなると日常の執務にも差し支える。

三月十日、千葉市中央区にある千葉県弁護士会館で、篠田啓太郎弁護士による記者会見が行なわれた。

マスコミ攻勢に耐えかねた篠田弁護士が、報道各社からの要請にやむなく応じた恰好である。警察は当然反対したが、現実問題として篠田法律事務所が業務に支障をきたしている以上、苦い顔で黙認せざるを得なかった。

宗光は会見の一部始終を、篠田法律事務所職員の録画した映像で見た。

――以上申し上げました通り、依頼人は筆舌に尽くし難い恐怖を体験したばかりか、今も大変な苦痛を余儀なくされております。万一マスコミにつきまとわれるようなことになれば、精神的に依頼人の耐えられるものではありません。本日私が記者会見に応じました理由は、依頼人を守るという目的あってのことでございます。その事情をご理解頂き、依頼人への直接的な取材やプライベートの報道はご遠慮を願う次第であります。代わりに依頼人へのご質問は、許容される範囲において私がお答えします。

実に堂々たるものだった。

これで篠田は〈堂々と〉マスコミを自分達の思う方向へと誘導できる。

記者達から質問が殺到した。

――目撃者の話に基づき、警察が重要参考人を追っているというのは本当ですか。

――警察の捜査に関しましては、私がお話しできるものではありません。

――目撃者は犯人を見たんですね。

――お答えは致しかねます。

――つまり、見たということですね。

――私にはお答えできません。

――それで警察は犯人と思われる人物を重要参考人として追っていると。

――その件につきましてはお話しできません。

話せない、答えられないと繰り返しながら、とどのつまり篠田は答えを言っている。

――篠田先生、そうなると警察は容疑者の姓名をすでに把握していることになりますね。

敏腕で知られる大新聞のエース記者が、何やらありそうな顔で質問をぶつけてきた。

――さあ、私からは。

――先生は依頼人に代わって答えると言いながら、さっきから何も答えてないじゃないですか。

――ですから、警察の捜査に関することは私には答えようがないと。

――容疑者の名前ね、もう割れてるんですよ。Nさんでしょ？　その頭文字で合ってますよね？

――どうしてその名前を。

篠田は驚きのあまり口走ったように見せかけ、すぐに黙り込む。すべて演技であるとは知らず、記者は勝ち誇ったように続けた。

――Nさんは『長谷部』という偽名を使い、犯行を行なった。それだけじゃない。他にもいろんな偽名を使っていたというじゃないですか。それも全国各地で。

会場は大騒ぎになった。騒いでいないのは、リーク情報を元にすでに調査を進めていた記者達だ。

――Nさんはなんでそんなことしてたんでしょうかね？

この記者が言わせたいことは分かっている。

――Nさん、いえ仮にNさんであるとして、この人が偽名を使っていた理由など、私には知る由もありません。しかし……

篠田は意を決したような面持ちで声を張り上げた。

――すでに報道されております通り、被害者はいずれも社会的弱者であり、マイノリティです。同じような境遇の人達は、日本全国に何人もいらっしゃるはずです。

――それは、Nさんが『長谷部』以外の偽名を用いて他にも同様の犯罪を行なっていたということでしょうか。

――そこまでは言っておりません。私はあくまで、被害者の皆さんについての話をしているだけです。

篠田は慎重な姿勢を崩さない。場合によっては懲戒の対象ともなりかねない文言を巧妙に回避している。

しかし記者達の方ではそうは思わない。〈連続大量殺人〉というこれ以上ないくらいの餌を眼前にぶら下げられ、すでに浮き足立っている。

――昨今、社会に見捨てられたマイノリティの困窮は隠れた社会問題となっています。今回の事件は、そうしたマイノリティを狙い撃ちにした極めて悪質なものと言えるでしょう。私達はこの問題に対し、あまりに無関心でありすぎました。今回の事件をきっかけに、皆さんがそうしたマイノリティの窮状に目を向けて下さるよう望んでいます。

人道に則った社会的メッセージに見せかけて、篠田はご丁寧にも会場内の報道陣に「どこを調べるべきか」についてのサジェスチョンを与えてみせた。

これで後は放っておいてもマスコミが各地のマイノリティ失踪事件について調べてくれることだろう。

宗光はパソコンを操作して再生映像を停止した。

次いでスマホを取り出し、篠田が美紀に与えたスマホの番号を押す。

宗光達の指示で美紀はまた宿を変え、今は永田町のホテルに身を隠している。護衛のヤクザはすでに撤収し、替わって千葉県警の捜査員が二十四時間態勢で護衛に当たっている。重大事件の証人であるから当然の対応だ。それでなくても永田町はパトロールの警官が多いので、たとえ蜷川であっても手は出せまい。当初は警察にあえて美紀を逮捕させる案も用意していたのだが、幸いなことに現時点では実行せずに済んでいる。

〈はい〉

数回のコールの後、美紀の返答が聞こえた。

「宗光です。今大丈夫ですか」

〈はい、私一人です〉

「篠田の記者会見はご覧になりましたか」

〈ええ、たった今〉

美紀の声が微かに震えている。胸が痛んだ。記者会見により、当時のことをまた思い出したのだ。しかしあえて冷静に徹して告げる。

「こちらからのリークは成功です。異なる系統に属する全国の反社集団を経由していますので、情報の出所が知られることはまずありません。いよいよ反撃開始です。あなたとのお約束は必ず果たしてみせます。だからあなたも――」

〈私のことなら心配しないで下さい。私は自分の体験したことをこれからも正直に申し上げるだけです〉

「警察や検察は同じことを何十回、何百回と訊いてきますので覚悟して下さい。それに、法廷で証言する際にはまた別種の苦しさがあると思います」

〈はい。猛さんや陽菜ちゃん達のためにも頑張ります〉

自らを鼓舞《こぶ》するかのように美紀は強く言い切った。

「お願いします。何かあったらすぐに篠田か私に連絡して下さい。非常の際は、廊下で待機している警察官でもいい」

〈ありがとうございます〉

美紀との通話を終えた直後に、蜂野からメールが届いた。すぐに開いて短い文面に視線を走らせる。

手に入ったのか――

添付されていたファイルを開くと、一枚の画像が映し出された。運転免許証の写真である。

発行元は滋賀県公安委員会ではないが、警察ならすぐに入手できる。滋賀県警の内部にいる誰かが小遣い欲しさに複製し、遠山連合傘下の地元組織に渡したのだ。

四角い写真の中に、あの男がいた。

間違いない。川崎の路上で取り逃がした『鈴木』であった。

少なくとも『長谷部』と『鈴木』は同一人物――蜷川だ。

髪は前に下ろしている。目鼻立ちに特徴はない。何もかもが普通であった。

しかし――

写真の中で、男はうっすらと嗤《わら》っていた。何を考えているのか分からない、不可解な笑み。じっと見つめているだけで嫌な気分になってくる。どこからか荒涼とした風が吹いてくるような、今居る場所がいつの間にか現《うつ》し世ではなくなってしまったような、そんな心地の悪さを覚えずにはいられない。

――俺の年齢を当ててみな。

そう挑発されているようにも思えてくる。

『鈴木』と遭遇したときにも感じたが、若作りした老人のようでもあるし、また老成した若者のようでもある。年齢不詳としか言いようがない。傷害事件を起こした二十歳の頃も、きっと同じ顔をしていたに違いない。いや、おそらくはその以前からも。

スマホに蜂野から着信があった。

〈写真、ご覧になりましたか〉

「ああ、見た。『鈴木』だよ。川崎で宗教セミナーをやっていた男だ。『長谷部』『鈴木』は同一人物でどちらも蜷川の偽名だ」

〈先生の勘が当たってましたね〉

蜂野は感慨深げに漏らす。

〈仕事柄、私も悪党の顔は見慣れてますが……と言うより、何人もバラしてるような野郎からやたらと頭の回る詐欺師まで、毎日ありとあらゆるタイプのワルとツラ付き合わせてますけど、その写真を最初に見たとき、どうにも嫌ぁな気分になりました。なんかこう、薄っ気味悪いっていうか、背筋のあたりがざわざわするっていうか。こんなのは初めてです〉

「分かるよ。俺もおんなじことを思った」

〈それで先生、系列の組から一通りの報告が上がってきてまして、ガキの時分の蜷川は、成績はそこそこ、人付き合いもそこそこ、評判もそこそこで、とにかく印象に残ってないと近所の連中はみんな口を揃えて言ってたそうです〉

「念のために訊いておくが、こっちの正体はばれてないだろうな」

〈ええ、そこら辺は会長にもきつく言われてますんで。いきなりヤクザが『話を聞かせろ』なんて言ってくると、聞ける話も聞けなくなるどころか、即通報されるご時世ですからね。聞き込みに回った連中には全員マスコミのふりをさせてますし、万一に備えて架空の名刺まで持たせてます。できるだけ人相のいいのを選びましたよ。マスコミにはヤクザより柄の悪いのが結構いますから、ご心配には及びません〉

ヤクザが刑事まがいの聞き込みとはほとんど笑い話だが、依頼したのはこちらだから笑ってもいられない。マスコミにはヤクザより柄が悪く横柄な態度を取る者が多いというのも事実である。

〈単に影が薄いとか存在感がないとかじゃなくて、ここまで目立たないとなると、私もピンときましてね〉

「つまり、その頃から蜷川は意図的に人の記憶に残るのを避けてたってことだな」

〈さすがは先生、その通りです〉

「お世辞はいい。続けてくれ」

〈どういうつもりだったのかは本人に訊いてみるしかありませんが、ガキの頃からコレってのは、かなりの食わせ者なのは間違いありません〉

「なのに大学で事件を起こした。どういうわけだ」

〈そこなんですよ。蜷川は真っ当な学生を操って、闇金の学生版みたいなことをやってたらしいんです。当時ケツ持ちをやってた元半グレの証言ですがね。昼間は普通の学生のふりをして、真面目な学生を足抜けできないよう悪さに引き込んでから強引に金を貸し付けるって手口です〉

蜷川は当時から今と同じようなことをやっていたのだ。

〈ところが、客の一人が開き直って、親戚にヤクザがいるから金は返さないとか言い出したらしいんです。なんだかんだ言ってもまだ若かったんでしょうね、それで蜷川はかっとなって殴っちまったと。やられた方も蜷川と一緒になって散々悪さをやってるから、大学

闇金サークルのことはサツにはウタわなかったってわけです〉

　大学闇金サークルか。実際にそう称していたわけでもないだろうが、虫唾《むしず》が走るようなネーミングだ。

〈肝心なのはそれからでして〉

　蜂野がやけに気を持たせる。分かっていてこちらを焦らしているようでもなさそうだ。口にするのもおぞましいといった生の感情がスマホから伝わってくる。

〈蜷川がムショに入って、親も近所に居づらくなったんでしょうね。知り合いのいない隣の市に中古の一軒家を買って引っ越しました。出所した蜷川はこの家でぶらぶらしてたんですが、やがて火事を起こして親御さんは二人とも焼け死にました。一人生き残った蜷川は保険金を受け取り、土地を売っ払ってどっかへ行っちまったそうです〉

「おい、それはまさか――」

〈ええ、疑う奴もいたそうですよ、息子がやったんじゃないかって。警察も一応は調べたみたいですが、アリバイの証言者がいたんです。国道沿いのスナックのマスター。その夜蜷川はずっと店で飲んでたって。それに、保険金と言っても大した額じゃなくて、この程度の金でまさか親は殺さないだろうって話になったみたいです〉

　蜷川とは、そのまさかをやる男なのだ――

〈蜷川の行方はそれきりです。いくら調べても足取り一つ分からない。今度の事件で名前

しな話だ〉
が浮かぶまではね。十九年間、どこで何をやってたのかサッパリ分からねえってのもおか
想像はできる。逮捕された蜷川は、刑務所の中で一年間、じっくり頭を冷やしたに違い
ない。もう二度と自ら愚かしい真似はしない、もっと利口に、冷静に立ち回るのだと。
そして蜷川の名を捨てた。そのつど別人になりすまし、弱者を食い物にしてきたのだ。
〈そうそう、蜷川のアリバイを証言したスナックのマスターね、死んでました、二年後に。
酔っ払って用水路に落っこちてたそうです。私は信じませんけどね〉
それもまた同意見だ。
〈報告は以上です〉
「ありがとう」
久住の側近だけあって、蜂野は時折ヤクザらしい語彙《ごい》を使うものの、ビジネスマンと言
っても通用するような折り目正しい態度を取ってくれていた。
〈私は会長から先生方の言いつけに従うよう命じられております。しかし……〉
「しかし、なんだ？」
スマホの向こうで蜂野が不敵に笑ったようだった。
〈この蜷川って野郎だけは許せない。会長の言いつけがなくったって、お役に立たせても
らいますよ。さあ、なんなりとお命じになって下さい〉

「ぜひ頼みたいことがある。やってくれるか、ハチ」

〈喜んで〉

17

事態は宗光と篠田の思惑通りに進行した。すなわち、各報道機関がこぞってマイノリティの集団失踪事件を報じ始めたのである。

宗光が〈ヤクザ喰い〉の存在に気づくきっかけとなった在日韓国人達の有機農業。

元ヤクザの芝井を中心とした振り込め詐欺集団。

瀋陽興産なるペーパーカンパニーを利用した人材派遣会社。

元ヤクザの馬淵が進めていた海外不動産投資。

元ヤクザの湯下によるネットを利用した違法賭博。

元ヤクザの藤川による富裕層向けの福祉施設。

これまで目を留める者もなかったそうした事件が、次々と報道されていった。

そして各事件の背後に、『徳原』『加藤』『寺田』『田島』『小林』などの偽名を用いた人物が暗躍していたことまで報じられるに至った。

マスコミ各社にとっては、いかに他社と異なる事件を掘り起こすか、これ以上はないほどの宝の山を与えられたようなものである。どこに何が埋まっているか分からない。しかも掘れば掘るほど出てくるのだから自ずとやる気も違ってくる。

ついにはあまりの数、あまりの異様さに、マスコミも国民も声を失ってしまったほどである。

これらのスクープの裏には、宗光らによるリークがあったことは言うまでもない。その一方で、宗光さえまだ把握していなかった案件がいくつも含まれていたのにはひたすら戦《せん》慄《りつ》する他なかった。

新たな失踪マイノリティ集団の発見に血道《ちみち》を上げるマスコミは、蜷川の卒業した小中学校の卒業アルバムを手に入れ、十代の蜷川の写真を持って取材に奔走した。

その結果、『長谷部』『徳原』『加藤』ら、偽名の人物がすべて同一人物である可能性が濃厚となった。

いかんせん十代の頃の写真であるから、中には「別人だ」と否定する者も少なくなかった。「似ているような気もするが、なんとも言えない」とする者も。しかし「扮装や雰囲気は違っているが、あのときの男に間違いない」と断言する証人が次々と見つかったのである。

一見するとなんの関係もないような社会的貧困層の失踪事件が、実は一人の人間による連続大量殺人事件なのではないかという疑惑が必然的に浮かび上がった。

出版社系週刊誌がついに先陣を切ってその疑惑を大々的に報じたとき、全国民は今度こそ絶句し、次いで狂騒状態に陥った。

週刊誌の発売から半日遅れで、ネットメディアが「Nさん」の本名を明らかにした。

蜷川功一。

実名報道の是非論が同時に持ち上がりはしたが、肝心の蜷川が行方をくらましたままであるので、捜査の進展のためにも実名報道をよしとする世論が圧倒的に多数であった。警察が公式なアナウンスを避け、曖昧《あいまい》な態度を取り続けたせいもある。いつも通りの警察対応なのだが、今回ばかりは警察の不甲斐《ふがい》なさに憤《いきどお》る世間の声が先走るマスコミを後押しした。

また「蜷川さんはすでに死んでいるのではないか」という憶測も流れた。「黒幕に始末された」ともっともらしく自説を開陳する自称事情通のジャーナリストもいた。

いずれにしても、一連の事案を指して『令和のロス疑惑』というキャッチフレーズが定着し、蜷川は『令和の三浦《みうら》さん』と呼ばれるようになった。そして黒浜町の大量殺人事件は、早くもノンフィクション風に〈事件の原点〉と位置づけられた。厳密な時系列からすると黒浜町の事件が最初の犯罪とは言えないのだが、発覚の端緒となったのだからそう見なされるのも以てゆえなしとはしない。

唯一ロス疑惑と違っていたのは、『蜷川さん』本人の所在どころか生死さえ不明であるという点だった。

こうなると、篠田啓太郎弁護士にまたも注目が集まった。なにしろ〈事件の原点〉の立役者である。肝心の目撃者が居場所を秘匿している以上、代理人である篠田が前に出て喋《しゃべ》るしかない。

警察の了解を得て記者会見に応じた篠田は、依頼人である目撃者を守りつつ、且つまた警察の顔を立てつつ、マスコミが喜ぶような材料を小出しにして提供した。

そのあたりの演技、駆け引きの呼吸は実に堂に入ったものだった。

宗光は録画の映像を見るたび、何食わぬ顔をして記者の質問に応じる篠田の芸達者ぶりに感嘆した。


蜷川の実名が公表されてから四日後。

蜂野の仲介により、品川プリンスホテルの一室で宗光はフレドリック・ヨーという在日華僑《かきょう》の実業家と面談した。

実業家を名乗っているが、ヨーの裏の顔は人身売買のブローカーである。

マリクの父ナワーブ・アミルが〈在日外国人のための新しい互助システムの構築〉と称する詐欺まがいのビジネス団体『サンユニット・ファミリーズ』に関わっていたことは、

すでに突き止めている。

同団体の主宰者はタイ人のサムットという男だった。その行方を追った宗光は、サムットが来日前にタイで人身売買に関わっていたらしいという情報を得た。

人身売買――それだと思った。蜷川はフィリピンに送り込んだ被害者の子供を売り飛ばしている。蜷川の偽名の一つ『小林』による海外不動産詐欺については、すでに「疑惑」という形で報道されてもいる。

だがそれ以上はいくら調べても皆目分からない。業種が業種なので、元検事の宗光をしても容易に近づける世界ではなかった。

そこで宗光は、蜂野に改めて依頼したのである。「人身売買の情報に通じた人物、できれば自ら手がけている実力者に会わせてほしい」と。

蜂野は宗光の期待に応え、裏社会のコネとパイプを駆使してフレドリック・ヨーに当たりを付けた。そして交渉の結果、なんとか面談に漕《こ》ぎ着けることに成功したのだ。

裏の仕事がなんであるか、あらかじめ互いに蜂野から聞かされているから詳しい自己紹介はしない。

「本日はお運び頂き感謝します、ヨーさん」

うわべは丁重に、しかし素っ気なく挨拶する宗光を、禿頭《とくとう》の太った華僑は流暢《りゅうちょう》な日本語で遮った。

「御用の向きは伺っております。『蜷川さん事件』ですよね」

「はい」

「あれは私どもにとっても大変困る。頭の痛い事件です。誤解なさらないで下さい。今さら善人ぶるつもりはありませんが、私や私の同業者達のやっていることはあくまでビジネスです。このビジネスを長期的且つ安定的に続けていくには、絶対に世間の注目を惹《ひ》かないこと。それが鉄則です。蜷川さんは私どもの秩序を破壊しようとしている。ですから私はあなたとお会いすることにしたのです」

温和な口調でにこやかに話している。全身から粘つくような精気を放っているが、蜷川のそれに比べれば常人の範疇《はんちゅう》とさえ感じられるのが我ながら恐ろしい。

人身売買を生業としているこの相手に対し、思うことはいろいろある。いや、そんな言い方では生温い。しかし宗光はあえて何も言わず黙って耳を傾ける。

ヨーは微笑みを浮かべつつも宗光の目を覗き込み、

「まず約束して下さい。私はあなたに、私の持っている情報についてお話しする。あなたはそれを聞いた瞬間、私のことを完全に忘れる。この先何があっても私について思い出すことはないし、私どものビジネスを追及することはない——どうですか、宗光さん」

「約束します」

「本当ですか。今は裏の世界にいても、あなたはかつて検事でもあった人でしょう。本当に本当ですか」

「検察庁に恨みはあっても義理はありません。またこちらの世界のルールについても熟知しているつもりです。その程度は事前に把握しておられるのではないですか」

ヨーは大きな顔に似合わぬ薄い唇を半月形にしてそれまで以上の笑顔を見せた。

「私どもの慣習に従って契約書は作成しません。その代わり、こちらにおられる久遠会の蜂野さんに保証人になって頂きます。万が一、今の約束が反故《ほご》にされた場合は久遠会が責任を持って対処する。蜂野さん、よろしいですね」

「結構です」

蜂野が神妙に頭を下げる。

「メモは取らずに聞いて下さい。申すまでもないと思いますが、録音など以ての外です」

太ったブローカーはいきなり本題に入った。

「インドのネットワークから入ってきた情報です。インドは我々の〈商品〉の出荷元にして購入先であり、また〈物流〉の中継地点でもあるのです。そのインドに、日本から〈商品〉の発送を行なっている人物がいるらしい。企業体でも組織でもなく、個人、つまりアマチュアです。これは大変に珍しく、また危険なことでもあります。あくまで私どもにとって、ですが」

「その男が蜷川だとおっしゃるのですか」

「おそらくは」

弛んだ頬を揺らすようにしてヨーが頷く。

「確度は高いと思いますよ。オープンボーダーには業者が集中しておりますから、相互の安全保障の意味でも情報交換のネットワークが発達したのです」

「オープンボーダー？」

「インドとネパールの国境線のことです。ビザやパスポートがなくても行き来できるので、彼《か》の地の同業者にとっては好都合なのです」

インドとその周辺国の差別や貧困問題に加え、この開けた国境が人身売買の温床になっているというわけか。

「同じ情報がロンドンからも入ってきました。意外に思われるかもしれませんが、イギリスに拠点を置く業者も多いのです。伝統的に欧州には需要が多いものでしてね」

淡々と普通のビジネスについて話しているかのようなその口調がたまらなく不快だった。

「日本から出荷している男は、どうやら複数の卸先を確保していて、なんらかの都合に応じて使い分けているようなのです」

腑に落ちる。蜷川は、被害者の希望を聞くふりをして取引先を変えているのだ。例えば、獲物の難民が「ヨーロッパに行きたい」と言えば親切めかしてロンドン行きの飛行機に乗せてやる。「向こうで仕事の口が見つかったから」と言い聞かせて。現地で待っているのはもちろん被害者を買い受けた業者である。

「『アジアンカーム・ファイナンス』という会社を調べてご覧なさい。宗光さん、あなたの求めているものが得られることと思います。そこになければ、私どもでお役に立てることはもうありません」

「ありがとうございます」

面談は終わった。

双方立ち上がって握手する。

「宗光さん、あなたは私を嫌っていますね」

唐突にヨーが言った。もう無用になったと言わんばかりに、表面の笑みを消している。

「当然でしょう」

平然と、そして率直に答える。横で蜂野が息を呑む気配がした。

「合格です、宗光さん。私どもはいかなる場合も嘘を許さない」

口許だけでヨーが笑う。

「でもね宗光さん、私どもはニーズがあるからこそビジネスを展開している。蜷川とは違います」

「否定はしません。しかし、ユーザーフレンドリーなブローカーにアクセス可能であったからこそ、蜷川もあれだけのことをやってのけられたんじゃないでしょうか」

ヨーの眼光が妖気にも似た何かを帯びる。

「あなたはこうも思っているはずだ。機会があれば、いつか必ず潰してやると」

「それはどうでしょうか。ヨーさん、あなたは私を買い被《かぶ》っておられるようですね」

「と、申されますと」

「潰すとか潰さないとか、私はいずれの組織のトップでも構成員でもありません。要するに、社会全体を敵に回すようなロマンティストではないということです。あなたはニーズとおっしゃいましたが、その通りです。武器であれ人間であれ、世界にはニーズがあふれている。それが現実です。私はそんな現実の中であくせく生きている一人でしかない。しかしヨーさん」

「なんでしょう」

「機会とか運命とか、まるで信じてはいませんが、そう思っていると意外とやってくるものじゃないですかね。あなたにも、私にも」

ヨーは初めて心から愉《たの》しそうに声を出して笑った。

「これは失礼を致しました。宗光さん、あなたは私を嫌いでしょうが、私はあなたが嫌いではありません」

「意外と奇特な方ですね。世間には私を嫌う人ばかりだというのに」

「篠田弁護士のようにですか」

「ああ、彼などその最右翼と言っていいでしょう」

「会えてよかった、宗光さん。あなたの目的が達せられることを祈っております」

フレドリック・ヨーは太った体軀を揺すり揺すり、満足そうに帰っていった。

部屋のドアが閉まるや否や、蜂野が深い息を吐く。

「どうなることかと思いましたよ、先生。組にとっても、あの人は決して怒らせちゃならない人だって言ったでしょう。なのに先生ときたら……まったく、こっちは生きた心地もありませんでした」

「それはすまなかったな。だが収穫はあった。蜂野」

「分かってます」

例によって、蜂野はすでにスマホを取り出している。

「すぐに調べます。アジアンカーム・ファイナンスでしたね」

18

アジアンカーム・ファイナンスとは、足立《あだち》区に本社を置く企業であった。社名からすると金融業だが、実態は不明である。

ナワーブが在日外国人の互助システムに関わっていたことを考えると、関連性はありそうだった。

蜷川が誰かを操って会社や法人を起ち上げるとき、まったくの架空会社である場合と、法務局に登記した正式な会社である場合とがある。その使い分けの基準は判然としないが、おそらくは操る人間の性格や業種によって都合のよい方を選択しているのだろう。

しかし問題の互助システムのためにサムットなるタイ人がサンユニット・ファミリーズという団体をすでに設立している。お決まりのパンフレットも確認した。

ではフレドリック・ヨーの教えてくれたアジアンカーム・ファイナンスとは一体なんなのか。

登記簿を見た宗光がまず驚いたのは、代表取締役がナワーブになっていたことだった。しかも最初の取締役であるサムットから変更されている。時期的には宗光が川崎で蜷川を取り逃がした後だ。

これは何を意味しているのか。不吉の予兆であるとしか思えなかった。

登記簿にある住所には登記可能なレンタルオフィスがあった。しかしすでに解約されていて、別の会社が入っている。管理会社に問い合わせると、手続きを行なったのはサムットらしき男だけで、それ以外の関係者は一人も見ていないという。

蜂野による指揮の下、久遠会下部組織の構成員がアジアンカーム・ファイナンスについて調べ回った。

出入りしていた人物は。所有していた車は。関連施設は。

一つだけ見つかった。

同じ足立区内の貸し倉庫である。半年分の賃貸料が前払いでオーナーに振り込まれていた。

蜂野とともに現地へ向かった宗光は、鉄筋コンクリートの老朽物件をまのあたりにした。白く塗られた外壁のあちこちに亀裂が走っている。三階建てで、最上階はかつて従業員用の寮であったと聞かされていた。正面の錆《さ》びついたシャッターは遺跡の如く閉ざされたままだった。

曇天の下、打ち捨てられた白い空き箱のような建物は、どこまでも虚《うつ》ろに佇立《ちょりつ》している。宗光と蜂野は隣接するビルとの間の狭い路地を抜けて裏へ回った。三方を囲むビルはいずれも倉庫のようで人の気配はない。

「裏口も閉まってますねえ」

従業員用らしい避難口のドアノブを回していた蜂野が言う。

外観を一目見たときから感じていた不穏な胸騒ぎが急速に高まっていく。

「叩き壊せ」

「はい？」

「ドアを破るんだ。早くやれ」

蜂野は困惑したように、

「待って下さいよ、そんなことしたら不法侵入で――」

こらえきれず怒鳴っていた。

「それでもヤクザかっ。いいからやれっ」

次の瞬間、蜂野の蹴《け》りがドアノブを一撃で破壊していた。

中に踏み込む。湿気が籠《こ》もっていたが、埃《ほこり》はそれほどでもない。ドア内側の壁面に照明のスイッチがあった。オンにすると、旧式の蛍光灯がチラつきながら点灯した。

蜂野を従え、まず一階を見て回る。確かに倉庫だ。広い空間のあちこちに、ちょうど人間の背丈くらいまで段ボールの箱が積み上げられている。

だが――何か変だ。

段ボールの山の間を縫うように歩いていた宗光は、その理由に気がついた。箱の大きさや種類が一定ではないのだ。フルーツや洗剤の箱もあれば、引っ越し業者の箱もある。まさに一般の素人が引っ越しの際にあり合わせの段ボールを集めでもしたかのようだった。企業の倉庫の光景ではない。

足に何かがぶつかった。下を見ると、ビニール製らしい子供用のサッカーボールが転がっていた。愕然として足を速める。

細い隙間を抜けると、そこは周囲を段ボールに囲まれた小広場のようになっていた。コンクリート剝き出しの床には、畳かシートの代わりであろうか、やはり段ボールが敷き詰められていて、その上に積み木や子猫のぬいぐるみ、絵本などが転がっていた。

宗光は背後を振り返り、側にあった段ボール箱を引き出して開梱《かいこん》する。

「先生、何を――」

「ハチ、おまえもやれっ」

中には古着、手鏡、化粧品、文房具、洗面道具といった日用雑貨が詰まっていた。いずれも使い込まれた物で、人間の生活臭、いや人生そのものの気配を濃厚に感じさせた。

蜂野と二人して次々に開けてみる。中身はすべて同様だった。

「こりゃまるで遺品の整理屋みたいですね」

蜂野の冗談は、図らずも宗光の危惧《きぐ》と合致していた。

全力で奥へと走る。階段があった。二階へと駆け上る。

二階フロアはいくつかの部屋に分かれていた。一つ一つ覗いて回る。ロッカー、テーブル、パイプ椅子の置かれた会議室のような部屋があるかと思えば、共同の炊事場のような設備もあった。かつて三階が社員寮であった名残《なごり》だろう。だがそれにしては最近まで使われていた形跡がある。

隅に設置されていた大型の冷蔵庫を開けてみた。電源が抜かれていたためか、中身は腐敗していて強烈な悪臭が一度に襲ってきた。慌ててドアを閉める。

「あっちにはシャワーがありましたぜ。誰かが住んでたんですかね」

廊下から蜂野の声が聞こえる。

炊事場を飛び出した宗光は、そのままの勢いで階段に向かった。

三階は二階よりもさらに細かく仕切られていた。目の高さに曇《くも》りガラスの嵌め込まれた木製のドアは、昭和の安アパートそのもので、往時の従業員達の生活を偲《しの》ばせる。

だが一番手前のドアを開けた宗光は、己のやくたいもない感慨を修正した。

往時などではない。現在だ。

乱れた布団。脱ぎ散らかされた衣類。コンビニ弁当の容器。無数のペットボトル。複数の人間が暮らしていた痕跡がある。おそらくは家族で。

宗光は部屋のドアを片端から開けて回った。すでに事のあらましを悟ったらしい蜂野も、宗光と同じく廊下の向かい合わせに並んだ部屋を開けて回っている。

どの部屋にも人の住んでいた形跡は残されているが、肝心の住人の姿は見当たらない。彼らがいつからここにいて、いつ姿を消したのか、見当もつかなかった。

「あっ、先生っ！」

蜂野が大声を上げた。

急いで駆け寄り、蜂野の開けた一番奥の室内を覗き込む。

そこに、ナワーブとマリクが横たわっていた。

二人とも意識はない。マリクは両手両足をロープで縛られている。そのロープは柱に結わえ付けられていた。

宗光はマリクの胸に手を当て、次に手首の脈を調べる。

「まだ生きてる」

「すぐに救急車を呼びます」

スマホを取り出した蜂野を制止する。

「待てっ」

「どうしてですか」

驚いて顔を上げる蜂野に、

「おまえのスマホを使えば、久遠会や遠山連合の関与が警察に知られる。ヤクザが〈ヤクザ喰い〉退治に一役買っているなんて警察が信じるものか。あらぬ疑いを山ほど押しつけられるだけだ」

蜂野は唸った。宗光の指摘した通り、久住の子分としてそれだけはできない。もしそうなれば、遠山連合の執行部会で久住の責任が追及される。

「じゃあこのままにしとけってんですか。せっかく見つけたのに、早くしないと死んじまうかも――」

「俺のスマホで通報する」

自分のスマホを取り出した宗光に、蜂野がまたも目を剝いた。

「そんなことをすれば先生が引っ張られますよ」

「構わない。どうせ俺は警察に嫌われてる」

「しかし」

「心配するな。こんなときのために篠田を雇ったんだ。表の方はきっと奴がなんとかしてくれる」

宗光はためらわずに一一〇とボタンを押した。

「ハチ、警察が来る前にここを出ろ。それから篠田に連絡するんだ。奴の指示に従え。いいな」

頷いた蜂野が姿を消す。

まもなく、パトカーと救急車のサイレンが聞こえてきた。


最寄りの救急病院に運ばれたナワーブとマリクは、かろうじて一命を取り留めた。ともに薬物を投与されていたらしい。黒浜町の事件と同じく、ベンゾジアゼピン系の睡眠導入剤だ。

それでも、生きていてくれた——

マリクが父親ともども生ある状態で発見できたのは奇跡と言ってもよかった。救急車に付き添った宗光は、病院のベンチに座り込み、安堵の息を何度もついた。

また宗光は竹《たけ》の塚《つか》署から駆けつけてきた署員に〈事情〉を説明した——パキスタン料理店の常連で経営者のナワーブ・アミルと懇意であった自分は、突然のナワーブ父子失踪を不審に思い、行方を捜していた。その結果アジアンカーム・ファイナンスの倉庫が怪しいと睨み、様子を見に行ったところ、中で物音がしたような気がして咄嗟の判断でドアを壊して中に入り、二人が倒れているのを発見した——

説明を受けた署員は、宗光に任意での同行を求めた。それに応じた宗光は、最終的に刑事組織犯罪対策課の捜査主任が出てくるまで竹の塚署で三度同じ話を繰り返した。

「そもそも、なぜアジアンカーム・ファイナンスが怪しいと思ったんですか」

取調室で捜査主任が質問する。最初からこちらを疑っている様子がありありと見て取れた。

「以前、店でナワーブさんと話してるときにぽつりとその社名を漏らしましてね、聞いたこともない会社だったんで、どういう会社なのか尋ねてみたんです。するとナワーブさんは慌てて『今のは忘れてくれ』と。それで頭に残ってたんです」

「で、宗光さん、あなたのご職業は」

「さっき言いましたよ」

「もう一度聞かせて下さい」

「コンサルタントです」

「なんの?」

「経営とか、投資とか、いろいろです。ときには人生相談にも乗ります」

「元検事さんですよね? 法務についても扱ってたんじゃないんですか」

「まさか。非弁活動は許されない行為です」

「じゃあなんで弁護士にならなかったんですか。なるでしょ、普通。検事を辞めたら」

「その普通が嫌だったんですよ。もっと自由に生きてみたいなって考えたんです。若かったんですね、きっと」

捜査主任はいまいましげに舌打ちして睨んできた。こちらの事情など百も承知という顔だ。

「あなた、前科がありますよね。収賄の」

「罪はすでに償《つぐな》っております。今はなんら恥じるところのない真っ当な市民です」

「真っ当な市民にはな、ちゃんとした住所があるんだよ」

「ホテル暮らしの優雅な生活がうらやましいか。そういう人間は大勢いるぜ」

「反社とつるんでるくせしやがって。いいかげんにしろよ」

我慢の限界に達したらしく、相手の態度が横柄《おうへい》で威嚇的なものへと一変した。

「だったら令状を取って罪状を明らかにしろ。俺は任意で聴取に応じてやっている。だがこれ以上は応じない」

「器物損壊に住居不法侵入。立派な重要参考人だ」

「それがどうした。俺と法律論争をしたいのか。悪いが、あんたにそれだけの法知識があるようには見えないな」

「舐めてんじゃねえぞコラ」

「今のセリフの方がよっぽど反社的じゃないか」

「本気で逮捕されたいらしいな」

「俺を怒らせていいのか。この事件はもっと大きな事件につながってる。それくらい、どんなボンクラでも分かるだろう」

そしてスマホを取り出しボタンに指を掛ける。

「今後の会話はすべて録音させてもらう。当然の権利だ」

捜査主任が黙り込んだ。今いる取調室にも、署に押し寄せたマスコミの喧噪が聞こえてくる。現場の倉庫にも報道陣が殺到しているに違いない。

連日あらゆる媒体をにぎわせている重大事件だ。対処を誤ると出世に響く。こういう場合、警察官が取る対応は一つである。

すなわち、上司にすべての判断を委《ゆだ》ね責任から逃れること。

竹の塚署の捜査主任もその本能に忠実だった。無言で退室した彼は、二度と戻ってこなかった。

二時間ほど放置された後、別の署員から「帰っていいよ」と告げられた。「今いるホテルから移らないように。警察から連絡があったらすぐに応じること。それに東京と千葉近辺から移動しないように」とも。

留置されずに済んだのは幸いだったが、警察から目をつけられたのは間違いない。

宗光は疲れきった体をどこか他人のもののように感じつつ、千葉のビジネスホテルへと引き上げた。

いくつかの媒体はその日のうちにマリク父子の事件について報じた。
［東京都足立区の倉庫に意識不明の外国人父子］
［倉庫には失踪人の荷物多数］
［またもマイノリティ大量失踪事件か］
蜷川の関与までは触れられていないが、どの記事も文中でそのことについて匂わせていた。
倉庫の借り主であるアジアンカーム・ファイナンスについては、各マスコミがそれぞれ独自の手法を駆使して調べてくれた。

その結果について、宗光はネットニュースや早売りの夕刊紙などで確認するしかなかったが、話題の事件だけあってマスコミの動きは迅速《じんそく》だった。

倉庫で発見されたナワーブ・アミルこそアジアンカーム・ファイナンスの代表者であること。

またナワーブはサンユニット・ファミリーズなる団体で重要な役割を果たしていたこと。

同団体の代表であるサムットは現在行方不明となっていること。

サンユニット・ファミリーズでサムット、ナワーブとともに活動していた人物『今井《いまい》』が存在すること。

そして何より、『今井』を見たという人物を探し当てたこと。

宗光一人では到底そこまでできなかったことだ。

記事はさらに『今井』と遭遇した人物が、『今井』は話題の〈蜷川さん〉とそっくりであったと証言したと伝えている。

今度は『今井』か――

苦い思いで宗光は手にした夕刊紙を病院のゴミ箱へと捨てる。

マリク父子の意識は依然不明のままだった。

19

豊島《としま》区大塚《おおつか》にある『ホテルベルクラシック東京』の一室を篠田が手配した。

約束の午後四時ちょうどに部屋に入る。先に来ていた篠田は、挨拶抜きで不機嫌そうに念を押してきた。

「尾行されなかっただろうな」

「当たり前だ」

そう答えると、篠田はむすりとしたままアームチェアに腰を下ろした。

「警察に把握されるとは、ずいぶんとヘマをしてくれたものだ」

「仕方がなかった。一秒でも早く救急車を呼ぶ必要があったんだ。おかげでマリクと父親を救うことができた」

「それだけは僥倖と言っていいな。なんにせよ、無事でよかった」

素直に頷いた篠田は、対面に座った宗光を見据え、

「警察はおまえを疑ってるぞ。今度の事件に関係してるんじゃないかってな」

「そうだろうな」

「しばらくはおとなしくしていろ。裏の方は蜂野に任せればいい。あいつはよくやってく

れている。ヤクザでさえなければ、ウチの調査員に雇いたいくらいだ」

「本人が聞いたら喜ぶかな、それともバカにするなと怒るかな」

「さあな。ヤクザのメンタリティなど俺には分からん」

「で、そっちの方は」

　宗光の方から切り出した。わざわざこうして密会しているのも、情報交換と今後の打ち合わせを行なうためだ。

「マスコミがこれだけ騒いでくれたおかげで、警察もさすがに一連の事件に関連性があることを認めざるを得なくなった。まさにロス疑惑と同じ流れだ。近いうちに合同捜査本部が警視庁に設置されるだろう。千葉県警の捜査本部は形式的に残されるが、捜査の主力は警視庁に移ってくる」

「そううまく行くかな。警察ほど連係プレイの苦手な組織はないからな。千葉や他県の県警だって、これまでの成果を警視庁に根こそぎ持っていかれたら面白くないだろう」

「それでも未解決のまま批難され続けるよりはましだと考えるんじゃないか。なにしろこれだけやって未だに物証が一つも出ていない。千葉県警にはすでに迷宮《オミヤ》入りのムードが漂ってるぞ」

　ありそうな話だ。警視庁が責任を引き受けてくれるなら、千葉県警にとっては渡りに船といったところだったのではないか。

「俺の事務所にも早速協力要請があった。なんと言っても境さんは唯一の生き証人だからな。快諾《かいだく》する旨、伝えておいた。こっちが彼女を握っている限り、警察の動きはいくらでも伝わってくる。まあ、その辺はうまくやるから安心していてくれ」

「マリクと父親の方は」

「順調に回復してる。睡眠薬の量が少なかったらしい」

宗光はほっと息を漏らす。あれから二人が入院している病院へは極力行かないようにしていたのだ。犯罪容疑者ではないのだから、開き直って堂々と見舞いに行くことも可能なのだが、これ以上警察を刺激しない方が得策だと考えた。

「マスコミもいい仕事をしてくれてるし、この分だとさらに新しい証拠がどんどん出てくるだろう。だが……」

篠田が表情を曇らせる。

「どうかしたのか」

「警察はマリクの父親が息子を道連れに無理心中を図ったという線も捨てきれずにいるようだ」

「馬鹿馬鹿しい。マリクは両手両足を縛られてたんだぞ」

「だからさ。万一息子が息を吹き返しても一人で逃げられないようにしたんじゃないかと考えてる捜査員もいるって話だ。ナワーブは素人だから、手許にある睡眠導入剤の量に自信がなかったんじゃないかと」

「ナワーブがどうして心中なんかしなくちゃならないんだ」

「理由ならいくらでも想像できる」

「想像ならな」

「まあ、警察はあらゆる可能性を視野に入れて捜査してるってことだ。いずれにしても、父子の体調が回復して聴取できるようになればはっきりしたことが分かるだろう。それまではこっちも証人や物証の捜索に精を出すことにしよう」

その後一時間ばかり話してその日は別れた。誰かに見られぬよう、時間をずらしてホテルを出る。

今のところは順調だ。

しかし宗光は、一見順調に見えるときほど何か悪いことが裏で進行しているものだという、どこか強迫観念じみた懸念を捨て去ることができなかった。

篠田の顔を間近に見ているせいか――

だとすれば笑えてくる。過去の体験は、どうやら自分で思っている以上のトラウマになっているようだ。

その二日後、篠田の言った通り警視庁に『マイノリティ集団大量失踪殺人事件特別合同捜査本部』が設置された。

順調に行っている。今のところは。気を抜くな。宗光は自らに言い聞かせる。油断した途端、現実は豹変《ひょうへん》する。隠し持っていた牙を剝く。気を抜くな。

だが特別合同捜査本部設置のさらに二日後、ネットのニュースサイトに一際大きく出た速報のヘッドラインを見て、宗光は己の読みがまだまだ甘かったことを体の芯から痛感させられた。

［蜷川さん、警視庁に出頭］

どういうことだ――

篠田をはじめとする各方面と連絡を取り合いながら続報を待つ。篠田はあまりに突然のことなので警察も泡を食っている、何か分かったら連絡すると言って一方的に電話を切った。久住や楯岡は、警察内部の情報源を当たると約束し、やはりすぐに電話を切った。

テレビをつけると、警視庁前から中継する映像であふれ返っていた。誰かが移送されてくるわけでもない。また外へ出てくるわけでもない。映像素材がないから仕方なく警視庁庁舎前の様子を映し、時折黒浜町の現場など過去の映像を挿入するしかないのだ。

〈蜷川さんは今もこちらの警視庁内で任意の事情聴取に応じているものと思われます。関係者の話では、今日の午後三時頃、突然警視庁を訪れた男性が、『蜷川です、すべてお話ししたいと思って参りました』と告げたそうです。ただし自首ではなく、別の関係者によりますと、『自分が話題になっていることを知り、怖くなって警察へ来た。自分は何もやっておりませんが、マスコミの報道を見ているとすでに犯罪者扱いで、このままでは犯人にされてしまうと思った』などと話しているということです。以上、警視庁前から中継でした〉

どの局の番組を見ても、警視庁庁舎をバックにレポーターが同じような内容を早口で喋っているばかりである。スタジオ側のニュースキャスターやコメンテーターも通り一遍のことしか言わない。いつも見慣れた光景であったが、彼らの面上には本心からとしか言いようのない当惑が表われていた。

――出頭してきた男は指紋照合の結果、蜷川功一本人に間違いはないと証明された。

――千葉県警をはじめ、事件の発生が確認された各県の捜査本部から捜査員が集まっている。

――蜷川は偽名を使っていたことは認めているが、犯罪への関与は全面的に否定している。

――蜷川の供述は細かい点にまで及んでいて、全国の捜査員は裏付けに追われている。

そうした警察の内部情報が徐々に集まってはきたが、決定的なものは未だ一つとして浮かんでこない。

普通の事件なら警察情報などザルに汲んだ水のように漏れ放題なのだが、今回のような重大事件となるとさすがに保秘の徹底に努めているものと思われる。それでも刻々と漏れ伝わってくるところが警察という組織の特質だ。

千葉のビジネスホテルに籠もり情報収集に躍起になっていた宗光のもとへ、蜂野から連絡が入った。

〈会長が先生に会いたいと申しています〉

久住が俺に――

選択肢はない。

「分かった。いつだ」

〈今すぐに〉


五十分後、指定された『ホテル　ザ・マンハッタン』の一室に入った。

室内では三人のボディガードの他に、久住と蜂野が待っていた。

「座ってくれ」

宗光の顔を見るなり、久住は対面の席を示して言った。久住らしからぬ態度である。温厚そうな紳士の眉間には、深い縦皺が刻まれていた。

蜂野は久住の背後に控えるように立っている。

命じられた通りに腰を下ろすと、久住はおもむろに話し出した。

「我々は警察に特別な情報源をいくつか確保している。それでも今回は断片的な情報しか入ってこなかったが、それらを丹念に統合したところ、大体のことが判明した」

そこで久住は疲れ果てたというように振り返りもせず、

「蜂野、後はおまえが直接話してくれ。できるだけ正確にな」

「はい」

政治家の秘書を思わせる所作で、蜂野が一歩前に出た。

「順に申し上げます。蜷川が出頭したのは報道されている通り、自分の濡れ衣を晴らしたいという一心からのようです。で、何を供述したかって話ですが、実家が燃えて両親が焼け死んで以来、自由になったことに気がついて、長年憧れていた放浪生活に入った。本名を使わず、いろんな偽名を名乗っていたのはそのためだと。要するに捨てた過去を思い出させるようなものは使いたくなかったってことですね。それで蜷川は、基本的にいくつかの事件に関わっていたことを認めてます。具体的には『徳原』とか『長谷部』とか『今井』の出てくる事件ですね。直接会ったっていう証人がいて、言い逃れの利かないやつを認めたんだと思います」

「それでも犯行への関与を否定してるってのか」

思わず口を挟んでしまったが、咎《とが》める者は誰もいない。

蜂野は大きく頷いて、

「はい。なにしろ物証がただの一つもないんです」

「目撃者がいるだろう。境美紀だ」

「あんな薄暗い場所と時刻で、本当に『長谷部』だと見分けが付いたのか、しかも睡眠薬を飲んでてフラフラの状態だったわけですから、そこを突っ込まれたら弱いと篠田先生も言ってました。警察も同じように考えてるみたいで、それだけで立件は難しいと」

反論はできない。法廷でのやり取りが目に浮かぶようだった。

「奴もその自信があるからこそ、自分から名乗り出たに違いありません。どの事件でも実際に動いてるのは別の人間ですからね」

『徳原』は安勝現を、『寺田』は湯下を、『鈴木』は楊を操った。そして『今井』は――

「ナワーブが生きている。彼が証言すれば、蜷川に命じられたと……」

「それが、ダメなんですよ」

蜂野がゆっくりとかぶりを振った。

「ダメとはどういうことだ」

「ナワーブは認めてるんです、全部自分がやったって」

まさか――

そう言おうとしたが、言葉にはならなかった。実際に受けた衝撃が大きすぎたせいだろう。

「まさか、と思っておられることでしょう」

強面《こわもて》ながら冷静な口調で蜂野が言う。こうして見ると、まるで本職の刑事であるかのようにさえ思えてくる。

「しかし事実なんです。病院の関係者に手を回して聞き込むのに苦労しました。どうやらナワーブは洗脳に近い状態にあったみたいで」

「洗脳だと」

「はい。悪質な宗教団体がよく使う手です。昔、北九州《きたきゅうしゅう》や尼ヶ崎《あまがさき》で似たような事件があったでしょう」

「ああ、それは俺も当初から思っていた。閉鎖的な集団を洗脳して支配し、殺しまでやらせてたやつだろう」

「蜷川はそういった過去の事例を実によく研究していたようでして」

理解できる。だからこそ蜷川は今日まで世間に知られず人々を操ってこられたのだ。

「で、ナワーブは何もかも自分がやったって、強く思い込んでるんですよ」

「何もかもとは、サンユニット・ファミリーズ、いやアジアンカーム・ファイナンスの人身売買のことか」

「はい」

「洗脳だと分かってるんなら、ある意味、話は早いんじゃないのか」

「ところがナワーブの供述を裏付ける証拠が現場から次々と見つかってるらしくて。具体的にどんなものかまでは分かりませんが、ナワーブは自分がサムットを殺したとまで言っているそうです」

「その証拠まで出たってことだな」

「少なくとも警察はナワーブをかなり疑ってるようで」

そうだったのか――

今まで自分は、間一髪マリク父子を救出できたと思っていた。

だが、違っていた。まったく違っていた。

確かに自分はフレドリック・ヨーからの情報によってアジアンカーム・ファイナンスという社名を知り、その線を辿って同社の倉庫に行き着いた。

フレドリック・ヨーが蜷川の協力者であるとは考えにくい。本人の弁をすべて信用するわけではないが、ヨーと蜷川の利害が相反するのは間違いないし、蜷川に協力しても得られるメリットは何もない。またヨーという人間の性格からしても、蜷川と組むとは思えなかった。

仮に自分がヨーと接触できなかったとしても、蜷川は自ら餌を撒《ま》いたに違いない。『ヘンゼルとグレーテル』の童話にあるパン屑の如く、アジアンカーム・ファイナンスまで点々とつながる餌を。いや、あれは餌ではなく、帰り道の目印だったか。

蜷川がそれをやらなかったのは、どこからかこちらの動きを観測していて、アジアンカーム・ファイナンスを調べ始めたと知ったからだ。餌など撒く必要もなかったと、密かにほくそ笑んだことだろう。

そして倉庫に多数の〈証拠〉を用意してから、マリク父子にぎりぎり死なない量の睡眠導入剤を投与し、三階に放置した。実に正確なタイミングだ。こちらが少しでも遅ければ父子は死んでいた。万一タイミングがずれて父子が死んだとしても、蜷川にとってはなんの問題もない。また別の手を打てばいいだけだからだ。

自分はそれに引っ掛かった。父子を発見し、通報した。蜷川の狙い通りだ。

マスコミがマリク父子の発見について書き立てるのを見すまし、出頭する。自分は無関係であると。ここまで報道されては、どこに隠れようといずれは発見される。そこで自ら姿を現わし、警察とマスコミに潔白を主張する。まさに『令和のロス疑惑』だ。

川崎の路上ですれ違ったとき、自分は〈影の男〉の強烈な臭いを嗅《か》いだ。同様に、向こうもまたこちらの〈負の臭い〉を感じ取り、迅速に調査したに違いない。裏社会のネットワークにアクセスできる男だ。〈非弁護人〉宗光彬の素性くらい、割り出すことは充分に可能だろう。

そして奴は知った。表の法曹界から閉め出された男が、アン一家の件をきっかけに自分を追い始めたことを。

だとすると奴がマリク父子を仕掛けの種にすることは、必然とも言える発想であった。

先手を取られた——

獲物を追っていたつもりが、いつの間にか追われていた。自分はずっと、蜷川の掌の上で踊らされていただけだったのだ。

自らの感情を抑え込んだように蜂野が続ける。

「一方、蜷川が言うには、社会的弱者の力になることが自分に与えられた使命ではないかと考え、マイノリティの人達に出会うといつも力になろうと心がけている、サンユニット・ファミリーズに協力していたのもその一環で、ナワーブとはそこで出会った、代表のサムットがいつの間にか行方不明になって、ナワーブが代表代行ということになったが、彼が裏で何をやっていたのかは知らないし、アジアンカーム・ファイナンスという会社についても聞いたことがない、とまあ、こんな感じです」

「どうするね、宗光さん」

久住がおもむろに発した。

「蜷川は予想以上に手強い奴らしいな。他にもどんな手を隠しているか知れたものじゃない」

「今は様子を見るしかないでしょう。ナワーブの回復が進めば、供述も変わってくるでしょうし、マリクの証言だって——」

蜂野が横から補足する。

「それなんですがね、子供の方は、どういうわけか詳しい供述を拒否してるらしいんですよ」

またも予期せぬ衝撃だ。何度味わっても一向に慣れない。

マリクがなぜ――

考えられる理由が、一つだけある。

「父親をかばっているんだろう」

久住が代弁するように言う。

「今どきできた子じゃないか。だが逆に言えば、子供は自分が喋れば父親が不利になると知っている。それだけの仕掛けを蜷川は用意してあるということだ」

こうなってみると、今の自分の立場ではマリクにもナワーブにも面会することは不可能だ。警察は治療と保護を名目に二人を囲い込もうとするに違いない。

「篠田に詳しい情報を探らせます」

久住は軽く頷いたが、柔和そうな目許の奥に、裏の世界に生きる者の昏《くら》い光を覗かせていた。

「それがいいだろう。しかし、少し前と今とでは状況が違う。連日の報道に煽《あお》られたせいか、下の連中も憤慨して騒いでいる。〈ヤクザ喰い〉は絶対に許せないとな。そうなると、血気に逸《はや》る者が出てもおかしくはない。千満組の楯岡とも電話で話したが、彼も若い者を抑えきれる自信はないと言っていた」

久住は闇の力による処刑を示唆《しさ》しているのだ。豊田商事、ライブドアといった事件が頭をよぎる。

マスコミへのリークを手広くやりすぎたか。実行は組織の構成員に任せていたため、誰かが〈ヤクザ喰い〉という符牒《ふちょう》まで漏らしてしまったのかもしれない。自分が便宜的に使っていたその呼称が、最近各種媒体でも使用されるようになっていた。そもそも社会的に差別されている末端のヤクザにとって、〈ヤクザ喰い〉の標的となることはまったく他人事《ひとごと》ではない。こうして容疑者の名が取り沙汰されている以上、怒りの殺意を向けたとしてもおかしくはなかった。

宗光は早期の対処を約して久住の元を辞した。

決して侮っていたわけではない。むしろこれまで以上に気を引き締めて臨んでいたはずだ。蜷川と、そして現実に対してである。

しかしまたも先を越された。蜷川にも、現実にも。警察はその両者に味方した。

［パキスタン人ナワーブ・アミル逮捕］

その第一報を目にしたとき、宗光は地上のささやかな希望をことごとく押し潰さんとする、悪意とも言うべき運命の理不尽を感じずにはいられなかった。

［タイ人男性の殺害容疑］
［大規模人身売買に関与の疑い］

禍々《まがまが》しい小見出しの並ぶネットニュースの全文に目を通す。

記事によれば――ナワーブは在日外国人の互助団体サンユニット・ファミリーズの代表であったサムットさんを密かに殺害し、同団体の代表に収まった。同時に会員の要望に応えるためという口実でアジアンカーム・ファイナンスを起ち上げ、海外で就職先が見つかったと称し、同社を通じて会員を次々と国外へ送り出した。ナワーブが海外の人身売買組織と連携していたことを示す証拠が多数発見されている。しかし海外から送金を受けた形跡はなく、騙されていたことを知ったナワーブは長男を道連れに無理心中を図ったものと見られる――

宗光はその場から篠田に電話した。

〈用件は分かっている。すぐに俺の事務所に来てくれ〉

切迫した篠田の声が伝わってきた。

「いいのか、おまえと俺の関係がもし警察に……」

〈もうそんなことを気にしている場合じゃない〉

「分かった」

言われた通りに大手町の篠田法律事務所を訪れた。

応接室ではなく、篠田の執務室に通された。モダンでありながらも厳めしい部屋の主は誰かと電話中であった。

「……申しわけありません、来客のようですので、後でまたご連絡致します」

そう告げて電話を切った篠田は、険《けわ》しい表情を宗光に向けた。

「報道されていることはすべて事実だ。ナワーブの逮捕容疑はサムット殺害のみ。人身売買に関しては立証が難しいため見送る方針らしい」

「ふざけるな。いくらなんでも警察はそこまで間抜け揃いじゃないだろう。蜷川はどうなった」

「蜷川が怪しいってことくらい、警察だって分かっている。しかし証拠が何もない上に、蜷川の供述はどこまでも整合性がある。一方でナワーブは物証だらけだ」

「それこそが蜷川の罠であることの証明だ」

「そんな理屈が法廷で通るか」

「ナワーブは洗脳されてたそうじゃないか」

「鑑定の結果、証言能力があると判断された。幸か不幸か、洗脳と言えるほど厄介な症状ではなかったらしい。だからこそ検察もナワーブでやることに決めたんだ」

「検察が？」

嫌な予感がした。たまらなく嫌で、同時にかつて味わった記憶のある感覚だ。深い苦悩に満ちた篠田の顔も、遠い昔に見たものと同一だった。

「東京高検刑事部長の判断だ。蜷川事件のすべてを立件しようとすれば、捜査が失敗した場合キャリアに傷を負ってしまうリスクは避けられない。だから手堅いところで速やかに終結させられるナワーブに絞った。同時に次の出世のステップにもできると踏んだんだ。仮に将来、蜷川の犯罪が立証されたとしても関係ない。サムット事件の被告はあくまでナワーブであり裁判も適切に行なわれた、そう言い張ればいいだけだ。検察が非難される要素はどこにもない」

「ちょっと待て。今の高検刑事部長と言えば……」

空調は効いているはずなのに、汗ばんだ顔で篠田が頷く。

「柳井さんだ」

柳井辰朗《たつろう》。自分達が検事であった頃の上司である。

「柳井さんの背後には奥崎検事長がいる。検察の面子《メンツ》を守るため、すべてあの人達が決めたことだ」

奥崎護《まもる》は同じく当時の特捜部長だ。

「それだけじゃない。柳井さんも奥崎さんも、秦さんの意向で動いているらしい」

秦三郎《さぶろう》次長検事はすでに退任し、弁護士登録を行なっているが、検察庁人事に関しては今も隠然たる影響力を有しているという。

言うまでもなく秦は検事時代の篠田が誰よりも慕《した》っていた人物で、弁護士になって法律事務所を開業する際も相当な便宜を図ってもらっているはずだ。

柳井、奥崎、そして秦。いずれも宗光を罠に嵌めた面々だ。そして、篠田もまた彼らに加担した――

「おい篠田、おまえ、まさか……」

「まさかなんだって言うんだ？」

篠田はこれまで宗光が見たこともない凄愴《せいそう》な笑みを浮かべた。

その問いに対する答えを口にできずにいる宗光を見つめ、絶望にも似た覚悟の面持ちで篠田は言った。

「ナワーブは俺が弁護する」

篠田――

言いたいこと、訊きたいことはいろいろあった。しかし宗光はやはり言葉を続けることができなかった。

「こうなった以上、これまでの作戦を変更するしかない。蜷川は確かに手強い。こっちが手を打つ前にすかさず攻撃を繰り出してきた。なんとしてもその攻撃をかわし、次の手につなげるんだ。ナワーブさんの国選弁護人になった森《もり》先生はよく知ってる。事情を話してお願いしたら、弁護人を代わってもいいとおっしゃって下さった。そのためにはまずナワーブさんの同意が必要だ。森先生のお口添えもあって、ともかく明日接見することになった」

「いいのか、篠田」

かろうじてそれだけを口にした。次の瞬間、篠田は烈《はげ》しい目で宗光を睨み、

「いいのか、だと？　それを俺に訊くのか、宗光、おまえが俺に」

そう吐き捨てる篠田は、同時に嗤っているようにも見えた。

「いいわけないだろう。俺は秦さんのおかげでここまでやってこられたんだ。その秦さんに真っ向から刃向かうことになるんだぞ。現役だけでなく、ヤメ検仲間のすべてが敵に回る。いや、法曹界全体に憎まれると言ってもいい。おしまいだ。おまえはいつも俺のすべてをぶち壊す。最悪の疫病神《やくびょうがみ》だ」

「だったらどうしてナワーブの弁護など――」

「ここまで来て退《ひ》けるものか。森先生は優秀な人だが、それだけでは蜷川には勝てない。奴を法の縄で縛り上げるには、宗光、おまえとおまえの依頼人の力が必要だ。森先生にそんな危ない橋を渡らせるわけにはいかない」

「しかし、おまえにはそこまでする理由が」

「舐めるなよ、宗光」

篠田の眼光が悽愴の気を増した。

「おまえに侮《あなど》られるのはもうたくさんだ。おまえは心の底で俺を蔑《さげす》んでいる。権力に屈した犬だとな。弁解はいい。それくらい最初から分かっている。法は黒か白かを決めてくれない。大概は灰色だ。それが法廷であり、世の中だ。六年前のおまえは、それを無理に白にしようとした。俺の助言を無視してな」

「告発者のことは俺が間違っていた。しかしあのときは――」

「黙って聞け。時にはその灰色を呑むことも必要なんだ。灰にまみれて、確実に政界に切り込める時機を待つ。その機会を捉えて少しでも現実を白に近づけられればいい。俺はそう考えた。今でも間違っていたとは思わない」

「それはおまえが自分で考えたことじゃない。考えたのは秦だ。奴がそう言っておまえを説得したんだ」

「同じことだ。俺は正しいと思った。だから説得に従った」

「その結果がヤメ検か」

「ああ、そうだ」

今や篠田は自嘲の念を隠そうともしなかった。

「おまえが頑なな子供だったせいだ。俺はおまえに近すぎた。手を引くのが遅すぎたんだ。あのまま検察に残っても、日々耐えている他の検事の邪魔になるだけだと分かった。だから辞めることにした。俺自身の判断だ」

「秦は引き留めてもくれなかっただろう。それどころか、相好《そうごう》を崩してもっともらしいことをぬかしたに違いない。『篠田君、検察の将来を憂う君の考えは実に立派だ、できるだけのことはさせてもらうよ』とかな」

あえて挑発的に言うと、篠田は面白くもなさそうに応じた。

「俺を怒らせようというのなら無駄だ。その後の秦さんの実績はおまえも知っているはずだ。誠銀疑獄を解明し政治家の逮捕まで持っていった。あのとき加茂原を逮捕していれば、与党の警戒を招いて政界にはとても切り込めなかった」

「逮捕できたのは官邸に見捨てられた下っ端議員だけだ。秦は何もかも自分の功績とする一方で、政界に恩を売った。昨今流行りの官僚出世スキームだ。奴はその先駆けだったんだ」

「見解の相違だ。秦人脈の奥崎さんや柳井さんは法の正義を守ろうと今も第一線で活躍している。分かるか。灰を被って現場に踏みとどまっているからこそ戦えるんだ。メイヨー事件やコスモス疑惑を思い出せ」

そこで気づいた。さっき篠田は「奥崎も柳井も秦の意向で検察の面子のために動いている」という意味のことを自分で言っていた。

つまり、篠田は――

宗光は腹に力を込め、ゆっくりと言った。

「だったら、俺に収賄の罪を着せたのはどういうことだ。それも検察の正義だと思っているのか」

「証拠は完璧だった」

「ナワーブのようにか」

「加茂原の仕掛けだろうと想像はできても、検察は証拠に基づいて動くしかない」

「それも秦が言った理屈だな。自分達を正当化するために」

篠田は黙した。唇を嚙み締める彼の顔には、六年分の葛藤と克己心とが窺えた。

「秦一派はこの事件に子飼いの中から選り抜きの検事をぶつけてくるぞ。秦は言わばおまえの恩人だ。そんな奴らと、おまえは本当に戦えるのか」

「俺の考えは六年前のあのときと変わっていない。検察の面子のためならまだ理解もできる。それは検察の将来に資することでもあるからだ。だが今のあの人達は灰色なんかじゃない。真っ黒だ。自分達の保身のために白を黒にしようとしているだけだ」

「六年前と同じだな」

「そうだ。目の前の証拠。それに基づいて検察はナワーブの有罪を明らかにする。それで終わりだ。マスコミが何を言おうと関係ない。だが俺は俺の信念のために戦う。おまえのためなんかじゃない」

「分かった。ではおまえはおまえの信じる法の正義のために戦え。だが一つだけ言っておく」

「なんだ」

「今度は裏切るな」

「舐めるなよ」

篠田は同じ文言を繰り返した。

「今の俺は弁護士だ。弁護士は依頼人の利益を守る。何があってもだ」

20

接見の結果、ナワーブは弁護人の変更を承諾した。

最初は不安を隠せずにいたようだが、篠田が宗光の名前を出し、「彼から頼まれました」と告げたところ、ナワーブは大きく安堵の息をついたという。

そうした話を、宗光は篠田の事務所で聞いた。

「ナワーブさんは『そうか、あの人が助けてくれるのか』と何度も呟きながら、弁護人選任届の作成に応じてくれた。よほどうまく取り入ったようだな」

「人を詐欺師みたいに言うなよ」

「似たようなものじゃないか、詐欺師も非弁護人も」

「否定はしない。それで、ナワーブは何をどう供述したんだ」

「報道されている通り、サムット殺しさ」

篠田はテーブルの上に各種の資料を広げた。

「おまえがナワーブ親子を見つけた例の足立区の倉庫、あそこの近くにサンユニット・ファミリーズの借りているマンションがあった」

サムットがサンユニット・ファミリーズを設立したのも『今井』、すなわち蜷川に操られてのことに違いない。

「サムットは住む場所を失った外国人の宿泊施設にすると説明していたという。警察が調べたところ、浴室にサムットの死体が放置されているのを発見した。現場に残されていた凶器と見なされる包丁から、ナワーブさんの指紋が検出された」

「それが証拠か」

「動機はサムットを排除して自分がアジアンカーム・ファイナンスの収益を独占すること。つまり、人身売買による利益を独り占めすることだった、と警察は考えている」

「あの人にそんなことができるものか」

「素人みたいなことを言うな。見ろ」

篠田は自らのノートを差し出して、

「警察は、足立区の倉庫から押収された書類をいくつもナワーブさんに突きつけたそうだ。その中に、ナワーブさん宛てに発行された航空会社の領収書が何枚もあった。人身売買の犠牲者とみられる人達が出国する際のチケット代だ。一方でサムット名義の通帳も見つかっていて、殺害される以前は国外の金融機関から頻繁に入金されている。海外のペーパーカンパニーからの送金だ。しかしナワーブさんの口座記録には送金された形跡はない。誰が漏らしたのか知らないが、そのあたりも報道されている通りだ。つまりサムットに成り代わったまではよかったが、買い手はアマチュアのナワーブさんを騙して代金を踏み倒したというわけだ。そのことに絶望すると同時に、罪の意識にさいなまれたナワーブさんは息子を道連れに自殺を図った、と」

「その全部に証拠があるというのか」

「なければ検察は起訴しない」

胃の中にあるすべての物が逆流するかのような感触を覚える。宗光は嘔吐感をこらえて篠田を促した。

「それで」

「さすがにナワーブさんも息子の殺人未遂は一貫して認めていない。自分が死ぬつもりだったのは確かだが、どうして息子が一緒にいて、しかも縛られていたのか分からないと。

状況からすると無理心中しか考えられないが、状況証拠しかない上に本人も息子も最初から否認しているので、警察は容疑をサムット殺しに絞ったようだ。もっとも、今後新たな証拠が出ればすぐにでも息子に対する殺人未遂で再逮捕するだろう」

なんてことだ――

警察はサンユニット・ファミリーズの会員すべての身辺調査を行ない、出国履歴等を調べ上げているはずだ。それらのすべてが残されていた証拠に合致したに違いない。足立区の倉庫一階にあった段ボール箱の中の品々は、疑いの余地なく犠牲者達の〈遺品〉であった。

「ナワーブさん本人は、当初意識がはっきりせず、警察に教えられた通りに供述したと言っていた。そのときはもうどうなってもいいという心境だったともな。森先生によると、取り調べ時の録音録画をチェックしたが、ぎりぎりのところで警察は誘導と取られかねない訊き方を巧妙に回避していたそうだ。つまり任意性が認められるということだ」

姑息《こそく》な真似を――それでも警察か、いや、だからこそ警察なのだ――

「本人への詳細な聞き取りでも結果は一致していて、捜査状況に違法性はなかったと見るしかない。この点で争っても時間の無駄だ。被疑者が捜査段階において洗脳状態にあったという点も、聴取可能な状態にまで回復していたという医師の診断書がある。この点は往々にして医師によって見解が分かれるから、争ってみる価値はあるかもしれない。しかし通常はまず認められるものでないことくらい、おまえも当然知っているだろう」

「要するに、取り調べ経過は適法であったが、捜査段階の供述内容は信用性がない。つまり、争点は供述内容の信用性に絞られるということだな」

「そうだ」

篠田が大きく頷いて、

「俺達がやるべきことは、公判前整理手続で予定主張記載書面を準備することだが……」

「担当検事から証拠閲覧可能の連絡を待っていては間に合わない。それにこっちが望む証拠はまず出てこないものと考えられる。こちらで検察が押さえている証拠や証人を割り出し、反証を用意する必要がある」

宗光は篠田の言葉を引き継いだ。検事時代の呼吸が甦ってくるのを感じる。年月が経っても、そして生き方は違っても、二人の息は一つであった。

これだけの重大事件だ。世間的にも大きな注目を集めている。当然裁判員裁判となるため、公判前整理手続が重要になってくる。そこで双方が提出予定の証拠と主張を明らかにし、争点を絞り込むのだ。裁判員にとって分かりやすく、負担をかけないよう制定されたシステムである。

「簡単にはいかないぞ、宗光。検察は全力を挙げてガードしてくる。それに……」

「ああ、分かっている」

分かっている。篠田の言わんとすることは。

「蜷川ほどの男が自ら名乗り出てきたんだ。よほどの自信がなければできることじゃない。きっと何か奥の手を隠しているはずだ。俺達はそれを見抜き、さらに上を行かねばならない」

「できるのか、俺達に」

できるさ篠田、俺達ならば。


警察官は言うまでもなく、マリクは医師や看護師に対しても固く心を閉ざしたまま、必要最小限のことしか答えない状態が続いていた。

医師によれば、精神にダメージを受けているのは間違いないが、聴取に応じようとしないのは自らの強い意志ではないかという。

発見から二週間後、健康状態がある程度回復したとして、マリクは密かに病院から荒川《あらかわ》区の児童養護施設『荒川友愛ホーム』へと移送された。以後のケアをはじめ、警察による聴取も、職員や医師の許可を得てそこで行なわれることになるという。

それを知った篠田と宗光は、早速ホームへ面会に訪れた。

児童養護施設では、原則として親権者、または親権者の同意を得た親族、学校関係者以外の面談は認めていない。しかし本件では事案の性質上、警察との面談はなんらかの形で認めざるを得ないし、そうであれば父親の弁護士とも面談させないわけにはいかない。

予想通り面談は許可されたが、児童保護の見地から職員が一名立ち会うこととなった。

五十前くらいの太った女性職員で、柔和な顔付きをしているが、目の奥底に冷たい光を湛えている。宗光はかつて自分が入っていた刑務所にこういう目をした看守がいたことを思い出した。

来訪者は書類に必要事項を記入する決まりであった。宗光は連絡先として篠田法律事務所の住所を記入した。施設の職員が勝手に篠田の助手か何かだと勘違いしても知ったことではない。また自分が死にかけていたマリクの発見者であることは言わなかったし、施設の者も知らないはずだ。

先に立って案内してくれた女性職員の話では、マリクはすでに面談室で待機しているという。他の子供は学校に行っている時間帯だが、マリクは心身の様子を見る必要があるのと、転校手続きの遅れからまだ通学はしていない。

「あんなことがあったんですから当然でしょうけど、自分の殻《から》に閉じこもって、なかなか心を開いてくれないんです」

太った職員は歩きながら教えてくれた。

「弁護士さんにも素直に話してくれるかどうか、私達にはなんとも言えません」

面談室に入ると、マリクはまっすぐに宗光を見て低く叫んだ。

「ムネミツ！」

「なんだ、思ったより元気そうじゃないか」

微笑みを浮かべて声をかけると、マリクは俯き、頷いた。涙ぐんでいるようだった。

「ありがとう」

少年は鼻声でそう言った。

「礼はいい。依頼人のために全力を尽くすのは俺達の仕事だからな」

「でもぼく、お金なんて持ってないよ」

「心配するな。金ならすでにもらっている」

「どういうこと？」

「前に頼まれたソユンの件だ。俺の報告は間違っていた。すまない。だから仕事を続行する。追加料金は必要ない」

職員は驚いたようにマリクとこちらとを交互に見ている。少年があまりに素直な反応を示したからだ。

宗光はあえて「弁護士の仕事」とは言わず「俺達の仕事」と言った。これで彼女は自分が弁護士でないとは夢にも思わないだろう。自分とマリクが初対面でない理由も、勝手に想像してくれる。

職員の指示に従い、マリクの対面の椅子に腰を下ろす。

「マリク君、はじめまして。私は君のお父さんの弁護人を務めることになった篠田と言います。今日は君に大事な話を聞きに来ました。お父さんの無実を証明するための大事な話です」

今まで浮かべていた子供らしい表情を、マリクは瞬時に消していた。

篠田はその変化をじっと観察するように見据えつつ話を続ける。

「私達はお父さんの無実を信じています。だからこそ弁護を引き受けたんです。一体何が起こったのか、君が最初からすべて話してくれれば、お父さんは必ず無罪になる。分かるね？」

マリクは何も答えない。

「君はお父さんと一緒に睡眠薬を飲んで眠っているところを発見された。近くには睡眠薬が混ぜられたオレンジジュースのペットボトルが転がっていた。君にそのジュースを飲ませたのは誰ですか」

やはり押し黙ったままである。

「言ってくれ、マリク。ジュースのボトルを用意したのは誰なんだ。おまえの親父さんか」

宗光が質すと、マリクは激しくかぶりを振った。

やはり違うのだ。睡眠薬を用意したのはナワーブではない。

「じゃあ誰だ」

返事はない。

「親父さんでなければ別の誰かだろう。その誰かが飲ませたんじゃないのか」

意識して『今井』とも蜷川とも言わない。誘導尋問と取られかねないからだ。

「違うのか。じゃあおまえと親父さんは、薬が入っていると知っていて飲んだのか、それとも知らずに飲んだのか」

やはり何も返ってこない。質問はすべて子供の内なる虚無に呑まれていく。

「質問を変えましょう」

篠田が優しく話しかける。

「君達は東十条でパキスタン料理店を営んでいた。しかし経営は思わしくなかった。お父さんはそれをなんとかしようといろんな人に相談していた。やがて、在日パキスタン人の知人からサムットという男を紹介された。彼はサンユニット・ファミリーズという団体を運営していた。在日外国人のために資金を都合しあう団体です。お父さんは次第にその活動にのめり込んでいった。そこまでは分かっています。問題はその先だ。サンユニット・ファミリーズの会員はほぼ全員が外国へ出国して消息が分からない。出国した形跡のない人間も忽然《こつぜん》と消えている。君は会員の人達と会っていますね？　親しかった人はいますか」

反応がない。一言でも答えればすべてが終わる――そう信じ込んでいるかのようだった。

「マリク君、君が話してくれなければ、お父さんは大変なことになる。私達は警察じゃない。裁判に備えて、少しでも有利な証拠を集めようとしている。そのためには君の協力がどうしても必要なんだ」

やはり変化は認められない。

あらかじめ聞かされていた以上の手強さだ。篠田がお手上げといった顔でこちらを見る。

宗光は肚を決めた。

「なあマリク。ここは施設じゃない。もちろんアジアンカーム・ファイナンスの倉庫でもない。ここはあの公園だ。東十条の雨に湿った薄暗い公園だ」

マリクがはっとしたように顔を上げる。

「ここには俺とおまえしかいない。あんな公園で話すのは俺達くらいだもんな。だがあそこは妙に落ち着く。俺は特別の場所だと思っているよ。だから安心して話せ」

止めようとしたのか、腰を浮かしかけた職員を篠田が無言で制する。

「ムネミツ……」

「俺は仕事をするだけだ。おまえのために。ソユンのために。そして俺自身のために。約束する。俺は必ずおまえとおまえの親父さんを助けてみせる」

マリクの唇が微かに開いた。少年は懸命に自分の唇を動かそうとしているのだ。

宗光は篠田とともに、固唾《かたず》を呑んでじっと待つ。

突然、マリクが大声を上げて泣き出した。

「ごめんなさい、ごめんなさい！」

「今日はここまでです！　お二人とも退室して下さい、早くっ」

立ち上がった職員が怒りの形相で宗光達を室外へと追い出した。

激しい勢いで閉じられたドアの向こうから、しゃくり上げるマリクの声と、彼を落ち着かせようとする職員の声とが聞こえてくる。

〈ぼく、言えない……どうしても……ごめんなさい……ごめんなさい……〉

かろうじて聞き取れた。マリクはそう繰り返しながら泣いている。

「行こう」

篠田に促され、宗光は出口に向かって歩き出した。

「あの子は何かを俺達に伝えようとしていた」

「ああ。だがどうしても言えなかった」

「ごめんなさいと謝ってたな」

「その理由はなんだと思う？」

分かっているくせに、篠田がわざと訊いてくる。検事時代はよくそんなやり取りをしたものだ。

「あの子は父親をかばっている。そうとしか考えられない」

「自分が証言すれば父親が有罪になると思っている。つまりその意味は」

検事時代の話法の名残が恨めしい。宗光は荒れ狂う想念を言葉として喉《のど》の奥から絞り出す。

「ナワーブはやっているということだ」

荒川友愛ホームを出て、篠田の車を駐めてある駐車場へと足を向ける。

「だが、マリク君がそう信じ込まされているという可能性もある」

慎重に言う篠田に、

「俺としてはそう思いたい。いずれにしても、証拠が必要だ。真実と、それを裏付ける証拠がな」

「次にやるべきことはそれだな」

「すべての事案を徹底的に洗い直す必要があるが、それは反社の有志連合に任せるしかない。俺は取りあえずマリクが何を隠しているのか、それを当たってみる」

コインパーキングに着いた。いかにも高そうなスカイラインセダンのドアを開けた篠田が、怪訝《けげん》そうに振り返る。

「どうした、乗っていかないのか」

「少し歩きながら考えてみたい」

「そうか。好きにしろ」

運転席に乗り込んだ篠田は、セダンを急発進させて去った。

たちまち遠ざかる篠田の車を目で追いながら、宗光はぼんやりと思った。

馬鹿野郎——弁護士がスピード違反で捕まったらどうする気だ——

そして篠田に告げた通りぶらぶらと歩き出す。歩くというより、機械的に足を動かしているような心地がした。考えるべきことが多すぎるのだ。同時にそれらのことごとくが微細な断片であって、容易に全貌を現わさない。

分岐があるたび適当に曲がっていると、路地の突き当たりに公園があった。

薄暗く、湿った公園。遊んでいる子供も、休んでいる老人もいない。

こいつはいい——

中に踏み入った宗光は、錆《さ》びたブランコに腰を下ろす。見れば見るほど、東十条のあの公園にそっくりだった。

戯《たわむ》れにブランコをゆっくりと漕いでみる。長い間、使う者もなく放置されていたのだろう。鎖の軋《きし》む嫌な音がした。今の心境には似つかわしいが、神経をかき乱す音だった。とても集中できたものではない。

考えをまとめるにはちょうどいいと思ったのだが、間違いだった。あの日のマリクが思い出されて、思考はかえって千々に乱れた。

一旦ホテルに帰ろうかと考えたとき、ポケットの中でスマホが鳴った。

表示を見ると、公衆電話からであった。

忌避感を伴った不穏な震動が掌に伝わってくる。

今どき公衆電話を使う者などいるのだろうか。いるとすれば、よほどの事情がある者に違いない。

数秒ためらってから、電話に出た。

「はい」

〈宗光さんですね〉

それだけで分かった。予感は当たった。厳密に言うと、最悪の形で当たった。

初めて聞く声だ。しかし、分かる。禍々しい瘴気《しょうき》がスマホから漏れ出てくるような、地上のすべてを嘲笑う含み笑い。

それは、間違いなく――

「貴様……蜷川だな」

〈へえ、よく分かりましたね〉

動揺を悟られぬよう、全力で平静を装う。

「分かるさ、貴様の気色悪さはそう簡単に忘れられるもんじゃない」

〈一度お会いしてますもんね、川崎で〉

川崎市幸区、『日本マイノリティ親睦教会』の入るビルの前で、かつて宗光は蜷川――そのときの名は『鈴木』――とすれ違っている。

実際に蜷川はあの直後楊に電話し、こちらの名前を聞き出していた。

「名刺交換をした覚えはないが、よく俺の番号が分かったな」

試しに探りを入れてみると、そんな意図など承知しているとでも言わんばかりの笑いが伝わってきた。

〈あなた、あっちの世界ではなかなかの有名人だそうじゃないですか。聞きましたよ、いろいろと〉

思った通りだった。しかもこちらの不安をさらに煽ってくるような言い方をする。

「あっちとか言うなよ。貴様も同じ側の住人じゃないか」

〈人聞きの悪いことは言わないで下さい。私はあなたなんかと違うんです〉

こちらの挑発には乗ってこなかった。

〈非弁護人、宗光彬。ヤメ検にもなれなかった元悪徳検事。臭いメシをたっぷり食って、今じゃ反社の御用聞きだ〉

「忠告しておいてやろう。どこから仕入れた情報か知らないが、そのネタ元は信用できない。情報は精度が命だ」

〈自分はそこまで堕ちてないとでも言いたいんですか。すいませんけど、おんなじですよ、

私達一般人からすると〉

一般人、と来たか。

蜷川はあくまで参考人であり、自ら出頭して任意での聴取に応じているだけである。しかし連日マスコミに追い回され、現在はどこかのホテルに身を隠していると聞いた。

「貴様の方こそ一般人どころか、今やスター並みの超有名人じゃないか。よく公衆電話なんかかけられたな。今時設置場所も限られてるだろうに。周りをよく見てみろ。近くにマスコミが何人か潜んでるんじゃないか」

〈せっかくのお気遣いですが、マスコミなんて出し抜くのは簡単ですよ。ついでに申し上げると、私には刑事が何人か張り付いてますけど、あんなのを振り切るのも実にたやすい。なんと言っても、私は善意の第三者ですから〉

アダムとイヴをたぶらかしたという蛇の饒舌《じょうぜつ》は、とどまるところを知らなかった。

「用件を言え。俺とお喋りをしたいわけじゃないんだろう」

〈いえいえ、したいんですよ、お喋り、あなたと〉

言葉とは裏腹に、蜷川の声が異様な熱を帯びる。

〈私を追い始めたのが誰かと思えば、非弁護人なんてわけの分からない輩《やから》だと知り、こいつは面白いなって。それでしばらく様子を見てたら、なかなかやるじゃないですか。もしかしたら今に追いつかれるかもしれない、そう思った私は、いろいろ餌を撒いといたんで

す〉

「機嫌よく話しているところを悪いが、この電話、録音していると言ったらどうする」

〈別にどうも。私はそれこそ他愛ないお喋りをしてるだけですから〉

その通りだ。蜷川は核心に触れるようなことをまったく話していない。

「じゃあ、わざわざ公衆電話なんて使う必要もなかったんじゃないのか。ホテルの電話で充分だろう」

挑発したつもりが、間抜けなことを言ってしまった。蜷川は常人をはるかに凌《しの》ぐ用心深さを備えているだけだ。

蜷川がスマホの向こうで声を上げて笑った。恥ずかしさと自己嫌悪にブランコの鎖を左手で握り締める。

〈あんまりがっかりさせないで下さいよ、宗光さん。裁判はまだ始まってもいないんですから〉

「よく聞け、蜷川。俺は必ず貴様を有罪にしてやる」

〈あのねえ、被告人は私じゃありませんから。被告人でもない者をどうやって有罪にするって言うんです？　しかもあなたは弁護士ですらない。それどころか、非弁活動は固く禁じられてるはずだ。少なくとも表には絶対に出られない〉

「元ヤクザなら、ホームレスなら、外国人なら、簡単に操れると思ったのか。貴様には人間の命が金としか見えないのか」

〈面白いなあ、もっと聞かせて下さいよ、その手のタワゴト〉

「貴様……」

〈一つ言っておいてあげましょう。私に人間がどう見えているかなんて、そんなこと、関係ないです。問題は、日本人が人間を見ようとしなかったってことじゃないですかね〉

宗光は呻く。本質を衝く指摘であった。

「誰も見ていないなら殺してもいいと言うのか。〈見えない人間〉なら好き勝手できるとでも思ったか。そんな理屈で、自分の犯罪を正当化する気か」

〈なんのことでしょう。私はあくまで一般論を話しているだけですよ。社会風刺と言ってもいいかな。でも、ダメだなあ、宗光さん〉

「何がだ」

〈見えない人間がどうとかってとこ。陳腐ですよ、そんなの。もう全然刺さりませんでした。法廷ではもっとマシな弁論をお願いしますよ〉

唐突に電話は切られた。

蜷川の目的は、こちらの手札と、何より宗光彬という男の性格と実力とを測定すること。

結果は散々なものだった。蜷川はさぞかし安堵し、同時に本人の言っていた通り、大いに落胆していることだろう。

奴は一体どういう人間なんだ——

手にしたスマホが、ぬらりとした爬虫類《はちゅうるい》の皮膚《ひふ》に変わったかのような感触がして、宗光は慌ててポケットにしまった。

そのとき、ブランコの鎖を左手で握ったままであることに気がついた。指が強張って動かない。引き剝がすようにして左の掌を開いてみる。赤い錆がくっきりと付着して、絞死体の首回りにできる索条痕《さくじょうこん》のように見えた。

21

サムットの遺体は腐敗が進行していて、正確な死亡日時の特定は困難を極めたらしい。司法解剖の結果特定できたのは、三月十日から三月十二日の間ということまでだった。

死因は鋭利な刃物による背後からの一突き。腎臓に達していて、被害者は一分以内に死亡したものと思われる。

凶器は細長い柳刃《やなぎば》包丁。死体に刃元まで深々と突き立った状態のまま抜かれることなく放置されていた。刃渡り二十五センチ。新品であったこと、死体発見現場となったマンション『ニューハイム足立』三〇三号室に他の自炊用具はなく調理の形跡もなかったことから、犯行のため計画的に用意された物と推測された。しかし全国の大手スーパーやホームセンターで購入できる量販品であるため、未だ入手経路の特定には至っていない。

三〇三号室の賃貸人はサンユニット・ファミリーズ。同マンションの正面出入口には防犯カメラが設置されており、日々出入りするサムットの姿が記録されていた。

三月十二日午後二時十二分、ナワーブとともに同マンションに入るサムットの映像が確認された。同日午後三時五十七分、一人慌ただしい足取りでマンションを出ていくナワーブが映っている。その日以降、マンションから出ていくサムットの映像は残っていないし、鶯谷《うぐいすだに》にあるサムットのアパートにも帰宅した気配はない。また十二日を境にサムットの目撃情報が途絶えていることから、必然的に三月十二日の午後二時十二分から午後三時五十七分までの間が殺害時刻と推定された。

この十二日という日付は、ナワーブの供述とも一致している。

彼はその日確かにサムットとともに犯行現場へ行った。ただし、三〇三号室にはすでに蜷川がいたという。

凶器からはナワーブの指紋が採取された。柄の部分に付着していて、第三者の存在を示す痕跡は検出されなかった。

公判前整理手続において篠田が検察側から入手した資料を改めて確認し、宗光は嘆息するしかなかった。どの資料を見ても、ナワーブの犯行を裏付けるものばかりだったからである。

十二日のカメラ映像には蜷川は映っていない。それどころか、三月に入ってから蜷川は一度もニューハイム足立を訪れてはいなかった。

この点は合理的な説明ができる。現場となったマンションは、裏にコインパーキングがあり、そこからブロック塀を越えれば非常階段のある敷地内に侵入できる。つまり人目につかず、また正面の防犯カメラに記録を残さず出入りすることが可能なのだ。

しかしそれは、蜷川がその日その場にいたと証明することにはならない。

確実なのはただ一つ、「ナワーブが犯行時刻に犯行現場にいたこと」だけである。

蜷川の余裕も当然だ。奴はこちらが自分の有罪を立証できないとたかをくくっている。

ナワーブの無実を証明する手がかりがあるとすれば、それはやはり――

宗光はペンを投げ出して立ち上がった。

荒川友愛ホーム近くの路上で、スマホを確認しているふりをして待つ。

前回の面談の際にマリクが泣き出してしまったため施設側の警戒を招き、再度の聞き取りは難しくなってしまった。篠田も交渉を続けてはいるが、未だ施設側を説得できずにいる。

だが自分は非弁護人である。自分を縛るものは何もない。

その日がマリクの初登校日であるという情報は仕入れてあった。

やがて同じ施設に入所しているらしい二人の児童と一緒に、下校途中のマリクがやってきた。

「マリク」

子供達の前に出て声をかける。

マリクも、他の二人も、驚いて顔を上げる。

「早く、先生にっ」

こうした場合の対処を教えられているのだろう、年長の児童が子供用の携帯電話を取り出した。非常用ブザーかもしれない。

「心配するな。俺は弁護士だ」

他の子供の機先を制するために嘘をつく。それからマリクに向かい、

「俺はおまえの依頼を受けた。受けた仕事は必ずやり遂げる。前にも言ったな？」

ランドセルを背負ったマリクが無言で頷く。

「だがおまえにも義務がある。すべてを話す義務だ。俺の仕事はそこから始まる。何も知らずに弁護はできない」

「でも、ぼくは……」

「分かっている。証言すれば親父さんが罪になるんだな？　罪を犯したならその償いをす

るしかない。だが考えろ。罪には償えるものと償えないものとがある。このままだと親父さんは殺人で有罪になる。とても重い罪だ。償えない罪だ。だが親父さんはやってない。親父さんがやったのは償える罪だ。違うか」

マリクは無言で俯いた。

「だったら俺は親父さんを有罪にする。償える罪でな。そして償えない罪の疑いを晴らす。俺に依頼したのなら、俺を信じろ。すべてを話せ。それができないならここまでだ。俺は手を引く。さあ、どうする。おまえが決めろ」

他の子供が目配せをして後ずさる。虐待で接近禁止命令を受けた親が子供を待ち伏せしているような事例がたびたびあるのは想像に難くない。二人の子供から見れば、自分はまさに〈待ち伏せしていた虐待者〉だ。

「待って、この人は大丈夫だから」

マリクが二人の子供を制止する。

「ダメだよ、マリク」

怯えながらも二人は懸命に説得しようとする。

だがマリクは決然と宗光を見上げた。

「父さんを有罪にして下さい。父さんは償える罪を犯しました」

何度も時計を眺めたりしながら篠田の帰りを待つ。事務所の職員が二杯目のコーヒーを持ってきてくれた。お世辞にも愛想のいい態度とは言えないが、篠田法律事務所にとって自分が招かれざる客であるどころか、とんでもない厄介者であることは否定できないので特に文句もない。むしろ彼らには申しわけないくらいであった。

篠田は東京地裁に行っている。その日は公判前整理手続最後の期日であった。篠田と自分の関係を知る者に気づかれぬよう留意して事務所に入った宗光は、こうしてひたすら帰りを待つしかなかった。

弁護人が篠田に変更となった時点で、公判前整理手続はすでに始まっていた。検察官による証明予定事実記載書面の送付も証拠取調予定証拠の開示も終わっている。それらを子細に検討し、類型証拠開示請求も行なった。

その上で予定主張記載書面を作成し、提出した。マリクの証言から判明した事実に基づく主張も盛り込み、弁護方針を組み立てていったのだ。

担当検事は重松《しげまつ》浩太《こうた》と草加《くさか》紀代子《きよこ》。予期した通り、ともに秦人脈のベテランだ。年次は重松の方が上だが、草加も重松に劣らぬ切れ者だと聞いている。刑事裁判における有罪率が九九・九パーセントと言われる日本の法廷で、彼らを出し抜き、無罪を勝ち取るのは至難の技どころか不可能に近い。

二杯目のコーヒーを飲み干した頃、いきなりドアが開き、鞄を手にした篠田が入ってきた。

「どうだった」

「手続き上はつつがなく終わった。なんといっても最後の期日だからな」

向かいのソファに鞄を投げ出し、篠田が疲れ果てた面持ちで腰を沈める。

「ナワーブの様子は」

「思ったより元気そうだった。不安は残るが、あれなら公判でもなんとか耐えられるだろう」

「そうか」

胸を撫で下ろしつつも立て続けに質問を放つ。

「検察の反応はこれまで通りか」

「裁判長も同席しているからそこまで露骨じゃなかったが、敵意剝き出しといったところだ。それも多分に嘲笑混じりのな」

篠田の返答もまた予想通りのものだった。

「『この裏切り者が』、またそんな目で見られたよ」

少しは俺の気持ちが分かったか――そう言ってやりたいところだが、理性でこらえる。

今は過去にこだわっている場合ではない。

「ともかく、マリク君はじめこちらの請求した証人尋問は認められた。しかし宗光、この土壇場でよくあんな証人を見つけられたな」

「マリクのおかげだ。あいつの話をもとに、犯行当日やその前後のナワーブの行動を徹底的に調べ直した」

「それにしてもツイてたな」

「非弁護人は運もなければ務まらない。いや、検事時代にツキがなさすぎたせいかもな」

「こんなときくらい、皮肉は遠慮してくれないか」

「分かった。気をつけよう」

分かっていても出てしまう。自分達の間には、常に過去の影がわだかまっている。意識から払いのけようとすればするほど影はその濃さを増す。

「後は法廷でどこまでやれるかだ」

そう言って篠田はぐったりとした様子で目を閉じる。

事態の急激な変化により、黒浜町や他の事件ではなくナワーブの事件で裁判を行なうという思いも寄らぬ展開である。美紀を証人として出廷させ、再び耐え難い苦痛を与える懸念はなくなったが、引き換えにマリクを証言台に立たせることになってしまった。

大きな無罪を勝ち取るためとは言え、子供に親の〈償える罪〉について証言させなければならない。あまりに辛い選択だった。

「裁判長はどうだった」

「丹後《たんご》さんか。あの人も古いタイプだ。馬鹿げた真似をとか、手間を取らせおってとか、そんなことを言いたそうな顔をしてたな」

法廷は人が人を裁く場所だ。裁判官が誰になるか、それもまた一つの運である。今回、運命の女神は初手からこちらを嫌っているようだ。

「ともかく法廷に奴を引き出すことには成功した」

「引き出すことには、な」

篠田が苦い顔で繰り返す。

ナワーブは犯人に非ず、真犯人たる蜷川の犯行を目撃したにすぎない——それが予定主張記載書面の内容である。

弁護側は蜷川の供述調書を不同意とした。そこで検察は蜷川を証人として申請せざるを得なくなった。彼に供述調書通りの証言をさせるためだ。

それだけではない。検察は蜷川の供述調書を裏付けるための証人として増盛康夫《ますもりやすお》なる人物を証人申請した。

初めて耳にする名であった。検察側の開示した調書だけでは不充分な点もあり、宗光は今日までありとあらゆる手を使ってこの人物について調べ上げた。

その結果、増盛はボランティア団体『木陰《こかげ》ネットワーク』の代表であることが判明した。同団体はＮＰＯやＮＧＯなどではなく、あくまで草の根の互助組織であった。いわゆる社会的貧困層に属する会員が相互に助け合う。会が一棟全体を借り上げたアパートで共同生活を送り、自立支援まで行なっている。

顧問という名目で増盛の背後にいた蜷川の偽名は『山本《やまもと》』。

そこまで分かれば、同団体の実態と仕掛けは明らかだ――少なくとも宗光はそう思った。

しかし、同時に妙な違和感もあった。

これまで判明したコミュニティと違い、積極的に会員を増やす努力をした形跡が見られなかったことだ。あくまでアパートの収容能力を上限として、少人数での助け合いをキープする。自立してネットワークから離脱する者が出れば、そのとき初めて欠員を埋めるような動きをする。代表の増盛によれば、「身の丈に合った活動により、長期的にコミュニティを維持すること」が会の理念であるらしいから、一応の筋は通っている。また広くアピールして世間に存在を知られれば蜷川の犯罪が露見する可能性も増大するので、目立ちすぎないように配慮しているのは他のコミュニティでも同じと言えば同じであった。

実際に、木陰ネットワークの活動期間は七年前まで遡《さかのぼ》れることが確認できた。これは短期間に犠牲者を集め、一挙に始末しては次の狩り場へと移行する蜷川の手口とは明らかに異なっている。

また付き合いが長い分、増盛は蜷川を絶対的に信頼している。心酔し、崇拝《すうはい》していると言ってもいい。増盛の蜷川への依存ぶりは他の会員も一様に認めていた。それだけに裁判では蜷川に都合のいいような証言をすることが予測される。

もう一点。これが最も不可解なのだが、コミュニティとしてなんらかのビジネスを推進していた形跡が見られないこと。いくら調べても、会の活動は日常生活の相互支援にとどまっているのだ。

つまり犯罪性は皆無である。木陰ネットワークはよほど巧妙に犯罪を隠蔽《いんぺい》しているのか。それにしては活動期間が長すぎるし、過去の会員の消息もある程度まで判明している。

これは一体何を意味しているのか。

「増盛も気になるが、〈あっち〉の方はどうだ」

篠田が目を開けて身を起こす。

「まだだ。俺が動ければいいんだが、こればっかりは蜂野に任せるしかない」

「大丈夫か、宗光。公判前整理手続はもう終わったんだぞ。通常なら到底認められるものじゃない」

「分かっている」

「本当か。マリク君の証言内容は確かにある程度は有効だろう。しかし、それだけではとても勝てない。俺達にはもう一つ武器がいる。それでもやっと五分五分といったところだ。もし見つからなかったら、いや、たとえ見つかったとしても――」

「分かっていると言ってるんだっ」

思わず声を荒らげてしまった。

篠田が黙り込む。

「……すまない」

「気にするな」

再び目を閉じた篠田が応じる。静かな口調がかえって痛い。

「見つかったときの〈使い方〉は俺がなんとか考える。だからおまえは」

「それこそ分かっているさ」

掌で顔を拭《ぬぐ》いながら篠田が立ち上がった。

「俺は弁護人としてできるだけのことをする。おまえは非弁護人の腕を見せてくれ」

篠田の事務所が入っている大手町のタワービルを出た途端、目の前に黒いアルファードが停車した。後部のドアが開けられる。奥に楯岡の顔が見えた。

言われずとも分かっている。宗光は車内に乗り込み、楯岡の対面に座った。ドアが閉められ、アルファードが発車する。

「どないやねん、裁判の方は」

「分かりません」

正直に答える。

怒り出すかと思ったが、案に相違して楯岡はじっと宗光を見据え、

「あんた、思たより肚の据わった男やったんやな」

意図が分からず、無言で相手を見つめ返す。

「習志野の話されて、ようわしとやれるなゆうこっちゃ」

「そりゃあ怖いからですよ」

「そうやないやろ」

口調は軽いが、楯岡の眼光はどこまでも鋭い。

「あんたはわしが憎いはずや。そのわしよりも蜷川が憎いんかい」

「個人の感情と裁判は別ですから」

「つまり、どっちも憎いちゅうこっちゃな」

ごまかしたつもりが、楯岡には通用しなかった。

「わしらはヤクザや。けどな、わしらがおらんと世の中が回っていかんとこもあんねん」

言ってはならない、言っては――

だが自制心はすでに心の中から失せていた。

「そのために習志野開発の内部告発者を殺したとでも言うんですか」

「そうや。それがわしらの仕事やさかいな。誰かがやらなあかんかった。あんたも検事クビになってよう分かったやろ。世の中には裏と表と両方あって、それで支えおうとるもん

やねん」

加茂原。柳井。奥崎。秦。さらには彼らの上に君臨する者達。

「おかげでいろいろと勉強させて頂きました。法を作る者が同時に法の抜け道を作り、時には強引に法を破る。でも私は、あくまでその法で戦ってみたいと考えています」

「誰と戦うちゅうねん。蜷川をいてこましたった後の話や」

「さあ、依頼次第ですね。もっともその前に借金を返す必要がありますが」

「そや、あんた、久住はんにどえらい借金したんやったなあ」

「ええ。〈家〉を買ったのですから文字通りの住宅ローンです」

強面の楯岡が微笑と取れぬこともない表情を見せた。

「世の中の裏にも両面あってな、きれいな裏と汚い裏や。わしらかてできたらきれいな方の仕事だけやってたい。けどわしらには選ばれへん。わしらの自由にはならんのや。それは久住はんかておんなじやろ」

そうだ。自由はない。この世界の表にも、そして裏にも。

「任俠道《にんきょうどう》なんぞわしの生まれる前に廃《すた》れてしもとる。そやけどわしらにもまだやれることはある。〈ヤクザ喰い〉を捜す仕事に関わって、なんやそんな気がしてきたわ」

喋りすぎたという顔をして、楯岡が運転手に命じる。

「そこら辺で停めんかい」

「へい」

すぐに運転手がアルファードを路肩に寄せた。同時にドアが開かれる。

「裁判は勝てよ。負けたら承知せえへんど」

「そのつもりです」

答えるより早く、アルファードは走り去った。

宗光にはそれが、過去から形を変えて流れ去る時間の幻のようにも思われた。

何もかもが去っていく。理想も、情念も、自分の中から。

追いかけようとは思わない。自らの変化に驚くだけの感性も、宗光にはすでに残されていなかった。

22

公判初日、傍聴券は午前九時二十分より配布された。事前に予想された通り、多数の希望者が詰めかけ、かなりの高倍率となったらしい。

今回の公判に使用されるのは東京地裁でも最大の広さを誇る104号法廷である。傍聴席数は全部で九十八席。そのうち一般向け抽選の対象となったのは六十二席。残りの三十六席は報道各社に振り分けられた。

　蜂野から傍聴券を受け取った宗光は、開廷予定時刻の十分前に余裕で一般傍聴席に着いた。

　遠山連合と征雄会の系列下でも最末端の組員が動員され、大挙して抽選の列に並んだのである。これでは同じく多数のバイトを動員したマスコミ各社を除いて、一般人の当選は皆無に近かったのではないかと思われたが、いずれにしても知ったことではない。

　開廷の前から、廷内は何やら異様な雰囲気に包まれていた。

　傍聴席を見回すと、前から二列目の左端に久住と楯岡が並んで座っている。

　不倶戴天《ふぐたいてん》の敵同士であるはずの遠山連合と千満組の大幹部が、仲良く膝を並べているのである。廷内がざわめいているのも道理であった。

　二人の顔を知っているらしい記者達が興奮したように囁《ささや》き交わしている。駅やコンビニ売りの夕刊紙には、公判の内容とは別にさぞかし扇情的な記事が出ることだろう。

　一連の事件は〈ヤクザ喰い〉によるアウトサイダー大量殺人事件として認知されている。日本中のヤクザが裁判の行方に注目していると言っても過言ではない。であるなら、日本を二分する大組織の幹部が直々に傍聴を希望するのは、むしろ斯界《しかい》のトップとして当然の責務であるとさえ言える。

　振り向いた楯岡が、目ざとく宗光を見つけ、隣の席を顎《あご》で示した。そこへ座れと言っているのだ。

逆らうことなどできはしない。宗光はやむなく楯岡の隣に腰を下ろした。

自分が傍聴に来たことはどうせすぐに法曹界に知れ渡る。久住や楯岡と並んでいるところを見られたとしても、今さら失うものは何もない。

楯岡に対するこだわりがかけらもないと言えば嘘になる。宗光はあえて己を殺す。ここは彼の罪を問う場ではない。法の女神の天秤が左右のどちらに傾くか、見極めることこそが最優先だ。また宗光自身が苦く清澄な心境の変化を自覚しているのも事実であった。

弁護人の篠田が入廷してきて、法壇に向かって右側に位置する弁護人席に着いた。これほど大きな事件で弁護人が一人きりというのも相当に異例である。

だが——実質は二人なのだ、篠田と自分の。弁護人席と傍聴席とに分かれていても。

宗光は胸の内でそう呟いた。また篠田も同じ思いであると信じている。

次いで重松検事と草加検事が弁護人席とは反対側に当たる検事席に着いた。

傍目《はため》にも緊張している篠田に比べ、こちらは厳粛ながらも余裕綽々《よゆうしゃくしゃく》といった風情である。

書記官、廷吏《ていり》、検察官、弁護人が所定の席に着いたところで、法壇後ろの扉から裁判官が入廷した。中央に丹後又一《またいち》裁判長。右陪席は並木博人《なみきひろと》裁判官、左陪席は坂下和恵《さかしたかずえ》裁判官である。

そこで一分間の廷内撮影が行なわれた。

撮影クルーの退廷後、六人の裁判員が入廷して裁判員席の左右に三人ずつ着席する。

そして最後に、検察官席の後ろにある扉から三人の押送担当官に連れられたナワーブが入ってきた。弁護人の要請により、入廷前に手錠と腰縄は外されている。憔悴《しょうすい》の色は隠しようもないが、逮捕時に嫌というほど流されたニュース映像よりは幾分なりとも生気を取り戻しているかに見えた。

着席する前、ナワーブは顔を上げて傍聴席を見渡した。

こちらに気づいたナワーブに、宗光は軽く頷き返してみせる。自分が本当にいるかどうかよほど不安であったのだろう、彼ははっきりと分かるほどの安堵を全身に表わした。

午前十時、裁判長が立ち上がる気配を受け、全員が起立し、礼をする。

そして裁判長が法の厳《おごそ》かなるを体現したような発声で宣言した。

「これより開廷します」

感情の籠もらぬ口調でナワーブに命じる。

「被告人は証言台の前へ」

立ち上がったナワーブが指示された場所へと移動する。

それから被告人の人定《じんてい》質問が為された。

姓名、国籍、生年月日、職業、住居等の確認である。ナワーブは弱々しい声でそれらの質問に答えていった。

続けて、重松検察官による起訴状の朗読が行なわれた。

公訴事実の概要は以下の通り。

［被告人は飲食店を経営する者であるが、第1、同店の経営に行き詰まり、資金繰りに窮したことから、サムット、当時四十四歳を殺害して同人の運営するアジアンカーム・ファイナンスと称する営利組織の財産及び利権を得ようと企て、三月十二日午後二時十二分頃、東京都足立区保木間六丁目4番3号ニューハイム足立三〇三号室において、刃体の長さ約二十五センチメートルの柳刃包丁でサムットの左背部を突き刺し、よって同人を腎臓刺切創等に基づく失血により即死させて殺害し、第2、業務その他正当な理由による場合でないのに、前記日時場所において、前記柳刃包丁一本を携帯したものである」

要は殺人と銃刀法違反の容疑ということである。

すべては正式な手順に則った儀式にすぎない。司祭たる裁判長が祝詞《のりと》にも似た説明を加える。

「最初に被告人に対して注意しておきます。あなたには黙秘権という権利があります。この法廷で終始沈黙し、または個々の質問に対して個別に答えを拒むことができます。また何か話したいことがあればそれを話すこともできます。ただしこの法廷で話したことは、あなたに有利であれ不利であれ証拠になります」

次いでおもむろに問うた。罪状認否である。

「起訴状に記載された内容について、間違いはありませんか」

ナワーブは篠田から教えられた通りに返答する。これも事前に注意されていたのだろう、背筋を伸ばすことも忘れていない。

「その日、サムットさんとニューハイム足立三〇三号室に行ったのは事実です。でも、私はサムットさんを殺してはいません」

被告人の主張は公判前整理手続で明らかにされているから、裁判官にも検察官にも驚きはない。しかし起訴状と真っ向から対立する無罪主張に傍聴席はどよめいた。

「弁護人の意見はどうですか」

これまた儀礼的に尋ねられた篠田は、

「被告人による殺害の実行行為はありません。ゆえに殺人罪は成立せず、無罪を主張します。また柳刃包丁も被告人が同日持ち込んだものではないため、銃砲刀剣類所持等取締法違反についても無罪を主張します」

宗光達の位置からは篠田と被告人の表情がよく見える。楯岡と久住はそれを熟知しているからこそ、その席を選んだのだ。

篠田にもナワーブにも、迷いはない。

「では、検察官、冒頭陳述をお願いします」

「はい」

重松が裁判員達に向かい、慣れた口調で語りかける。

「それでは、これより検察官が証拠によって証明する事実関係を説明します。裁判員の皆様にまずご理解頂きたいことは、本件は飲食店経営に失敗した被告人が、サムットさんを殺害してその財産と利権を奪い取ろうともくろみ、柳刃包丁で刺殺し逃走したという計画的殺人であるということです」

検察の考える本件の核心部分について、重松は短く力強い言葉で伝える。これがないと裁判員が以後の話についていけないおそれがあるからだ。

「最初に、ナワーブの経歴、サムットさんと出会った経緯、犯行に至るまでの二人の関係等を説明していきます」

重松は犯行に至る前の経緯から話を始めた。ショッキングな犯行を早めに持ってくることによって、裁判員に犯行の悪質性を印象づけようという意図である。

「……サムットさんは海外の組織と連絡を取り、アジアンカーム・ファイナンスを使って人身売買をはじめとするさまざまな犯罪行為に手を染めていました。それを手伝ううち、被告人は次第にその利益を独占しようと考えるようになっていったのです」

本来ならアジアンカーム・ファイナンスの実態に踏み込まなくても、サムットの利権が欲しくて殺害したとだけ言えば、事件の審理には充分なはずである。必要性がないにもかかわらず検察がその点について言及したのは、ナワーブの犯罪的性向を強調するためであり、検察上層部の意を受けた重松達の勇み足であるとも言えた。

弁護側としては「裁判員に予断を与える」との理由で異議を申し立ててもよかったのだが、篠田と宗光は公判前整理手続においてあえて了承の意を示した。

それはひとえに法廷戦術のゆえである。吉と出るか凶と出るか、未だ結果の予測できない一種の賭けであった。

「……このようにサムットさんは許されざる悪人である、だから社会のためにも罰を受けるのが当然であるという独善的な考えに囚われた被告人は、こうしてついに犯行を決意しました」

犯行直前のナワーブの心理について語る重松の弁論に、傍聴人は感心したような表情で聞き入っている。

次に重松は犯行の一部始終、凶器と死体を放置して逃走した心理、殺害後の生活などについて事細かに述べ立てた。

「取引相手である海外の犯罪組織と話を付け、サムットさんに代わって犯罪を実行した被告人は、約束されたはずの入金がなかったことから騙されていたことに気づきました。しかし海外の組織相手にどうすることもできません。絶望した被告人はサンユニット・ファミリーズの所有する足立区内の倉庫三階居住部分で八歳の長男を道連れにして自殺を図りました。それまでの犯罪に使用していた睡眠導入剤の残りをかき集め、市販のオレンジジュースに混入して何も知らない長男に飲ませ、また自らもこれを呷ったのです。しかし薬の量が致死量にはわずかに足らなかったこと、たまたま早期に発見されたことから未遂に終わりました。発見者の通報により搬送された病院で任意の事情聴取に応じた被告人は犯行を自白、これが事件発覚の端緒となりました。警察署での聴取に対し被告人は犯行の経緯を詳細に供述しており、その裏付けを取って逮捕に至ったのです。遺体に残されていた凶器からは被告の利き腕である右手全指の指紋がはっきりと採取されました」

まるで観賞したばかりの映画のストーリーでも語っているかのような重松の名調子は、検察官として当然の技量とは言え、戦前に隆盛を極めたという無声映画の活弁を想起させた。

「最後に、今お話しした事実関係を証明するために、証拠の取調請求を行ないます」

そう締めくくって重松は冒頭陳述を終えた。

反論の余地などあり得ないと思えるほど理路整然とした弁論である。素人が聞いても有罪で間違いないとしか思えないだろう。

「弁護人、冒頭陳述をお願いします」

「はい」

ペンを置いた篠田が立ち上がる。すでに緊張の色はない。完全に闘う弁護士の顔になっていた。あまり認めたくはないが、長身ですらりとした立ち姿が決まっている。依頼人が殺到するのも頷けようというものだ。

「弁護人は、検察官の冒頭陳述は誤りであり、被告人の捜査段階の供述は事実と異なっていると申し上げます」

　廷内に軽いざわめきが広がった。

「被告人の捜査段階の供述を拠《よ》り所として事実認定を行なう方法は冤罪《えんざい》を生む危険が高く、憲法や刑事訴訟法の立場とも相容れません。検察官の冒頭陳述はお聞きの通り捜査段階の供述を強く意識していますので、鵜呑《うの》みにすることは危険であると、ぜひお心にお留め頂きたく希望します」

　そこで篠田は絶妙に間を置いて聴衆の気を惹きつけ、

「さて、捜査段階で虚偽の自白をしてしまう人は決して少なくありません。過去の刑事裁判の歴史がそれを証明しています。ですので、捜査段階で自白したからといって、それで有罪になるわけではないのです。被告人は確かに捜査段階で罪を認める供述をしました。この供述調書は任意性にも問題はなく、取調も適法に行なわれています」

　その点について争うつもりのないことは公判前整理手続で確認されている。

「ではなぜ被告人はそのような供述をしてしまったのか、それこそが本件のある意味核心とも言える部分であります」

篠田はいきなり〈核心〉を打ち出した。それもまたこちらの策である。

「被告人はある人物によって巧みに利用され、犯行に巻き込まれたばかりか、目の前で彼がサムットを殺害するのを阻止できず、大きな罪悪感を抱いていました。それにより極めて不安定な精神状態にあった被告人は、涙を流して懺悔《ざんげ》するその人物とともに自殺を図ったのです。しかるにその人物は自殺するつもりなど毛頭なく、被告が意識を失っている間に薬を飲ませた被告人の長男を縛り上げ、被告人の横に放置した。すべて被告人を犯人に仕立て上げるための工作です。幸い被告人と長男は一命を取り留めました。自分の横で死にかけていたのが愛する息子だと知って、被告人の衝撃はいかばかりであったでしょう。二重三重の罪悪感から、一種の自暴自棄に陥っていた被告人は、これを自らに与えられた罰だと受け止め、すべて自分の罪であると供述してしまったのです」

ナワーブは言わば洗脳状態にあったと思われるが、洗脳された過程や背景を立証する責任は弁護側にあり、それは途方もなく困難なものとなる。ましてやサンユニット・ファミリーズのほぼ全会員が行方不明という現状では手の付けようもない。そこで「洗脳」や「マインドコントロール」といった用語を使わず、「罪悪感」「自暴自棄」といった文言に置き換えるよう篠田と打ち合わせたのである。

サムットと出会ったナワーブがいかに〈その人物〉の犯罪に巻き込まれていったかを説明してから、裁判員に訴えかけるように篠田は続けた。

「犯行当日、その人物に呼び出されたサムットさんと被告人は、サムットさんの住居に近い西日暮里《にしにっぽり》駅で待ち合わせ、ともに現場へと向かいました。柳刃包丁は犯行の十日前、その人物に頼まれて購入したものです。購入後すぐに足立区の倉庫でその人物に渡そうとしたところ、『パキスタン料理ではどういうふうに包丁を使うのか』と尋ねられ、怪訝《けげん》に思いながらも包丁を握ってみせた。包丁の指紋は、そのときに付着したものだった。それを渡そうとすると、その人物は『そこら辺に置いといてくれ』と言ったので、流し台の上に置き、そのままにして帰ったのです。従って、凶器は被告人が持ち込んだものではなかったということになります」

そこで篠田は、法壇の裁判員と傍聴席の報道陣を交互に見て、彼らの動揺と疑問とを先回りして制するように言い切った。

「凶器には被告人の指紋しかなかった。それは否定できない事実です。ならばやはり当日付着したものではないのか、そうでないことを立証できるのか——きっとそうお思いになることでしょう。しかし私は、後日証人尋問等によりそれを立証致します」

全員に強烈な印象を与えてから、

「室内で待っていたその人物は、浴室で変な臭いがすると言い出し、サムットさんに調べるように命じました。疑いもなくその命令に従って浴室に入ったサムットさんを、その人物はすでに付着している指紋を消してしまわぬよう注意して包丁を両手で支え、掌で柄尻を押し込む形で背後から一突きにしたのです。狭い浴室ですから、中に入った者の位置は自ずと限定されます。刺殺には恰好の場所でした。被告人には止める間もなかった。呆然《ぼうぜん》とする被告人に、その人物は言いました、『自分はサムットに騙されてこれだけの悪事をしてしまった、だから彼を殺した、この始末はきっと自分でつけるから、あんたは一人で帰って連絡があるまで黙っていてくれ』と。ショックのあまり判断力を失った被告人は、その人物の言う通りにするしかなかった。これが犯行現場での被告人の行動です」

冷笑を浮かべる二人の検察官を除き、廷内の人々が息を詰めて聞いているのが分かった。

「時間が経つにつれ、法廷で偽りを述べることこそが罪であり、且つ、その人物を放置することが社会にとっていかに危険であるか思い至った被告人は、捜査段階の供述を翻《ひるがえ》し、真実を告げる決意を固めました。以上が被告人側の主張です」

裁判長が口を開く寸前に篠田が付け加える。

「ちなみに、〈その人物〉とはサンユニット・ファミリーズにおいて『今井』と名乗っていた蜷川功一氏であります」

冒頭陳述の効果を高める演出である。この裁判はナワーブを裁くものであって、真犯人を突き止めるためのものではない。だから篠田も必要最小限の言及にとどめたのだ。

これもあらかじめ開示済みのことであるから、裁判官にも検察官にも変化は見られない。ただ不快そうに顔をしかめただけである。

しかし傍聴席は一気に盛り上がった。

真犯人としてあの蜷川が名指しされたのだ。

「休廷に入ります」

裁判長が宣言すると同時に、マスコミ関係者らしき傍聴人が出口へと殺到した。

座したまま出口の様子を眺めながら、久住が言う。

「今の弁護士の話、一応はもっともらしく聞こえるが、立証するのはかなり難しいんじゃないのかな」

さすがに裁判というものを理解している。

「おっしゃる通りです」

「ほな、どないすんねん。見てみい、あいつら。二人とも笑《わろ》とったで。人を小馬鹿にしとんねやろ」

楯岡は退廷していく検察官達の後ろ姿を睨んでいる。

「構いません。最後にこっちが笑っていればいいだけですから」

そう答えたが、裁判は始まったばかりだというのに、宗光とてすでに気が気ではなかった。

現状では手札が足りない。また仮にそれが見つかったとしても、有効に使うことができなければ同じである。

三十分後、再開された法廷で証拠調べが始まった。

まず犯罪事実について立証責任を負う検察側請求証拠からである。

草加検事が立ち上がり、関係者の供述調書の他に、実況見分調書、司法解剖報告書、写真撮影報告書、ナワーブの経営していたパキスタン料理店の収支状況などの要点をとりまとめた書類を読み上げる。書類の場合は原則として朗読される決まりとなっているが、実務上、争点との関連が薄いと見なされるものに関してはその限りでない。

三十を過ぎたばかりであるはずの草加は、四十代と言っても通じるような貫禄《かんろく》の持ち主であった。海外のオペラ歌手を思わせる体軀《たいく》にふさわしい朗々とした声で、しかし口調はどこまでも事務的に淡々としている。

内容は争わずに同意したものばかりであり、その中には自殺未遂で意識不明となっていたナワーブの第一発見者である宗光の供述調書も含まれていた。検察は調書の中に宗光彬の名前を発見してそこに偶然とは言い切れぬものを察知したであろうし、宗光が蜷川の事件を広く調べ回っていたことも把握しているはずである。

〈ヤクザ喰い〉という蜷川の通称はすでに定着しつつある。反社の仕事を請け負う宗光が事件を探っていても特に不自然ではないと考えたものと思われる。いずれにしても、検察としては公訴事実にほとんど関係ない宗光の存在など、できるだけ無視したいところに違いない。

裁判員に理解させるため、検察は時間をかけて懇切丁寧に説明する。初日の公判はそれで終わった。

「なんやあの幼稚園の園長みたいな女検事、本の読み聞かせに来よっただけかい」

そんなことを毒づきながら、楯岡は久住とともに退廷した。もちろん帰りに二人で一杯、などということはない。あくまで一時的な呉越同舟《ごえつどうしゅう》の時間である。

ボディガードの組員を引き連れて裁判所を出た楯岡と久住に、大勢の記者が集まってきた。組員達には一般人との無用な接触を回避させる役目もあるので、むやみに声を荒らげたりはしない。ただ体を張って取材陣の接近を阻止している。

その隙に宗光は人目を避けるように桜田通りへ出てタクシーを拾い、篠田の事務所の住所を告げる。

カメラや携帯電話類は入廷時に裁判所へ預けるシステムになっていた。タクシーの車内で帰り際に返却されたスマホの電源を入れる。期待したような連絡はなかった。

23

公判二日目。傍聴券の抽選は前日以上の高倍率となった。

なにしろ法廷で弁護人が蜷川の実名を真犯人として挙げたのである。大衆の興味が集中するのも当然と言えた。

宗光はまたも久住と楯岡の隣に座ることになった。こうなるともうそこが定位置か指定席のように思えてくる。弁護人席ならぬ非弁護人席だ。

大幹部二人の威圧感には凄まじいものがある。ことに久住は普段と変わらぬ柔らかい物腰であるだけにかえって恐ろしい。これまで散々無理を聞いてもらっている分、万が一にも敗訴となった場合、黙って許してくれるとは到底思えないからだ。

その日は検察側による証拠調べの続きから始まった。

重松は手許のパソコンを操作し、廷内にある二台のモニターを使って説明する。

最初に表示されたのは、現場周辺の地図、そして現場マンションの各部映像であった。それに、エントランスに設置された防犯カメラの映像。

「犯行当日に出入りした人物を丹念にチェックしたところ、連れ立って入る被告人とサムットさん、そして一人で出ていく被告人の映像が確認されました」

モニターでは、確かにその映像が再生されている。浮かぬ顔でサムットとともにマンションに入るナワーブ。次いで動転したとしか言いようのない勢いでマンションから出ていくナワーブだ。

「この日から死体が発見された日までの映像をすべて調べましたが、サムットさんがマンションを出る姿は確認されませんでした」

　捜査報告書にも記されていた内容である。

「次に三〇三号室内の間取り図……それから犯行現場や遺体の状況等につきましては、CGで表示いたします」

　モニターに簡略化されたCG映像が表示される。テレビのニュースなどでよく見られるような、ピンクの人型が玄関から居間、そして浴室へと移動していく。

「ピンクの人物がサムットさんを表わしています」

　浴室に立つピンクの人型が前のめりになって浴槽へ倒れ込んだ。

　これは裁判員に実際の写真を見せた場合、精神的衝撃が多いという指摘や批判を受けての配慮である。

「被告人の供述に従い、警察は凶器となった包丁の販売店を特定しました。北赤羽にあるホームセンター『羽鳥屋』で、同店の防犯カメラは、包丁を物色し購入する被告人の姿をはっきりと捉えています」

　モニターにその映像を再生する。

「ご覧下さい、記録されている日時は三月二日午後一時十七分。犯行の十日前です」

　ナワーブが傍目にもそれと分かるほど生色を失っていく。

　さらには、凶器の全体図もCGで示された。指紋の付着している部分が分かりやすく発光している。

裁判員達に向かい、重松は大仰な身ぶりで包丁を握るジェスチュアをしてみせた。

「包丁を使うとき、誰でもこんなふうに握りますよね。そういう造りになっているからです。特に何かを突き刺そうとする場合、ぐっと力を入れて握りしめることでしょう。ほら、この通り、すべての指が柄に掛かっています。死体に刺さったまま残されていた凶器には、犯人の全指の指紋が明瞭に残されていました」

重松は大きく引き伸ばされた指紋写真を高々と掲げてから、係員に手渡した。

「鑑定書類にも記されております。被告人の指紋と、凶器に残されていた指紋とは、寸分違わず一致します。被告人のもの以外の指紋は一つも検出されておりません」

もう充分だろうと言わんばかりの顔で、重松と草加が対面の弁護人席を見る。

確かにもう充分だ——通常の事件ならば。

続けていくつかの物品の証拠調べが行なわれた。

検察側が取調べを請求し、弁護人が同意または異議を述べなかった証拠調べは粛々と機械的に進行し、正午近くになってようやく終わった。

裁判長はそこで休廷を告げた。再開は午後一時三十分からとのことである。

「次はいよいよやな」

座席から立ち上がりながら楯岡が呟いた。

「ええ」

宗光は立つ気にさえなれなかった。

次はいよいよ検察側の証人尋問である。

奴が来る——


再開した法廷へ、係官に誘導されてその男が入ってきた。

宗光がこれまでずっと追ってきた男。たった一度だけ、路上ですれ違ったことのある男。そしてまんまと取り逃がしてしまった男——蜷川。

背を丸めて証言台の前に立った蜷川は、刑事事件におけるほとんどの証人がそうであるように、落ち着かぬ様子で周囲を見回し、正面の裁判官達に向かって上目遣いで軽く頭を下げた。

白いYシャツにスラックス。量販店で売られているようなビジネスシューズ。丁寧に撫《な》で付けられた頭髪。廷内にいる者全員の注目を集めながら、まったくそぐわぬその佇《たたず》まいは、希代の極悪人とは到底思えぬものだった。同時に一般人でもない。ただの人にしては、あまりに目立たなさすぎる。

傍聴席でスケッチの絵筆を走らせているマスコミ御用達の画家達も、一様に描きあぐねているようだ。当然だろう。これほど特徴のない男もそうはいまい。彼はまさしく〈人の中の人〉であり、〈我等の中の我等〉なのだ。

裁判長が蜷川に向かって簡略化された人定質問を行なう。

「住所、氏名、職業、年齢は証人カードに記載した通りですね」

「はい、間違いありません」

定められた形式に従って蜷川が答える。

「宣誓書を朗読して下さい」

裁判長がそう告げると同時に、書記官が「起立して下さい」と発する。それに従い、廷内の全員が立ち上がる。

蜷川は立ったまま宣誓書を読み上げる。

「『宣誓、良心に従って真実を述べ、何事も隠さず、偽りを述べないことを誓います』」

着席した証人に、裁判長が告知する。

「宣誓をした上で記憶に反した証言をすると、偽証罪として処罰されることがあります。よろしいですね」

「はい」

心持ち怯えた様子で蜷川が返答する。完璧な役作りと言うしかない。

草加検事が立ち上がり、主尋問に入った。

「犯行当日、すなわち三月十二日、証人はどこにいましたか」

「はい、その日はつつじヶ丘にある増盛康夫さんの家にいました。一日中ずっとです」

廷内にどよめきが広がった。

よけいな話を省《はぶ》いて、検察はいきなりアリバイから入ったのだ。

やはりそう来たか——

動揺でも狼狽《ろうばい》でもなく、平静な心境で宗光はそれを聞く。

公判前整理手続で、蜷川の忠実な信徒たる増盛がアリバイを証言することは分かっていた。

そして、自分達にはこのアリバイを崩す手立てがないことも。

「増盛康夫さんとはどういう関係なのですか」

「木陰ネットワークで一緒に活動している大切な仲間です」

「木陰ネットワークとはなんでしょうか」

「社会から疎外された人達を保護し、自立を支援するための、言わばボランティア団体です」

廷内の記者達が今は懸命にペンを走らせている。

「増盛さんと知り合われたのはいつ頃でしょうか」

「七年前の二月です。新宿中央公園でほとんど行き倒れになっていたホームレスの人を一緒に助けたのがきっかけでした。その後、増盛さんに誘われて新宿で一緒に飲みました。

あれこれ話し合ううち、お互い社会で困ってる人の力になりたいと考えていることが分かってきて、肝胆相照《かんたんあいて》らすと申しますか、まあ、とにかく自分達にできることから始めてみようという話になったわけです」

「そのとき、増盛さんにはご自分のことをなんと名乗りましたか」

蜷川は一瞬ためらうような様子を見せ、

「『山本』です」

「どうして本名を名乗らなかったのですか」

「私には前科があります。だからどうしても素直に言えなくて、つい……」

申しわけなさそうに俯いてから、一転して昂然《こうぜん》と胸を張る。

「ですが、それがかえって私に力を与えてくれたように思います。過去の自分とは違う、新しい自分として、人の役に立つ仕事ができるんだと。言ってみれば、そのとき偽名を使ったことが、その後のさまざまな活動の原点になりました。そのつど別の名前を名乗ることによって、新しい気持ちでいろんな活動に取り組むことができたんです。そうでなければ、すぐに気持ちが挫《くじ》けてしまいそうな難しい仕事ばかりでしたから」

完璧な演技だ。

記者達のペンに一層熱が籠もるのが感じられる。証言が本当だとすると、世間に流布している蜷川像が完全にひっくり返ってしまうからだ。

　木陰ネットワークとは、こんなときのために蜷川が将来的な保険として用意したカモフラージュ用の団体に違いない。だからこそ、ここだけは犯罪に使わず今日まで温存していたのだ。

「三月十二日はどうして増盛さんと一緒にいることになったのですか」

「増盛さんの趣味はオセロゲームでして、時折お相手を務めてたんです。いつもは二人とも忙しく思う存分できないので、増盛さんはストレスが溜まっていたらしく、一度思いきりやってみたいからつきあってくれないかと言われまして。それでつつじヶ丘にある増盛さんのご自宅に行き、ビールをやりながら二人でずっとオセロゲームをしてました」

「正確に何時から何時まででしょうか」

「さあ、そこまでは。でも、朝の十時から夜の七時までずっといたのは確かです。いいかげん疲れてきて、テレビをつけたら七時のニュースをやってましたから。でも腹が減っていたのですぐにテレビを消して、二人で近くのラーメン屋に行きました」

　検察側としては、当日の蜷川のアリバイさえ証明できれば充分である。

「被害者であるサムットさんと面識はありましたか」

　草加が質問の方向を変えてきた。蜷川の証言に不自然さがないことを固めておくつもりだ。

「ありました」

「どういう関係でしたか」

「サムットさんはサンユニット・ファミリーズの活動を熱心にやっておられました。在日外国人のための互助団体です。私は外国人の人達がさまざまな差別に苦しんでいることを知り、なんとかできないかと考えていました。でも、私一人ではどうにもなりません。増盛さんや他の人達に相談しようにも、それぞれの活動で手一杯なのは誰よりもよく知っています。そんなとき知り合ったのがサムットさんでした。私は『今井』と名乗り、サンユニット・ファミリーズを起ち上げようとしていたサムットさんの力になると約束しました」

「アジアンカーム・ファイナンスについて知っていましたか」

「週刊誌で読みました。でも、当時は聞いたこともありませんでした」

「では、アジアンカーム・ファイナンスの代表がサムットさんであることも知らなかったわけですね」

「はい。本当に驚きました。とてもそんな人には見えなかったので……」

「あなたは今回の犯行現場となったマンションを何度か訪れていることが確認されています。同マンション三〇三号室の契約者がサンユニット・ファミリーズであると知っていましたか」

「はい。サムットさんは行く当てのない外国人のための一時的住居にする予定で借りたと話していました。そんな場所の必要性は私も感じていたので、何度か足を運んで生活用具を整えたりしていたのは事実です」

「では、被告人と面識がありましたか」

「ナワーブさんですか。はい、ありました。サンユニット・ファミリーズの会員ですから」

「親しい関係でしたか」

「いえ、特に親しいと言えるほどではありませんでした。立場上、私はどの会員に対しても公平に接していたつもりです」

「被告人はあなたがサムットさん殺害の真犯人であると名指ししています。そのことについて、心当たりがありますか」

弁護側にとっても大いに興味を惹かれる部分だ。宗光も集中して耳を傾ける。

「さあ、私にはもう何がなんだか……ナワーブさんが経済的に苦しい立場にあることは知っていましたが、そもそもそういう人がサンユニット・ファミリーズにやってくるわけですから。私はサムットさんと一緒に会の運営に携わっていましたので、ナワーブさんからすると他の会員とは違う、特別な役員のように見えていたのかもしれません」

「以上で検察官の尋問を終わります」

草加が満足そうに告げ、着席する。

入れ替わりに篠田が立ち上がる。弁護人による反対尋問である。

「犯行時刻、あなたは増盛康夫さん宅におられたということですが、その間、二人きりだったわけですよね。他に訪問者はいませんでしたか」

「いませんでした……あっ、いいえ、何時頃か覚えてませんが、宅配便の人が配達に来ました」

「あなたが応対したのですか」

「まさか。増盛さんの家に届いた荷物ですから、増盛さんが受け取りました」

「そのときあなたはどこにいましたか」

「二階の部屋でオセロの次の一手を考えていました」

「つまり、あなたがそこにいたと証明できる人は増盛さんしかいないということですね」

「そうなります……かね？」

篠田は素早く質問を変える。

「犯行現場となったマンションは裏手にある駐車場のブロック塀を乗り越えれば、防犯カメラに映ることなく自由に出入りできます。ご存じでしたか」

草加が今にも異議を申し立てそうな顔をしている。しかし蜷川は平然と答えた。

「いいえ、知りませんでした」

「被告人の長男であるマリク君は知っていますね」

「はい」

「あなたがマリク君にたびたび親しげに話しかけていたという証言があります。ならば、父親であるナワーブさんについてもよく知っていたのではありませんか」

「そう言われましても……私は元来子供好きですし、会員の中には家族を抱えた方も少なくありませんでした。それでなくても外国人の子供達は酷い差別に晒《さら》されて傷ついています。私は子供達には積極的に声をかけるようにしていましたから、マリク君と話しているところをたまたま見かけた人の印象に残ったのではないでしょうか。とにかく、マリク君を特別扱いしていたというつもりは私にはありません」

「ありがとうございました。弁護人の尋問は以上です」

廷内のほぼ全員が驚くほどの淡泊さで篠田は反対尋問を切り上げた。

宅配便の配達をはじめ、蜷川の証言はすべて裏が取れている。蜷川も増盛も終日スマホを使わなかったとは考えられないので、通話記録を調べれば何か出てくる可能性はあったが、検察からの開示はなかった。弁護士の権限で調べられない以上、その線は捨てるしかない。カメラに映らずマンションに入れるという情報を裁判員に与えられただけでもよしとせねばならなかった。

草加と重松は大金の詰まった財布でも拾ったような顔をしている。弁護側の反対尋問により、蜷川が「子供好きのいい人」であるという印象を裁判員が受けたことは想像に難くないからだ。

「あの弁護士、結局敵に塩送ったったただけちゃうんか」

楯岡が不服そうに呟いた。

当の篠田は、この上なく涼しげな風情で座っている。少なくともそんな態度を装っている。

ここでは特に異を唱えずに流す——それがこちらの決めた法廷戦術であった。ただしそれは、宗光のもとに〈最後の武器〉が届くという前提に立ってのものであったが。

係官に促され、蜷川が退出していく。

そのとき蜷川がこちらを見て嗤ったように思ったのは、決して気のせいではあるまい。

ひたすらに宗光は耐える。耐えるしかない。

判決が読み上げられるそのときまで、法の女神以外に勝敗の行方を知る者などいない。

それが法廷という場所なのだ。

続いて検察側の請求した二人目の証人尋問となった。

腹の突き出た背の低い中年男性が入廷してくる。増盛康夫であった。体型に似合わぬつぶらな双眸《そうぼう》は、いかにもボランティアらしい熱意を宿していた。

人定質問と宣誓の後、草加が続けて主尋問を開始した。

「あなたが蜷川功一さんと知り合った経緯について話して下さい」

草加の質問に対し、増盛は蜷川と同じ内容を証言した。

蜷川の証言の真実性を裏づけるために呼ばれた証人であるから当然である。そのことをまず印象づけ、草加は手際よく核心の質問に移った。

「三月十二日、午前十時頃から午後七時くらいまでの間、あなたは何をしていましたか」

「自宅で蜷川功一さんと一緒にオセロゲームをしておりました」

「その間、蜷川さんが一人で一時間以上席を離れたりしませんでしたか」

「そんなことはありませんでした」

「間違いありませんか」

「間違いありません」

増盛はきっぱりと言い切った。

「あなたから見て蜷川さんとはどういう人物ですか」

検察の意図は分かっている。裁判員に対し、蜷川の好印象を形成することである。

弁護人が異議を唱えてもいい質問だが、篠田は指一本動かそうとはしない。

「私は七年間、蜷川さんと一緒に活動してきました。『山本』が偽名であったのは驚きでしたが、事情を聞けば無理からぬことだと思いました。むしろ、だからこそボランティア活動に専心できるのだとさえ思いました。断言しますが、蜷川さんほど社会的に虐げられた人に思いを寄せ、献身的に活動できる人はいません。世間ではいろいろ言われているようですが、私は蜷川さんを今でも全面的に信頼しております」

草加はいよいよ満足そうな笑みを浮かべて告げた。

「以上で尋問を終わります」

そして篠田が立ち上がる。

法壇に向かい、彼は時候の挨拶でもするかのような顔で言った。

「反対尋問はありません」

検事と裁判官達が啞然《あぜん》としたように篠田を見る。

反対尋問をしないのであれば、最初から増盛の供述調書に同意するのが通例である。それを不同意にして検察官に証人尋問をさせておきながら、自らは反対尋問を行なわないというのは極めて不自然と言うよりない。

それでいい、上出来だ——

宗光は一人心の中で頷いた。

不同意としたのは、増盛の供述調書には予断に満ちた記載が無数にあったからである。蜷川の人柄について問うなど、草加は争点と関係のない質問を行なっている。そこで篠田が異議を申し立てなかったのは、裁判長の判断で却下された場合、裁判員にかえって増盛の信頼性を印象づける結果となってしまうことを避けたのだ。

同様に、あえて反対尋問を行なわないことによってこちらの余裕と自信をアピールする。

高度な法廷戦術である。

　これで裁判員は、今後の篠田の弁論に一層の興味を惹かれたことだろう。

　二人の検察官はただ冷笑を以て黙殺している。

　裁判長が閉廷を告げる。

「宗光さん、それに楯岡さん」

　久住が立ち上がりながら言う。

「今夜少し話したい。都合をつけてもらえるかな」

「こっちもそない思てたとこなんですわ」

　楯岡が即座に同意を示す。宗光にはやはり選択肢はなかった。


　尾行のないことを各自確認し、午後十時に渋谷のクラブに集まった。久遠会の息のかかった店であるから、会合の秘密が漏れる心配はない。

「明日はいよいよ弁護側の証人尋問だ。君達のことだから、勝算はあるのだろうが、我々のような素人の目には劣勢としか思えない。その辺を少し解説してくれないかね」

〈素人〉とは到底言えない久住が、今日までの慰労の挨拶に続けて単刀直入に訊いてきた。

　口調は柔らかだが、有無を言わせぬ迫力に満ちている。

　楯岡も容赦のない視線でこちらを睨めつけてくる。迂闊《うかつ》な返答をしようものならたちまち取って喰われそうだ。

そもそも、ナワーブにどういう判決が下ろうとも裏社会の人間にはどうでもいいことである。しかし蜷川の無実を印象づけ、ヒーローに祭り上げるような結果になっては、自分達の面子に関わる——そう考えているからこそ、彼らはこの裁判にここまで入れ込んでいるのだ。またナワーブ裁判こそ蜷川を追いつめる第一歩であると主張してきたのは、他ならぬ宗光であった。

「ご心配には及びません。篠田と一緒になって証人とは何度もリハーサルを繰り返しました」

「待てや。こっち側の証人て、例の子供やろ」

楯岡が用心深く質《ただ》してくる。

そうだ——明日予定されている第一の証人はマリクなのだ。

「なんぼリハーサルしたかて、子供がそない上手に言えるもんかい」

「大丈夫です。彼は年齢以上に聡明《そうめい》です。こちらの期待以上にやってくれるでしょう」

「だが被告人の子供だ。親の有利になるよう証言していると思われるんじゃないかね」

「ある程度は」

久住の疑問に、慎重に答える。

「二人きりの父子だからこそ、マリクは懸命に話してくれるはずです、真実を」

二人の大幹部がじっとこちらを見つめている。

「真実、そう、真実です。マリクが明日証言する内容は、生半可な覚悟では話せない真実です。だからこそ私も篠田も、マリクを信じられるのです」

ややあって、楯岡が皮肉めいた口調で言う。

「非弁護人のくせに、本物の弁護士みたいな弁論やないか」

「いいじゃないか。資格がないというだけで、彼の能力は皆が知っている」

楯岡を軽くたしなめた久住が、一転して鋭い口調で、

「その子の証言には期待している。だが、それだけでは決め手に欠けるとも言っていたね」

「はい」

「肝心の決め手はどうなっている」

「引き続き当たっています」

久住は蜂野から随時報告を受けている。また、休戦中とも言える千満組との和平を維持するために、楯岡にも情報提供を行なっているはずである。下手なごまかしが利くような局面ではない。

「もう時間はないんだよ。入手できる見込みは本当にあるのか」

二人の視線が烈しさを増す。楯岡は獰猛《どうもう》な迫力、久住は底知れぬ静謐《せいひつ》で、こちらの退路

を断っている。

そのとき、スマホに着信があった。

「失礼します」

すぐさま応答する。篠田からだった。

〈例の件はどうなっているんだ〉

いきなり難詰された。

〈手に入らなかったら俺達は負ける。分かっているのか、おい宗光〉

「分かっている。ちょうど今そのことで、久住さん達と話していたところだ」

〈つまり、まだ手に入れてないってことか〉

「まあな」

〈どうする気だ、宗光。とにかくすぐ事務所へ――〉

「後で電話する」

スマホを切り、二人に向き直る。

「篠田からでした。同じ件で急《せ》かされましたよ」

「そらそやろな。あの先生かて気が気やないはずや」

楯岡がグラスを口に運びながら頷いた。その口許から、わずかに殺気がこぼれている。

自分は今まで、美紀やマリクに覚悟を強いてきた。だが今は、自分が覚悟を決める番なのだ。

「入手の見込みについてお尋ねでしたね」

「ああ、そや」

「見込みは、ありません」

楯岡と久住の発する気配が明確な怒気へと変わる。

宗光は手にしたスマホに蜂野の番号を呼び出し、発信する。

「おい、なに勝手なことやっとんじゃ」

楯岡の威嚇《いかく》を無視し、応答を待つ。すぐに出た。

「ハチか。宗光だ。状況は」

変化なしとの返答だった。

「分かった。そのまま待て」

宗光は通話中のスマホを久住に差し出し、言った。

「久住さん、あなたから蜂野に命じて頂きたいことがあります」

「私から？」

「ええ」

「高くつきそうな話だな」

「私にとってはね。つまり支払いは私が責任を持つということです」

「いいだろう」

スマホを受け取った久住が尋ねる。

「それで、何を言えばいいのかね」

24

公判期日三日目を迎えた。

弁護側の証人として、マリクが証言台に立つ。幼く小さい体は、廷内の全視線を集めながら、しかし小揺るぎもしなかった。どこまでも興味本位でしかない世間の好奇心や、これまで被ってきた悪意のすべてに抗う如く。

被告人席のナワーブは、そんな息子の姿をまのあたりにして、胸を詰まらせているようだった。

主尋問は弁護人からである。

「マリクさん、あなたのお父さんがサンユニット・ファミリーズに関わった経緯について教えて下さい」

篠田の質問に対し、マリクはしっかりした口調で答えた。

経営難に苦しんでいた父が知人にサムットを紹介されたこと。サムットが父に金を無利子で貸し付け懐柔《かいじゅう》したこと。その見返りとして会の仕事を手伝うように要求したこと。それに対し父は互助団体の活動と信じて従ったこと。父は次第にその活動にのめり込んでいったこと。やがて家賃の支払にも困るようになり、そのことをサムットに相談すると、足立区の倉庫に移ってはどうかと提案されたこと。そこは同じように困っている外国人のシェルターであると説明されたこと。確かに数組の家族が居住しており、当初は楽しかったが、日を追うにつれ彼らが少しずつ姿を消していったこと。そこで初めてサムット及びサンユニット・ファミリーズの真の目的が、人身売買と思しき犯罪行為にあると気づいたこと。その時点で父はもう引き返せないくらいサムットの仕事に関与しており、マリクの前で涙を流して後悔していたこと。そして何より、サムットの背後ですべてを仕切っていたのは『今井』と名乗る男であったこと――

そうしたことを、自分の言葉で訥々《とつとつ》と語っていった。その間には、もちろん篠田の適切な質問が挟まっている。

裁判員のみならず、傍聴席の面々も、父の身を案じながら父の罪について証言するマリクの真摯《しんし》な態度に深く打たれているように見えた。

マリクの言葉は、それほどまでに切迫した在日外国人の日常、不安、恐怖、絶望を鮮烈に伝えるものであった。筆記に余念のない記者の中にも、決して高揚のせいだけでなく、目や鼻を赤くしている者が何人もいたほどである。

「その『今井』という人物は、会えば分かりますか」

篠田が質問の方向を変える。

「異議あり。弁護人は本題の争点に関係のないことを質問しています」

草加の申し立てを却下した裁判長は、マリクに向かって言った。

「証人は弁護人の質問に答えて下さい」

「分かります」

その返答を受け、篠田は続ける。

「写真で見ても分かりますか」

「分かります」

「写真で見たことはありますか」

「あります」

「どんな写真ですか」

「コンビニで売っている新聞とおとな向けの週刊誌です。見た途端『今井』だと分かりました」

「その写真には誰の写真と書いてありましたか」

「異議あり」

再び草加が異議を唱える。

裁判長は左右の陪席裁判官に目で意見を求めてから却下した。

「証人は質問に答えて下さい」

「蜷川です。ぼくは、本当は『今井』なのに変だなって思いました」

そこで裁判長は篠田に注意を与えた。

「この点についての質問はこれで充分だと思います。弁護人は他の質問をして下さい」

「はい、ありがとうございます」

篠田は一礼して質問を変える。

「あなたは睡眠薬入りのオレンジジュースをお父さんに飲まされたのですか」

「違います」

「では自分で薬をジュースに入れて飲んだのですか」

「違います」

「誰かに飲まされたのですか」

「はい」

草加が三度《みたび》異議を唱えようと口を開きかける。

それより早く、篠田は質問を発していた。

「では誰に飲まされたのですか」

マリクもまた早口で、そして一際大きな声で答えた。

「『今井』にです」

傍聴人達が俄然《がぜん》身を乗り出した。

「どのように飲まされたのですか」

篠田はどこまでも冷静に質問する。子供には酷な質問だが、マリクは震えながらも懸命に応じている。

「倉庫の広場で――〈広場〉というのは倉庫の一階にあるみんなの遊び場で、段ボールが敷かれた所です――そこで漫画を読んでいると、いつの間にか『今井』が側にいて、自分一人では飲みきれないから一緒に飲もうと言って、ペットボトルから紙コップに注いだんです。ぼく、喉は渇いてなかったけど、『今井』がにこにこしながらコップを差し出してくるので、飲まないとぼくが『今井』の悪事を知っていることがばれるんじゃないかと思って……」

「飲んだんですね」

「はい」

「一緒に飲もうと言われたということですが、『今井』は自分の分も同じボトルから注いだのですか」

「いいえ。ぼくが顔を上げたときには、今井のコップにはもうジュースが入っていました」

「それで、飲んだ後のことは覚えていますか」

「すぐに頭がふらふらしてきて、それからどうなったのかは分かりません。気がついたときは病院にいました」

「主尋問は以上です」

代わって草加検事が立ち上がった。

「証人は『今井』、すなわち蜷川さんがペットボトルのジュースに薬あるいはその他の異物を入れるところを見ましたか」

「いいえ」

「では、証人が眠ってしまったのはジュースを飲んだせいだと言い切れないのではありませんか」

「そんなことないです」

「どうしてそう言い切れるんですか」

「だって、飲んだときに変な味がしましたから」

「証人は普段オレンジジュースをよく飲みますか」

「はい」

「例えばどんなオレンジジュースですか」

マリクは国内大手メーカーのブランド名を挙げた。コンビニでも自販機でも頻繁《ひんぱん》に見かける商品である。

「それは本物のミカンやオレンジよりとても甘い味がするものではないですか」

「はい、甘いです」

子供だけにマリクは素直に答えてしまった。

「被告人の自殺未遂現場から発見された睡眠導入剤入りのペットボトルは、原産国ブラジルの一〇〇パーセント果汁でした。甘味料不使用のため、子供の口には違和感が生じた可能性があるとは言えませんか」

篠田がすかさず立ち上がる。

「異議あり。不当に意見を求める質問です」

「質問を撤回します」

草加は即座に撤回した。最初から異議が申し立てられることを計算に入れている。裁判員に証言への疑念を抱かせることが彼女の狙いであったのだ。

「証人は眠ってしまう前に何か飲んだり食べたりしませんでしたか」

「お昼にお父さんが買ってきてくれたコンビニのお弁当を食べました」

「睡眠薬が入っていたのはそちらであった可能性も考えられるのではありませんか」

「異議あり。証人に不当に憶測を答えさせる質問です」

裁判長は草加に「質問の仕方には気をつけて下さい」と注意してから、証人に返答を促した。

「お弁当はいつもと同じ味でした」

マリクは俯いたままそう答えるにとどまった。

その賢明さに宗光は改めて感嘆する。

ここで「父さんがそんなことするはずない」などとむきになって言おうものなら、裁判員に子供らしく感情的になっているという印象を与えるだけである。篠田の指導もあるのだろうが、これほどの自制心を発揮できたのは、年齢を考えると大したものだ。

「以上で反対尋問を終わります」

草加はおそらく本人が思っている以上にトーンの高い快活さで尋問を終えた。

退廷していくマリクは、足を止め、父親の方を振り返った。

いかにもすまなそうなその顔は、己の無力をなじっているかのようだった。

ナワーブは黙って首を振る。こちらは全力を尽くしてくれた息子への愛と感謝にあふれるものだった。

そこで裁判長が休廷を告げ、午前の部は終わった。

「いよいよだな」

久住が呟く。

「はい」

宗光はただ頷いた。

逆襲はいよいよこれからなのだ——


昼食を兼ねた休憩ののち、午後の部が始まった。

弁護側二人目の証人は、阿波座祐子《あわざゆうこ》という女性である。公判前整理手続最後の期日直前になって、宗光が捜し当てたのが他ならぬ彼女であった。

傍聴席の記者達は、検察官の苦い表情から、彼女の証言がなんらかの波乱を呼びそうなことを予見したようだった。

証人台に立った祐子は、記者達から注がれる視線を感じて少したじろいだ様子を見せた。

「あなたと被告人との関係を教えて下さい」

それでなくても怯えている証人の動揺を最小限に抑えようと、篠田がすかさず質問を発する。

「ナワーブさんとは、三月十一日に初めてお会いしました。お目にかかったのは、そのときだけです。どういう人かも知りませんでした。外国の方だな、というのは分かりましたけど」

「それまで面識はなかったわけですね」

「はい」

「三月十一日というのは間違いありませんね」

「間違いありません。娘の誕生日の翌日でしたから」

「お会いになったときの経緯について教えて下さい」

「うちのすぐ近くにある足立区立さえずり公園で娘と遊んでいたときです。娘は幼稚園の年長組で、そこへはよく外遊びに連れて行ってました」

さえずり公園は、マリク父子が保護された倉庫のすぐ近くにある、管理の行き届いた明るい公園だ。

「マリク君……ナワーブさんの息子さんのマリク君も、ときどきその公園に来ていて、前から見かけたりしていました。そのうちマリク君は娘と遊んでくれるようになったのです。遊ぶといっても、マリク君の方がだいぶお兄さんですから、娘の相手をしてくれてるといった方が近いでしょうか」

「知り合われたのは、マリク君の方が先ということですね」

「はい」

「ありがとうございます。続けて下さい」

「あの日、娘とマリク君は一緒にジャングルジムで遊んでいました。そこへたまたま来られたのがナワーブさんでした。マリク君のお父さんということで、ご挨拶しました。ナワーブさんは一緒に遊ぶ娘とマリク君を見て、目を細めておられました」

「目を細めておられた。つまり嬉しそうにしておられたということでしょうか」

「そうです」

「それを見てあなたはどうお感じになりましたか」

「息子さんはもちろんとして、子供好きなんだなと感じました」

大して重要とも思えないことを篠田がわざわざ確認したのは、もちろんナワーブの人柄を裁判員に印象づけるためである。

祐子が続ける。

「そのうち、娘が足を滑らせたのです。私が『あっ』と思ったときにはもう遅く……でも、ナワーブさんが咄嗟に受け止めて下さったのです。私はもうほっとして、何度もお礼を言いました。そのとき、ナワーブさんの指から血が出ていることに気づいたのです。娘はその日、幼稚園で作った工作のバッヂを付けていました。そのピンが外れていて、ナワーブさんの指を切ってしまったのです。ナワーブさんは『大したことありませんから』とおっしゃってましたけど、私は慌ててバンドエイドを取り出し、ティッシュで血を拭《ふ》いてからナワーブさんの指に巻きました。いつも持ち歩いている子供用の赤いバンドエイドですので、大変申しわけなかったのですが、仕方ありませんでした」

「傷の状態を詳しくお願いします。どの指にどういう傷が付いていたとか」

「右手の人差し指です。指先から根元まで、縦に細長く切れていて……なのでバンドエイドを三枚使いました」

篠田はそこで裁判長に向かい、宣言した。

「証人に甲第6号証の録画映像第1番の映像を確認してもらいます」

異議は出ない。

モニターに公判二日目に映されたのと同じ、マンション防犯カメラの録画映像が映し出される。

ナワーブがマンションに入ってくるところで、篠田は映像を一時停止にし、ある部分を拡大した。

「ここをよくご覧になって下さい」

拡大されたのは、ナワーブの右人差し指だ。

「あなたが赤いバンドエイドを巻いたのは、この映像に映っている男性の右手人差し指に赤い物が巻かれている部分ですか」

マンションに入るナワーブは、確かに指に赤いものを巻いている。

「はい、そうです」

再生を再開した篠田は、次にナワーブがマンションを出ていく場面で停止、拡大した。

「このときもやはり赤いものを巻いています。あなたが三月十一日に巻いたのと同じ箇所ですか」

篠田は「あなたの巻いた物ですか」とも「バンドエイドですか」とも言っていない。あくまで「十一日にバンドエイドを巻いてあげた部分」と言っているだけだ。

異議を申し立てることができず、検察官は二人ともいまいましげに篠田を睨みつけている。

「はい、同じ箇所です」

「弁第3号証の写真撮影報告書にあります写真番号2番を証人に確認してもらいます」

これもまた同意済みであるから異議は出ない。

「これは被告人の指の写真と、傷の形状や寸法を計測したものです。この右人差し指には何がありますか」

篠田の質問に、祐子が答える。

「細長い傷跡があります」

「三月十一日にさえずり公園でできた傷と同じ部分ですか」

「はい、まったく同じ部分です」

「そのときにできた傷の跡だと思いますか」

草加が異議を唱えかけたようだったが、重松に無言で制止される。

「はい、そのときにできた傷だと思います」

「なぜそう言えるのですか」

「だって、そうでなければ、傷跡が二つなければおかしいということになってしまいますから」

篠田が一気に攻勢に出る。

「次に甲第5号証の写真番号5番の写真を示します」

凶器の柳刃包丁に付着していた指紋の拡大写真である。二台のモニターにも同じ拡大写真が表示される。

「これが被告人の指紋であることはすでに証明されています。よくご覧になって下さい。この拡大写真に、傷跡はありますか」

祐子の返答を待つまでもない。モニターの拡大写真はきれいなものだった。

「ありません」

犯行日は十二日。ナワーブはその前日に指に怪我を負い、バンドエイドを巻いていた。すなわち――凶器に付着していた指紋は犯行以前のものであることが証明されたのだ。

廷内に興奮の熱気が渦巻いた。

楯岡が宗光の方を向いてにやりと笑う。

「以上で証人尋問を終わります」

着席した篠田に代わり、草加が反対尋問に立つ。

「証人にお尋ねします。公園で被告人が負った傷は、例えば病院で縫合する等の処置が必要なほど酷いものでしたか」

「それは……」

祐子が言い淀《よど》んだ。

「原因となったのは娘さんですから、言いにくいのは分かります。しかし、事実を明らかにするため客観的にお答え下さい」

「はい、ピンで引っかいた傷ですから、血は出ていましたが、病院に行くほど酷いというか、深い傷ではありませんでした。なので私も、バンドエイドの手当だけで……」

「出血はどの程度でしたか」

「人差し指の裏面全体が赤くなって、血が滴《したた》り落ちている感じです」

「出血はすぐに止まりましたか。それともずっと止まらずに流れ続けていましたか」

「水飲み場の水道で洗って、ティッシュで拭き取ったら、じんわりとまだ滲んでくるくらいでした。でも大体は収まった感じ……でしょうか」

「それでバンドエイドの処置で済ませたということですね」

「はい」

「では、被告人が公園で怪我をした翌日、すなわち犯行同日に、何かを強く握りしめた際、はっきりと跡が残るほどのものであったとは言えませんね」

「そんなことは……ないと思います」

祐子は否定したが、自ら考え込みながら発しているらしいその声は、聞くからに弱々しいものだった。それだけで裁判員の心理として証人の信用性に対する疑念が発生する。

「あのおばはん、なに言うとんねん。今のナワーブの指紋にちゃんと傷痕《きずあと》があるやないか」

楯岡が憤然と、しかし宗光以外には聞き取れぬ小声で言う。

篠田が異議を唱えなかったのは、現にナワーブの人差し指に傷痕が残っている以上、検察の思惑を後で否定することはたやすいと考えたからだろう。裁判長も様子見といったところに違いない。

「人を刃物で刺殺するには、どの程度の力で刃物を握ることが必要かと思われますか」

「異議あり」

篠田の申し立ては即座に認められた。

「検察官は質問を変えて下さい」

「質問を変えます」

裁判長の指示に対し、草加は素直に応じてみせる。そして祐子に向かい、

「刃物で人を刺すなんて経験、私達にはありませんものね。ちょっと失礼な質問でした。ごめんなさいね」

草加がそれまでの態度とは一変した女性らしい笑顔を見せる。

心なしか、祐子も少しリラックスしたようだった。

「いいえ、構いません」

「でも私だったら、人を刺すときは、こう、強く握り締めるでしょうね」

その隙を衝いて、草加は持っていたペンを握りしめるようなジェスチャーをしてみせた。

「こうして強く握りしめた場合、ごく細い傷跡が残らない可能性は充分にあり得ます」

宗光があっと思ったときはもう遅かった。

このときのために仏頂面をキープしてやがったのか——

怒りも露わに篠田が抗議しようとする寸前、偽りの笑顔を消した草加が質問を繰り出した。

「次に子供用バンドエイドは、一度剝がしてから、もう一度貼ることは可能でしょうか」

裁判長も注意するタイミングを逸し、証人の返答を聞くしかない。

「剝がれやすくはなりますけど、可能かどうかと訊かれると、可能だと思います」

「犯行当日、ニューハイム足立三〇三号室に入った被告人が、犯行の邪魔になると感じたバンドエイドを剝がし、現場から逃亡する直前、玄関部に防犯カメラが設置されていたことを思い出し、一度剝がしたバンドエイドを再び同じ部位に貼ったとも考えられますね」

「えっ？」

「異議ありっ」

だが草加は駄目押しのように一際強い口調で繰り返す。

「考えられますね？」

相手の気迫に呑まれたのか、祐子は反射的に「はい」と言ってしまった。

「反対尋問は以上です」

素っ気なく告げて草加は逃げるように着席した。

汚い手だった。裁判員へのアピールさえできればそれでいいと割り切っているのだ。

このような局面においては、質問者が「以上」としているので裁判長もまず受け流してしまう。

「弁護人、再主尋問はありますか」

「ございません」

裁判長の確認に対し、篠田が形式的に応じる。

陪席裁判官と裁判員にも同じことを確認した後、裁判長は次回公判を週明けの月曜十時として閉廷を宣言した。

裁判員裁判は原則として連日行なわれるが、土日は休廷となる。その日は金曜日であった。

退廷していく篠田が足を止めて宗光を見た。

早くなんとかしろ、これ以上は限界だ――篠田の目は、明らかにそう告げていた。任せておけ――

宗光は空疎な自信を乗せた視線を返す。

鼻で笑った篠田が背を向ける。こちらの虚勢など、もとより篠田に通じるものではなかった。

裁判所を出た宗光の前に、蜂野が姿を現わした。

「お待たせしました」

蜂野は宗光を車まで案内する。

心からの安堵を覚えつつ宗光は後部に乗り込む。しかし、隣に座った蜂野の表情は険しいものだった。

「アポが取れました。今夜八時です」

運転手が車を出すと同時に蜂野が報告する。

「先方も驚いてましたよ」

「驚いてただけじゃないだろう」

蜂野は俯くように頷いて、

「ええ。さすがに勘のいい人です。こちらを疑っているようでした」

「疑われても仕方がない状況だ」

「本当にいいんですか。なりゆきによっては安全は保証できません」

「保証どころか、おまえが俺を始末することになるんじゃないのか」

蜂野は否定しなかった。

久住を通したこちらの依頼により、彼は全力を尽くしているだけなのだ。その結果何をされようと、文句を言える筋合いではない。

「そこまでご承知なら、私からは何も言うことはありません」

「感謝する」

「篠田先生にはご連絡しなくていいんですか」

「いい。篠田はあくまで表にいて、裏とは絶対に関わらない。それが奴との取り決めだ」

「分かりました」

「ただし、俺が生きて帰れなくなった場合、結果だけを伝えてくれ。それと、負ける裁判を押しつけて悪かったと俺が詫《わ》びていたとな」

「そうならないことを祈っています」

ヤクザらしからぬ面持ちで蜂野が応じた。

都内のホテルで休憩した後、同じ車で赤坂に向かった。その間、篠田からひっきりなしに着信があったが、すべて無視した。今回ばかりは〈事後報告〉にさせてもらう。

赤坂『金鈴飯店』の特別室で待っていたのは、禿頭の太った華僑——フレドリック・ヨーだった。

「こんなに早く再会が叶《かな》うとは思ってもいませんでしたよ、宗光さん」

表面上はあくまでにこやかにヨーが言う。

「まあ、どうぞお掛け下さい」

相手の対面に腰を下ろす。蜂野は壁際に下がって控えた。

「以前のお約束では、確かあなたは私のことを忘れるはずでしたね。なのにどうして覚えておられたのですか」

「あのとき私はこうも言ったはずです。機会とか運命とかを信じる質ではないが、そう思っていると意外とやってくるものじゃないかと。それが予想外に早かったということです」

「つまり、私達は運命で結ばれていると。結構結構」

機嫌よさそうに言ってから、ヨーは自ら宗光の盃に老酒を注いだ。

「まずはご用件を伺いましょう。何か緊急且つ私でないと難しい案件がおありになるとか」

宗光は腹を据えてすべて話した。

聞き終えたヨーは、しばらく黙っていたが、やがてこちらの目を覗き込むようにして言った。

「なるほど、確かにそれは私でないと難しいでしょう。蜂野さんも、だいぶ苦労なさったんじゃないですか」

大きな顔を上げたヨーの視線に、壁際の蜂野が恐縮したように一礼する。

「万策尽きた、というところですね。しかし、そこでよく私を思い出してくれました。さすがは宗光先生だ。悪には悪を、裏には裏をというわけですか」

「私自身がすでに裏です。もっと早く決断すべきでした」

「躊躇なされたのも当然でしょう。見返りを考えるとね」

フレドリック・ヨーの全身から異様な波動が発せられるのを感じる。巣穴に自ら飛び込んできた獲物を前に舌舐めずりする猛虎の歓喜だ。

「私を納得させられるだけの条件をご用意なさっておられることと思います。さあ、伺いましょう、果たして私を満足させられるか否か」

「将来において、あなたが日本で逮捕されるような事態になった場合、私が必ずお助けします。最低でも保釈までは約束します。ただし、一度限り。いかがでしょう」

「それが果たされなかったときは」

「命を以て償います。あらかじめ誰かに命じておかれても構いません。ある日私が東京湾に浮かんでいても、気にする者などいないでしょう」

フレドリック・ヨーはじっと考え込んでいる。喰うべきか喰わざるべきか。この一見愚かな獲物の体内に毒がないかどうか、吟味《ぎんみ》でもしているかのように。

「いいでしょう」

ヨーが承諾の意を示す。

「こちらのメリットとしてはいささか不足の感は否めません。それどころか、あなたには他にもメリットがある」

「他のメリットとは」

「この案件を通して、私どものビジネスの実態に触れる。その絶好の機会ということです」

こちらの出方を窺うような華僑の目。隙は微塵《みじん》もないということか。

「先日も申しましたが、やはりあなたは私を買い被っておられるようですね」

「そういうことにしておきましょう。いずれにせよ、あなたに貸しを作っておくのも悪くない」

鷹揚《おうよう》に言い、ヨーは老酒の盃を手に取った。

「いいですね、宗光さん。これはあなたに対する投資です」

「保険と言い換えて下さっても結構です」

「また大きく出ましたね」

「ハッタリは弁護士の必須技能です。もっとも、私は弁護士ですらありませんが」

今度こそヨーは心底おかしそうに呵々大笑《かかたいしょう》した。

話は決まった。宗光はその場から篠田に電話した。

「篠田か。俺だ。今からそっちへ行く」

25

翌土曜日の深夜、新聞、週刊誌、テレビ、ラジオをはじめとする日本の主要報道機関宛てに一通のメールが届いた。ネット上のメディアに対しても同様である。

差出人はシンガポールのＮＰＯ『ワールドオーブ』。

文面はすべて同じで、英語で記されていた。

概要は以下の通りである。

［昨今、貴国を騒がしている通称『蜷川さん事件』において、当会があたかも国際犯罪に関与しているかの如くに報道されているのは、長年人道支援に携《たずさ》わってきた当会としては到底看過できない事態である。世界の人権活動が正しく認知されるためにも、誤った報道が速やかに訂正され、正しい報道が為されるよう希望するものである。　ワールドオ

ーブ代表　ジョージ・タン」

この声明に対する最初の報道はネットでなされた。媒体の持つ即時性のゆえである。報道各社に同じメールが届いているから、無視はできない。

新聞各紙は日曜の朝刊でワールドオーブの声明について取り上げた。

そもそも同団体名は、足立区の倉庫から押収された証拠書類の中に頻出するものであり、殺害されたサムットの身辺調査からも同団体と接点のあることが確認されていた。そのためマスコミはワールドオーブを「サムットさんの取引相手と思われる海外組織」という、断定を避けた表現を用いつつ報道してきた事実がある。

人身売買というサムットの犯罪については、警察が依然捜査中という建て前にはなっている。しかしそれはあくまで形式上のことであり、捜査員を現地に派遣すらしていない。舞台が海外であるため立証はほぼ不可能に近いからだ。

話題の本命はあくまで蜷川である。彼が関与したとされる事件があまりに多いことから、マスコミは今日までそれらを一つ一つ掘り下げるのに手一杯だった。また今回の裁判はサムットの犯罪とは関係ないということもあって、マスコミにとってワールドオーブはノーマークに近い存在だった。

その団体から、突如として声明文が送りつけられたのである。各社は慌てて裏取りにかかった。

朝刊の締め切りまでごく限られた時間しかなかったにもかかわらず、各社はシンガポール駐在員やその伝手《つて》によって、ワールドオーブがＮＰＯとして正式な事務所を構えていること、代表者が在シンガポール華僑のジョージ・タンで間違いないことなどの情報を得た。

この報道は、木曜の公判で俄然盛り上がった「蜷川さん冤罪説」を皮肉にも後押しする恰好となった。サムットの犯罪疑惑が冤罪であれば、自動的に蜷川に対する疑惑も消滅する。もちろんそれはサムット事件に関してのみだが、大衆の世論は一事が万事という大雑把《おおざっぱ》な感覚に流されやすい。

そして月曜の払暁《ふつぎょう》前、宗光は久住らとともに都心のホテルで秘密裏に持ち込まれた新聞の早版に目を通した。

前日の内容に加え、ジョージ・タン氏の経歴や同団体の活動実績には曖昧な点が多いことなどの情報が掲載されていた。取材日が日曜であったことを考えると、各社の駐在員はよくやったと言える。

「これが君の打った手か」

「ええ。まだまだこれからですがね」

紙面から顔を上げず、久住の質問に応じる。

「警察も昨日からインターポールを介して問い合わせているところでしょうが、これ以上の情報はつかめないはずです」

宗光は早版を折り畳んで鞄にしまい、立ち上がった。

「篠田と打ち合わせがありますので、ここで失礼します」

「寝ないで傍聴するつもりか。開廷までここで休んでいっても構わんのだぞ」

「そんな暇はありません」

宗光はすでにドアノブに手を掛けている。

「詰めを読み誤った方が負ける。それが裁判という戦いです」


その日の公判は検察官による論告、求刑から始まることになっていた。

午前十時、裁判長が開廷を宣言する。

次の瞬間、篠田が挙手しながら立ち上がった。

「裁判長、本件に関する重大な証人が見つかりましたので、刑事訴訟法316条の32に基づき、新たに証人を請求します」

廷内がこれまでで最大と言っていいほど騒然となった。

裁判員裁判においては、証人の請求はすべて公判前整理手続において済ませておかねばならない。それが大原則なのだ。

「証人の氏名、立証趣旨、尋問事項等につきましては、ここに提出を致します証人取調請求書記載の通りです」

「そんなもの、認められると思うのかっ」

重松が吠《ほ》えた。検察官としては当然のリアクションである。

篠田は書記官に必要部数をコピーした証人取調請求書を手渡してから、

「第316条の項目32には『やむを得ない事由によって公判前整理手続又は期日間整理手続において請求することができなかったものを除き』という記述があります。弁護人の請求はこの条文に該当するものであります。詳しくは今お配りしております証人取調請求書に記載致しました」

堂々と主張を展開した。涼しげな顔をしているが、細身のスーツの下ではさぞ大汗をかいていることだろう。

「弁護人はその『やむを得ない事由』を分かりやすく口頭で説明して下さい」

裁判長が険しい面持ちで尋ねる。

「はい。皆さんも日曜の報道でご存じの通り、NPOワールドオーブの代表ジョージ・タン氏が声明を出されました。私もその報道に接して驚いておりましたところ、当のジョージ・タン氏から連絡があり、『真実を明らかにするためにも、来日して法廷で証言したい』との申し出を受けました。昨日電話で同氏と話しましたが、その証言内容は蜷川証人の証言の信用性を大きく左右するものであり、また、サムットさんの殺害は被告人以外の者による疑いが濃厚であることを明らかにするものであるとの確信を抱くに至ったことから、異例ながら急遽証人申請を行なう次第です」

裁判長は左右の陪席裁判官を見ることなく、苦い顔で告げた。

「一時休廷とします。弁護人と検察官は別室へ」

残された傍聴人席の面々は、一様に興奮の面持ちで声高に話し合っている。

宗光の裏工作を知る楯岡でさえ例外ではなかった。

「いくら条文にあるゆうたかて、こんなん、認められるもんかいな」

「もちろん検察は全力で阻止しようとするでしょうし、裁判官も認めたがらないでしょう。ジョージ・タンはお世辞にも素性が確かな人物とは言えませんからね。しかし篠田の説明を聞けば、裁判員は必ず興味を惹かれるはずです。日曜の報道を受けて世間の関心が高まっているところへ持ってきて、裁判員が証人を呼ぶよう求めたのにそれを無視すれば、地裁がマスコミに叩かれます。そうなると高裁や最高裁で自分達のやり方を否定するような判断が下されるかもしれないという懸念を抱く。裁判官も公務員であり、人間ですので」

楯岡はなおも半信半疑である。

「素性が確かな人物どころか、タンは実際に人身売買やっとんねやろ？　そんなん証人に呼んでええんかい」

「そこですよ」

宗光は自信ありげに言う。本当は篠田以上に冷や汗をかいてるのだが。

「検察も驚いていることでしょう。犯罪者が自分から来日して、しかも法廷で証言するというんですから。考えられますか」

「まあ、わしやったら絶対行かへんな。現にウチの執行部でもアメリカで逮捕状《フダ》出されとる奴は絶対に海外旅行はせん言うとったわ。アメリカやないから大丈夫や思とっても、飛行機がアメリカ領の上空を通った瞬間にパクられるて」

「そうでしょうね。検察もどう対処していいか、困っているというのが正直なところじゃないでしょうか」

「そらそやろな。けど、そんな奴呼んでも、こっちの不利になるだけちゃうんか」

「そう考えて、検察も最終的に同意すると踏んでるんですがね」

楯岡は今度は右隣の久住に向かい、

「久住はんはもうちょっと詳しい話、聞いとられるんとちゃいますか」

「いや、今の話程度だよ」

「ほんまでっか。そのわりにはえらい落ち着いたはりますな」

「まあね。宗光さんがここまで言ってるんだ。少しは信用してやろうじゃないか。私が受けている報告では、彼はこの件でまたもえらい借りを作ったそうだ。それだけに我々よりもずっと必死なのは間違いない」

「へええ……」

面白そうに、且つ酷薄そうに楯岡はこちらを見る。

楯岡と久住。風貌《ふうぼう》や立ち振る舞いは正反対の二人だが、どちらも闇の世界の住人である点だけは共通しているということだ。

やがて裁判長を先頭に篠田達が戻ってきた。結論が出たのだ。

「弁護人の証人請求を認めます。そのため、本日はこれにて閉廷とします。次回の公判は水曜日午前十時です」

新証人が認められた。

廷内にいる者が一斉に歓声ともため息ともつかぬ声を漏らす。

じっと俯いたままでいるナワーブの表情は読み取れなかった。彼のフォローは篠田に任せるしかない。

宗光は楯岡らとともに立ち上がり、法廷を後にした。


午後九時ちょうどに青山のレストラン『マレーナ』の個室に入る。篠田は先に来て待っていた。

「いい店を使ってるな。さすがは一流の弁護士先生だ」

「面白くもない皮肉はやめてくれ。腹が減っているので注文は適当にコースを頼んだ。それでいいな?」

「ああ、結構だ」

　ワインを運んできたウエイターが去るのを待って、篠田が切り出す。乾杯をするような気分でも状況でもない。

「証人が来日して証言できる最短の日程を訊かれたので水曜と答えた」

「分かってる。下手に引き伸ばそうとしたら却下されるおそれもあったからな。よくやってくれた」

「簡単に言ってくれるよな。検察や裁判官を説得するのがどんなに大変だったか」

「おまえならやれると思ったから頼んだんだ」

「俺のところに別の筋から情報が入ってきた」

　篠田がいきなり話題を変えた。その情報が好ましいものである予感は微塵もしない。

「柳井さんや奥崎さんをはじめとする秦人脈が、あらゆるパイプを使って警察に圧力をかけてるそうだ。ジョージ・タンの身辺を徹底的に洗えとな」

「連中も焦ってるんだろう。目に浮かぶようだな。それでこっちの包囲網を狭めたつもりか」

　わざと他人事のように言い、宗光はグラスを傾ける。

「本当に大丈夫なのか、宗光」

「何が？　懸案事項がありすぎて、どれのことか分からない」

「強いて言えば全部だが、まずジョージ・タンの身辺だ」

「なにしろ拠点はシンガポールだ。日本の警察に調べられるもんじゃない。今さら洗った程度で足が付くくらいなら、シンガポール警察がとっくに逮捕してる。タンはれっきとした実業家だ。少なくとも表向きはな」

「俺が訊きたいのはタンが本当にカタギかどうかだ」

「それが公判になんの関係があるというんだ。犯罪歴のない男が自分から日本に来て証言する。その男が悪人かどうかは問題じゃない。重要なのは裁判員と裁判官がどう判断するかだ」

篠田は怒気を含んだため息をつき、

「本当に水曜に出廷するんだろうな」

「ああ。明日の朝チャンギ空港発の便に乗る。シンガポールから成田までは七時間と少しだ。到着予定時刻には成田まで迎えに行ってくれ。弁護士が付いていれば警察も妙な真似はできないだろう。一晩あれば打ち合わせも充分にできる」

「そんな男がどうして日本まで来る気になったんだ」

「報道されている通りだ」

「宗光！」

掌でテーブルを叩いた篠田が、まっすぐにこちらの目を覗き込んでくる。

「俺はいい。俺は何も知らないからな。だがおまえは平気でいられるのか。楯岡のことだってそうだ。仮に犯罪者を利用して裁判に勝ったとしても、それで正義をなしたと言えるのか」

「仮に、じゃない。必ず、だ。俺達は勝つ。この裁判に」

「答えになってない。ごまかすな。おまえの言っていることは矛盾であり、欺瞞だ」

「そうかもしれない。しかし犯罪に対して法が適用されないなら、それは法の不備であるだけだ。俺達はそれを受け入れるしかない。俺達の仕事は法を作ることじゃない。法を使いこなすことなんだ」

自分のグラスに手を伸ばし、ゆっくりとワインを干す。味はしない。おそらく酔いもしないだろう。

グラスを置いて篠田を見つめ、静かに告げる。

「勘違いするな。これはナワーブの裁判だ。俺達はナワーブの無実を信じているからこそ戦っている。それに勝つことが俺達の正義だ」

そこへウエイターがオードブルを運んできた。

篠田はもう何も言わなかった。

26

［新証人、シンガポールより来日］

火曜日はそんな見出しが新聞の紙面で躍っていた。

事務所の職員を総動員した篠田は、予定通り到着ゲートを出たタンをすぐに保護した。空港警備員の協力を仰いだとは言え、群がるマスコミを押しのけてハイヤーに乗せるのはさぞかし苦労したことだろう。

そして水曜日、午前十時。

開廷してすぐに、ジョージ・タンが出廷した。傍聴席の記者達が固唾《かたず》を呑んで見守っている。検察官席の重松達も同様である。

証言台に立ったタンは、どこにでもいるような五十男だった。クリーニングされてはいるが形の崩れた流行遅れのスーツ。安そうでも高そうでもない革靴。薄くなった頭髪。日本語は話せないということだが、新宿や池袋あたりを歩いていたら保護色さながら人混みに紛れて見つけ出すのは困難だろう。

とても犯罪組織のメンバーには見えないため、「わざとあんな恰好してきたんじゃないの」と囁き合う記者達の声が宗光の席まで聞こえてきた。

篠田が日本語で主尋問を開始する。

「タンさん、あなたが代表を務めるワールドオーブの活動について教えて下さい」

通訳人席に座ってメモを取りながら聞いていた通訳が、篠田の質問を英語で証人に伝える。篠田も英語は得意だが、裁判員にはっきりと理解してもらわなければ意味はない。

それに対する返答を、通訳が日本語に訳して答える。

「当会は、社会福祉の目的で設立されました。営利団体ではないので宣伝等を行なっていないためシンガポールでもあまり知られていませんが、マイノリティを対象に介護、ホームヘルパー、清掃、販売業、建設作業といった仕事を提供しています」

「サムットさんとはどういう経緯で知り合われたのですか」

通訳の英語を聞いたタンは、あくまで淡々と、しかしどこか義憤といったものが感じられる表情で応じた。

通訳がすぐさま答える。

「現実には善意だけでＮＰＯを維持できるものではありません。そこで私達は、広く世界の人材を紹介してくれる人に協賛会員になってもらうことにしたのです。その会費でなんとか運営しています。日本から参加してくれたのが、アジアンカーム・ファイナンスのイマイさんでした」

ペンを走らせていた記者達が、一斉に耳を疑うような表情で顔を上げる。

イマイ——サムットではなく『今井』、すなわち蜷川なのかと。

その空気に驚いたのか、通訳者は当惑したように続けた。

「フィリピンの友人を通して紹介されました。最初はイマイさんと電話で話していました。当会とアジアンカーム・ファイナンスとの間のシステム構築についてです。それが一段落した頃、イマイさんから以後はサムットさんとやり取りしてほしいと言われました。ですからサムットさんとは直接の面識はありません。イマイさんともです」

「イマイさんを紹介されたとき、どう思われましたか」

通訳が聞き取り、答える。

「アジア、ことに日本においては、多様性が受け入れられることはまれで、外国人は理不尽な差別に苦しんでいると聞いていました。ですので、日本からの参加は当会の趣旨に沿うものであり、大変喜ばしいことだと思いました」

この質問は、裁判員にジョージ・タンとワールドオーブが善意の第三者であることを印象づけるためのものだ。

「整理させて下さい。サムットさんは日本で困っている外国人をワールドオーブに紹介し、シンガポールへ送り届ける。あなたはやってきた人達を空港で出迎え、各種の仕事を紹介し、派遣した、という理解でよろしいでしょうか」

タンは「イエス」、通訳は「はい」と答えた。

「ナワーブという人を知っていますか」

タンは即答した――「ノー」。

「重要なことなのでもう一度お尋ねします。どうして知らないと言い切れるのでしょうか」

通訳を通したタンの回答。

「国際的な犯罪が増加している折でもあり、紹介者のない人からの連絡は一切受け付けないようにしています。当会の規約です。悲しいことに現代では、社会活動を行なうにも犯罪に巻き込まれないためにできる限りの用心をする必要があるのです」

「では、ナワーブという名前を聞いたこともないとおっしゃるのですね？」

タンが強い口調で答えた。それにつられたのか、通訳も早口になる。

「そんな名前は聞いたこともないし、サムットさんの後任がいるという話もまったく聞いていない。にもかかわらず、当会がナワーブ氏と取引、それも到底看過できない重大犯罪に関する取引を行なっていたと日本で報道されていることは大変に遺憾であるばかりか、人道的支援活動を行なっているすべての団体の活動に支障をきたしかねないものである。そのことを公の場で強く訴えるため、来日して証言することを決意した次第です」

「以上で弁護人の質問を終わります」

タンの主張は筋が通っていた。シンガポールにおける彼の活動歴がまったくの虚偽である等の証明がこの場でなされない限り、彼の証言が覆されることはないだろう。そして宗光は、実際にタンがワールドオーブを通じてシンガポールで社会活動を行なっていることを知っている。

だがそれは、あくまでも非常の際――タン自身の言葉を借りれば「用心」のため、表面的に最低限行なってきた〈アリバイ〉にすぎない。

ジョージ・タンがアジアンカーム・ファイナンスのシンガポール側窓口となっていたのは事実である。同時に、彼はあくまでも〈窓口〉でしかなく、彼の背後には無数の業者やブローカーが存在している。国際犯罪とは、そうした団体や企業の口座を複雑に介在させることによって、あまねく世界中に深い根を広げているものなのだ。

多くの人は、自分の家をきれいに見せかけようとする。だから〈窓口〉は特にきれいにする。ワールドオーブがまさにそれだ。実際にシンガポール警察は彼を逮捕するどころか、存在すらも把握していなかった。ましてや日本の検察が、一日やそこらで彼の正体を立証できるはずがない。

重松検察官による反対尋問が始まった。

まずはタンの経歴、そしてワールドオーブの活動内容に関する質問だ。それらに対し、タンは淀みなく答えている。この日のために用意したものであるから、本人が現実の記憶と思い込んでいても不思議ではないくらい、頭に叩き込んでいるのだろう。ここで破綻《はたん》を見せるようなら最初から〈アリバイ〉の用をなさない。

　重松はあきらめて次の質問に移った。

「ワールドオーブはＮＰＯでありながら、日本からの人材を受け入れるたび、サムットさんの口座に少なくない手数料を振り込んでいます。これは貴会の趣旨に反するのではありませんか」

　人身売買ビジネスの存在を臭わせようというのが重松の狙いである。

　それに対する回答は、昨夜篠田を含めて練り上げたものだ。

「失礼ですが、あなたは人道支援活動の実態についてご存じない。最初に申し上げた通り、善意だけで運営できるのなら苦労はありません。サムットさんも、日本での活動に苦労しておられたことと思います。私どもにとって、彼は日本における唯一の善意の窓口です。その窓口はどうしても維持する必要がある。サムットさんは日本で困っている人達のため絶えず社会に目を配り、生活の場を造り、人権意識向上のための活動を行なっていました。それには多大な経費が必要となるはずです。サムットさんのそうした活動全般に対する報酬が多いか少ないか、それは見解の分かれるところであろうと思います」

　完璧な証言だった。

　急遽申請が認められた証人である点もこちらに有利に働いた。検察が会計士をかき集めて報酬と経費を突き合わせてみれば、「見解の分かれるところ」などではないことが証明できただろうが、到底そんな時間はなかった。結審してから証明できても意味はない。少なくとも、ジョージ・タンが日本の土を踏むことは二度とないのだ。

「これで反対尋問を終わります」

重松が力なく着席する。

タンの証言に矛盾や破綻を見出す可能性に懸けたのだろうが、その試みは徒労に終わったとしか言いようはない。

午前の部は終わった。裁判長が休廷を告げる。

「結局どないやってん、タンの証言は」

楯岡の質問に対し、宗光は自信を持って答えた。

「大成功です」

証人尋問はすべて終了した。午後の部は被告人質問である。それはもっぱら冒頭陳述の蒸し返しに終始した。

検察側の質問に対しナワーブは、「殺人はやっていないが犯罪に加担してしまったのは事実であったため、罪の意識があまりに大きく、捜査段階で警察官に説得されるまま全部自分がやったことにしてしまった。裁判を通し、それが大きな間違いであったと痛感している」という意味のことを、言葉少なに訥々と語った。

また犯行当日に付けていたバンドエイドや凶器となった柳刃包丁などについて、検察、弁護側双方のみならず、裁判官や裁判員からも質問があったが、特に新たな発見もなく終わった。

通常の手順として、裁判長が検察側に質す。

「被告人の捜査段階における供述調書の証拠請求を維持しますか。それとも撤回しますか」

「維持します」

重松の返答を受け、裁判長は弁護人に意見を求める。

「取調べに同意します。ただし供述調書の内容の信用性については争います」

裁判長は供述調書の証拠採用を決定し、草加がそれを朗読する。

すべては神聖にしてつつがなく遂行されるべき儀式である。法曹界に居場所を持たぬ宗光も、その儀式を嗤いはしない。

残り時間は少ないが、裁判長の判断により検察官の論告が始まった。裁判員に論告の内容をまとめた資料が配られる。

重松が立ち上がり、『論告要旨』を読み上げる。通常は数枚程度だが、否認事件であるので軽く三十枚は越えている。

重松も必死だ。秦人脈が睨みを利かせるこの裁判での敗北は、検察内部における彼の将来を左右しかねないのだから。単なる棒読みではなく、時折裁判員に向かい最大限の熱量を込めた弁舌を披露する。ことに、弁護側の用意した証拠に対する反論には一際注力しているのがよく分かった。

「……裁判員の皆様に特にご留意頂きたいのは、以前にも申し上げた通り、凶器を強く握り締めると細長い傷の跡は判別できないことが往々にしてあるということです。また弁護人は、犯行時に被告人以外の第三者が現場にいて、被害者を殺害したと主張しています。しかし、監視カメラを避けてこっそりと現場に入り、被告人が購入した包丁で被害者を殺害し、またこっそりと裏から退出する第三者がいるなどといったことが、現実にあり得るでしょうか。この点において弁護人の主張は空想上のものにすぎず、犯行時に被告人以外の第三者が現場にいたことを窺わせる証拠は何一つありません」

弁護人の主張自体が荒唐無稽《こうとうむけい》であるとする論告を終え、重松は求刑に移る。

「相当法条を適用の上、懲役十八年の刑に処するのを相当と思料する」

宗光は反射的にナワーブを見た。悔悟か、あるいは絶望か。いずれにせよ深く沈んでいるようだった。

いや――その口許が微かに動いた。おそらくは、祈りだ。

裁判官の呼びかけに応じ、篠田が立ち上がる。いよいよ最終弁論である。

「私は本件を通し、自分自身が真摯に反省しなければならないということに気がつきました。そのことをまず申し述べたいと思います」

　異例にもほどがある切り出し方。宗光と篠田の共作とも言える構成だが、篠田の颯爽《さっそう》たる役者ぶりが今ほど頼もしく思えたことはない。

「私は社会を見ていなかった。いえ、社会から排除されたマイノリティの人達を見ようとはしなかった。その無関心が、悲劇の原因であったと知りました。そして、その悲劇の不幸な当事者となってしまったのが、他ならぬ被告人です」

　社会問題を提起しながら、すぐさま本題に移行する。そうしなければ、裁判員自身が後ろめたさから不快に感じる危険が生じる。

　篠田はナワーブがやむを得ぬ事情から事件に巻き込まれた経緯を軽く振り返り、裁判員に対する全体像のイメージ形成に努めてから、

「幼稚園児の娘さんを持つ証人の証言自体に疑わしい点はまったくありません。これは検察も認めています。被告人は犯行当日、指にバンドエイドを巻いていた。これもまた検察が認めています。検察の示唆した通り、現場に出入りする際にこのバンドエイドを付けたり外したりしたのかもしれない。しかし、考えてもみて下さい。そんな面倒なことをするより、マンションを出るときに手をポケットにでも突っ込んだ方がよほど簡単ではありませんか。わざわざ殺害前にバンドエイドを外して殺害後にまた付けるなどといったことこそが検察の空想にすぎず、およそ現実的でないばかりか、犯行現場でバンドエイドを外し

たことを裏づける証拠は何一つありません」

検察の表現を借用し逆手に取った反論だ。検察への皮肉であるだけでなく、対比することによって裁判員にポイントを明示できる。

「また確かに指紋がずれて傷痕が検出できなかった可能性は存在するかもしれません。だとしても、少なくともそれは、裏の駐車場から第三者が侵入した可能性と同程度以上とは言えません。そうです。第三者がいた可能性も、決して否定できるものではない。厳然としてあるのです」

そこで篠田は被告人を、裁判員を、そして裁判官を眺め渡す。間の取り方は完璧だ。

弁護士が最高に輝く瞬間。宗光は篠田の放つその光に、微かな嫉妬《しっと》と羨望《せんぼう》とを感じずにはいられなかった。

「そして最も重要なのは、先ほどのジョージ・タン氏の証言です。彼は被告人を知らないと言った。このことは、被告人が被害者の利権を横取りするため殺害に至ったとする検察の主張と明らかに矛盾します。つまり、被告人が被害者を殺害しなければならない動機など存在しないのです」

法廷慣れした記者達が一様に呻いている。彼らは事の重大性をいち早く理解したのだ。

動機が消滅した――

検察の構築したストーリーは完全に瓦解する。

それこそが宗光の狙いであったのだ。

「海外とのやり取りはサムットさんと『今井』すなわち蜷川さんのみが行なっており、被告人は直接間接の別を問わず、窓口であるタン氏と接触すらしていないという事実。これは、いかなる経済的利益を受け取る予定もなかったということを意味します。また、個人的な怨恨《えんこん》等の存在も立証されておりません。なのに、被告人はわざわざバンドエイドを剝がしてまた貼ったりといった意味不明の行為によって凶器に指紋を残してまで、被害者を殺害する必要があったのでしょうか。被告人が被害者を殺害したと考えるには、あまりに不自然な点が多すぎる。その不自然さについて、検察は充分な説明も証明もしてはいません。もう一度言いましょう。被告人には、被害者を殺す理由など何もなかった。そして証拠とされる凶器の指紋も、当日付着したと断定するには疑問の余地が大きく存在するものである。このように被告人がサムットさんを殺害したと考えるには合理的な疑いが多々あり、検察は最後までこれを払拭《ふっしょく》できなかった。それはご理解頂けると思います。刑事裁判の原則に照らせば、無罪の判決を下すべきケースであると自信を持って言えます。ゆえに被告人は無罪です。この上は聡明なる裁判官の皆様、一般的社会人としての感覚をお持ちになっておられる裁判員の皆様の良識に期待するとともに、本弁論を終わりと致します」

終演まで堂々と演じきり、〈主演〉の篠田は着席した。これが本物の舞台なら、万雷《ばんらい》の拍手が轟《とどろ》き渡っているところだろう。

凶器と指紋に不自然さがあるだけなら、検察に誤差の範囲として押しきられる可能性が極めて高い。通常はまず有罪になるケースである。だからそこへ〈動機の消滅〉を持ってきた。精神的な問題がある場合を除き、理由もなく人は人を殺さない。ましてや説明のつかない行動を取ってまで実行はしないだろう。

すなわち、物証の反証と動機の否定の合わせ技である。

ナワーブは真犯人として蜷川を名指ししているが、弁護側としては被告人以外の者の犯行を立証することは不可能であるし、その必要もない。「ナワーブがサムットを殺していないのではないか」という疑いを差し挟むことさえできれば、こと裁判員裁判では無罪となる公算が大きい。俗に言う「灰色無罪」だが、真犯人であると言い切れない以上、裁判員も裁判官も、有罪とするのはどうしてもためらわれるはずだ。

そもそもナワーブが逮捕起訴されたこの事件は、こちらの追及を知った蜷川がナワーブを自身の身代わりにすべく仕掛けたものである。ナワーブを犯人に仕立て上げ、有罪にすることによって己の冤罪説やクリーンなイメージを形成し、他の事件での疑惑まで払拭する。「一事が万事」の大衆心理を知り尽くした蜷川らしい卑劣な策だ。たとえ弁護側が勝訴しても、蜷川が罪に問われることはない。そうと分かっていながら、こちらは立件された事件に一つ一つ対処していくしかないのだ。

これですべての審理は終了した。残るは被告人による最終陳述のみである。

裁判長から促されたナワーブは、静かな口調で語り出した。

「篠田先生が言って下さったように、殺人に関して私は無実です。それに付け加えることはありません」

概ね被告人質問の回答をなぞるものかと思われたが、それまで俯きがちだったナワーブが不意に昂然《こうぜん》と顔を上げた。

「ご覧の通り、私は日本で生まれた者ではありません。そのため日頃から差別されているのを感じながら暮らしてきました。ほとんどの日本人はいい人です。でも、外国人に冷たい人も決して少なくありません。息子のマリクは、私よりもっともっとつらい目に遭っていたことでしょう。なのにマリクは、私を励まし、正しいことをすべきだと教えてくれた……私がマリクをこんな事件に巻き込んでしまったというのに……この裁判を通して、親が子供に教えられたのです。私は恥ずかしくてなりません、親として、人として……知らず知らずのうちに、私は差別に負けていたのです。裁判の結果がどうなろうとも、私は正しくありたいと思っています。息子のために……胸を張って……挫《くじ》けることなく……」

途中から嗚咽《おえつ》が混じり、最後の方は聞き取れなかった。

廷内の人々は一様に悄然《しょうぜん》としている。久住や楯岡でさえも例外ではなかった。

唯一、検察側の重松と草加のみは苦々しげな表情を隠そうともしていない。宗光は彼らの舌打ちさえ聞こえたように思った。

時刻はすでに五時二十分を過ぎている。

「これを以て、本件は結審しました。判決の言い渡しは、明日午後一時からこの法廷で行ないます。閉廷します」

裁判長が告げた。明日の午前中を評議に使い、午後に判決を宣告するということだ。

27

翌《あく》る木曜、午後一時二十分。裁判長も裁判員も現われなかった。

「どないなっとんねん。あいつら全員遅刻かい」

楯岡の苛立たしげな呟きに、

「この程度の遅れは珍しいことではありません。評議が長引いているのでしょう。異例ずくめと言っていい公判でしたから」

楯岡に返答しながら、宗光自身も胸騒ぎを抑えることができなかった。不安が半分、期待が半分。被告人が最初から罪を認めて争わない裁判を除き、判決宣告期日には必ず覚える感覚である。

午後一時三十一分。裁判官と裁判員が入廷してきた。全員が起立して迎える。

「被告人は証言台の前に立って下さい」

ナワーブがその指示に従うと、裁判長は厳《おごそ》かに告げた。

「それでは、被告人に対する殺人罪及び銃砲刀剣類所持等取締法違反被告事件の判決を言い渡します」

廷内のすべてが音を失う。粛然として審判を待つ。

法廷において、人は常に誰かの人生の分岐をまのあたりにする。それが暗黒に続いているのか、あるいは新しい日々につながっているのか、固唾を呑んで確かめようとする。

裁判長が判決文を読み上げた。

「主文。被告人は無罪」

歓声が上がった。記者達も内心ではナワーブの無罪を願っていたのだろう。それが善意によるものなのか、ニュースバリューを求める記者根性によるものなのかはどうでもいい。

何人かのマスコミ関係者が傍聴席から飛び出していった。

被告席のナワーブはハンカチでしきりと目頭を拭っている。

それを見届け、宗光は一人立ち上がった。

「どこへ行くねん」

楯岡が小声で尋ねてくる。裁判長による判決理由朗読はまだ続いていた。

「私の仕事はこれからですので」

素っ気なく答える。楯岡も久住も、それ以上は何も言わなかった。

マスコミの人間があちこちで声高に叫んでいるロビーを抜け、裁判所を出る。間もなく騒ぎはもっと大きくなることだろう。非弁護人としては、できるだけ人目は避けたいとこ
ろだった。

今すぐにでも篠田とナワーブを祝福してやりたいという気持ちはもちろんある。しかし
それは後でもできる。

「先生」

呼びかけてきたのはスーツ姿の蜂野だった。

「おめでとうございます。勝ったそうですね」

「早いな」

「さっき駆け出してきた奴がいまして。あちらに車を回しておきました」

案内に従い、後部座席へ乗り込む。蜂野は助手席に座った。

「どちらへ参りましょう。ホテルでしょうか、それとも篠田先生の――」

「篠田はこれから記者会見で忙しい。このまま適当に流してくれ。考え事をしたい」

「承知しました」

運転手が無言で車を出す。蜂野もあえて口を閉ざしている。事情を知っているからだ。

ジョージ・タンを呼ぶために、宗光はフレドリック・ヨーと取引した。できれば避けたかったが、他に方法はなかった。

タンは紛れもなく人身売買の窓口である。ただし、それ以上でもそれ以下でもない。当局がいくら洗おうと何も出ないのも当然だ。

だがそれを無辜《むこ》の民と呼んでいいのだろうか。

いいのだ、法律上は。

そう考えなければこの手段は選べなかった。

他でもない己が篠田に告げた通り、自分達には法律がすべてだ。法律を犯していない限り、たとえ悪人であっても善人と変わらぬ罪なき衆生《しゅじょう》なのだ。

ヨーはタンを説得し、日本での証言を承知させた。大物ブローカーと窓口役では比較にもならない貫目の差がある。タンはヨーの要請を渋々ながらも容れざるを得なかった。

とは言え、タンにとってもメリットがないわけではない。「日本の裁判でＮＰＯとしての活動を正当に訴えた」という実績があれば、裏のビジネスにも有効に活用できる。なんのことはない、日本の司法が海外の悪党にお墨付きを与えたようなものである。

この先、仮にタンが日本で逮捕されるようなことがあったとして、さらにその被害者が助けを求めてきたとしたら、俺は全力でタンを潰す――

サムット殺害ではナワーブは無罪となった。しかし今後警察が再捜査を行ない、法廷でナワーブ自らが証言したサムットと蜷川の犯罪が立証されれば、ナワーブも共犯として再び起訴されることとなる。

車窓を流れ去るビル群を眺めながらそんなことを考えていたとき、大事な用を思い出した。

俺としたことが――

「おい、ハチ」

「分かってます。マリクのことでしょう」

バックミラーの中で蜂野が笑う。

「とっくに知らせてありますよ。美紀さんにもね」

ホテルに戻り、宗光は冷蔵庫の缶ビールで一人祝杯を挙げる。ささやかな、そして束の間の勝利を祝うにはこの程度でちょうどいい。

公判が始まる数日前、宗光は一応千葉県警に連絡を入れてから五反田《ごたんだ》のホテルに居を移していた。それまで滞在していたビジネスホテルよりは格段に快適なホテルだ。

十一時のニュースを見ながら三本目の缶を空ける。今日の判決を報じていた。記者会見場にナワーブの姿はない。これまでの疲労もあるだろうが、今のナワーブの心境からすると、テレビに出ることを望むとは思えなかった。弁護人である篠田はいつも以上にテレビ映えする男ぶりだ。いまいましいが、今夜だけは認めてやろう。奴も分かっているのだ、真の戦いがこれからだということを。

検察は間違いなく控訴する。重松と草加は切り捨てられ、新たな精鋭が逆転を狙ってくる。そして当初の予定通り、すべての収束を図ろうとするはずだ。

その前に、蜷川の有罪を証明する。

中途半端な罪では駄目だ。娑婆《しゃば》に舞い戻るようなことがあれば、奴はより狡猾《こうかつ》な手口で多くの人を苦しめるだろう。死刑、もしくは無期懲役が確実に見込める物証が必要だ。

今日の勝利は、せいぜいそのための時間を稼いだにすぎない。しかもごくわずかな時間だ。ぐずぐずしているとまたサムット事件のように蜷川に先手を打たれてしまう。いや、今この瞬間にも、蜷川は新たな罠を巡らせつつあるに違いない。

そもそも検察がサムット事件でナワーブを立件したのは、それだけ蜷川の工作が巧妙であったということもあるが、他の事件で蜷川がまったく物証を残していなかったためである。

これだけの数の事件で一つも物証が見つからない、そんなことがあり得るだろうか――検察がそう考えたとしても不思議ではない。常識的に考えればまずあり得ないと言っていい。だからこそ検察もサムット事件に飛びついたとも言える。

公判を維持できなくなる可能性が少しでもあったなら、検察は絶対に立件しようとはしない。日本の裁判が有罪率九九・九パーセントと言われるのは、ひとえに検察が勝てる事件しか立件しないためである。

検察でさえ放棄した蜷川の立件。それを可能にする証拠をなんとしても見つけ出さねばならない。

だが、一体どうやって——今日まで手がかりの端緒すら見出せなかったというのに。

考えているうちに瞼《まぶた》が重くなってきた。テレビの画像がぼやけ、思考が途切れそうになる。今頃になって疲労が一気に押し寄せてきた。

ベッドに入ろうと立ち上がったとき、スマホに着信があった。征雄会傘下の下原組長だった。

〈裁判、よう勝ったなあ。おめでとうさん〉

「ああ、ありがとう」

下原が連絡してくるのは決まって何か頼み事があるときだけだ。しかし今夜はもう憎まれ口を叩く気にもなれなかった。早々に用件を聞いて通話を終わらせたいというのが本音である。

〈楯岡はんもえらい喜んどったわ。さすがは宗光や、作戦通りにやりおったちゅうて〉

「それは恐縮だな。ところで、本題の方を早めに頼みたいんだが」

〈なんや、愛想がないのう。ま、ええわ。あんたもええかげん疲れとるやろうし〉

それが分かっているなら少しは遠慮しろと言いたくなるのをなんとかこらえる。

〈実はな、わし、えらい困っとんねん〉

やはり頼み事か――

よりによって判決が出たその日に電話してくるとは、下原の手前勝手な無神経さも相当なものだ。

〈今日な、税務署が嫁はんとこ来よってな、これこれこういう収入があるはずやから隠さんと出せ言いよってん。嫁はそんなん知らんて言うてんけど、税務署が言うには払わなんだら差押えするて〉

「相談する相手を間違えてるんじゃないのか。そういう話なら税理士に訊け」

〈分かっとるわ、それくらい。そやからわし、すぐに税理士に電話してんけど、担当が辞めてもうとって、引き継ぎもしとらんからよう分からんて〉

「いいかげんな税理士もいたものだな」

〈そやろ。わしも困ってもうて、税務署はこれだけの金があるはずやからはよ出せ、はよ出せ、申告せいの一点張りで、このままやったらわし……〉

頭の奥で何かが微かに閃《ひらめ》いた。

あまりにか細く、今にも消えてしまいそうな弱々しい光だ。この光を見失ってはならない。なんとしてでもつかみ取る。

「ありがとう。おかげでなんとかやれそうだ」

〈え、何がや〉

一方的に電話を切り、下原の番号を着信拒否にする。

眠気はいつの間にか消えていた。蜷川との戦いはあらゆる意味で時間との戦いでもある。どのみち寝ている暇などない。

宗光はノートパソコンを起ち上げ、これまでのすべての事件をもう一度点検し始めた。

頭の中で瞬《また》いていた光は、しかし液晶画面の中で次第にその光量を失っていった。

28

「ごめん下さい、先ほどお電話した者ですが」

保谷《ほうや》の細長い雑居ビルの二階に、『ロイヤル金融』の事務所はあった。

ロイヤル金融は、失踪した安勝現《アンスンヒョン》の親族に金を貸していた貸金業者である。かつて宗光はアン一家の行方を調べる過程で同社の社員に偶然遭遇した。宗光にとってアン一家の失踪は、すべての発端となった因縁の事件でもある。

［捜査につまずいたときは現場に戻れ］［現場百回］——いずれも警察で教えられるという捜査の基本だ。同じことを検察でも言われた。

基本に立ち戻るべく行動を開始しようとした宗光は、アン一家の関わった有機農業についてのパンフレットが手許にないことに気がついた。最初は単なる見落としかと思ったが、そうではなかった。

少し検索するだけでロイヤル金融の電話番号はすぐに分かった。

「おう、久しぶりだな」

奥のソファから手を挙げたのは、東久留米の集合住宅で宗光を締め上げたあの大男であった。

「あっ、その節はどうも」

宗光はあくまでも同業者を装い、腰を低くして挨拶を返す。

「まあ、そっち座れ」

「はい、では失礼して」

言われるまま対面に腰を下ろす。

「いやあ、とんでもないことになったなあ」

偽造の名刺を渡すと、男は［株式会社ロイヤル金融　営業部長　石脇壮吾《いしわきそうご》］と印刷された名刺を差し出し、待ちかねたように話し出した。

「俺らが貸し金の回収に必死こいてた頃には、アンの野郎も親族もろとも蜷川にバラされてたんだろうな。想像しただけでぞっとするぜ」

「ほんと、まったくですよ」

安物の応接テーブルの上に投げ出された雑誌の表紙には、いずれも蜷川の写真か名前の活字が載っていた。

「一時はよう、〈蜷川さん冤罪説〉なんてのもあったが、結局ナワーブは無実だろ。やっぱり一番のワルは蜷川だよ、蜷川。俺も最初に奴の連続大量殺人を知ったときは、そんなことがほんとにあるわけねえだろと思ったもんだが、新聞にアンの事件まで載ってるのを見て心底驚いたぜ。こいつは間違いないって。まさか自分の身近であんなおっかねえ事件が起こってたなんてなあ」

「私もおんなじです。場合によっては蜷川と直接鉢合わせしてたかもしれないと思うとぞっとしますよ」

「でもよ、考えようによっちゃ一生に一度の機会だったかもしれないぜ。歴史的な殺人犯を間近で見る経験なんて、したくてもできるもんじゃねえからな」

「もう、よして下さいよ」

恐ろしげに身をすくめてみせると、石脇は愉しそうに笑った。

「だろうな。いや、悪い悪い」

「ところで、お願いした件ですが……」

さりげなく切り出すと、石脇は思い出したように横のデスクに置いてあったパンフレットを取り上げた。

「俺も気になってちょうど探してたとこだったんだよ。捨てちまったかもと思ってたが、ちゃんと残ってた。こう見えても俺は慎重派なんだ。アンの居所を突き止める手がかりはこれしかなかったしな」

「拝見します」

石脇が渡してくれたのは、有機農業のパンフレットだ。制作は『瀋陽興産』。宗光が直接入手できなかったものの一つであり、また、一連の事件発覚後も警察やマスコミさえ現物は未確認ということであった。それをロイヤル金融の男が「見た」と言っていたのを思い出し、連絡してみたのである。

アンは勧誘する相手にパンフレットを見せながら、決してそれを渡すことはなかった。その点だけが他の事件と違っている。アンの事件を再点検するうち、宗光はそのことに引っ掛かりを覚えたのだ。

「アンはつくづく貧乏性っていうか、一度出したパンフレットを引っ込めようとするから、そんなケチ臭いことすんじゃねえよって取り上げたんだ。すっかり忘れてたけどよ」

石脇はどこか得意げな様子である。

中を開くと、どこかの山中らしい場所に建つカントリー風の小綺麗な小屋の写真が載っていた。とても日本とは思えない。テラスに置かれたロッキングチェア。庭のブランコ。

まるで欧米の田舎のようだった。虐げられたマイノリティの人達が移住を夢見たのも理解できる。

「言っとくけどよ、住所とかそんなのはどこにも書いてねえぜ。居場所が分かってたら俺がとっくに乗り込んでるからな」

「あの、これ、お借りしてもよろしいでしょうか」

「ああ、いいよ。どうせアンはもう死んでんだ。金を取り返せるわけでもねえのに、こんなの持ってたってしょうがねえしな」

「ありがとうございます」

「しかしあんたも物好きだねえ。今さらアンを探してどうしようってんだい」

「実はうちの社長がね、蜷川は許せん、なんとか捜査に協力したいと」

石脇は「ああ」と頷いて、

「いるよな、そういう人。一般人のくせに、なんか自分が特別だって思いたがるっていうか」

「いやいやいや、私の口からはなんとも……私はまあ、言われた通りに動くしかないわけでして」

曖昧な笑みを浮かべると、石脇はいよいよ勝手に納得してくれた。

「お互い大変だよな、サラリーマンてのはよ」

とてもカタギには見えない営業部長は、宗光を慰《なぐさ》めながら送り出してくれた。

ホテルに持ち帰った滝陽興産のパンフレットを徹底的に調べる。蜷川の指紋が付いているとは考えにくいのでその点は気が楽だ。

全文を丹念に検討したが、突破口となり得るのはやはり小屋の写真しかない。石脇の言った通り、具体的な住所はどこにも記されていなかった。

――栃木か、茨城か、そのあたりだと思うがよう分からん。

アンの大家だった河出老人の言葉が甦る。

栃木か、茨城。

スキャンした写真から背景に見えている山の稜線《りょうせん》をパソコン上でサンプリング。栃木県と茨城県の山地を3Dマッピングした図と照合する。検察時代に警視庁採用のサイバー犯罪捜査官から教えてもらったアプリを使ったテクニックだ。

あった――九二パーセントの一致。栃木だ。

しかも写真が南側から撮影されたことも判明した。

次に小屋の推定軒高と、名称の明らかな背景の山の高さとを比較する。そこから双方の距離が計算できる。

最後にそれらの結果を実際の地図と突き合わせる。

ここだ——

翌日、草に埋もれた廃道をレンタカーの4WDで突き進んだ。

途中で見かける家々はすべて廃村の名残である。人の気配は絶えたきり、出くわすのは野生の猪ばかりだ。

カーナビにも決して表示されることのない〈失われた道〉である。

いかにも蜷川の好みそうな場所だ——

美紀とその恋人が巻き込まれた別荘地を思い出す。可能ならばひとかけらも残さず忘れてしまいたい、最悪の忌まわしい記憶である。

そんな場所へ、またも自分は向かおうとしている。怖くないと言えば嘘になる。そこに何があるのかも分からない。だがここで退《ひ》くわけにはいかない。

県道から外れて二時間以上も経った頃、宗光はようやく車を停めた。

外に出て、目の前に佇む廃屋を見上げる。

間違いない。瀋陽興産のパンフレットにある家だ。

周囲には雑草が伸び放題になっていて、管理どころかなんの手入れも行なわれていないことが分かる。完全に放置されているのだ。もっとも、登山の対象にさえならないこんな場所にわざわざやってくる者がいるはずもないので、管理する必要がないのは確かだが。

ポーチに向かって歩き出そうとした宗光は、ある痕跡に気づいて足を止めた。屈み込んで目を凝らす。数か月は経っていると思われるので定かではないが、どうやら足跡のようだった。慎重に後戻りし、来たばかりの廃道を調べる。やはり自分の４ＷＤ以外に車が通った痕跡があった。もとよりタイヤ痕等はほぼ消えているに等しいが、それでも宗光は大いに意を強くした。自分の見込みが外れていなかった可能性が増大したからだ。

ポーチにはパンフレットにもあったロッキングチェアがそのまま残されていたが、苔《こけ》むして毒々しい茸《きのこ》さえ生やしたその椅子に、腰を下ろす気になる者がいようとは思えなかった。

鍵のかかっていないドアから中に入る。押し寄せてくる湿気と埃。だが外見ほど荒れてはいない。やはり出入りする者が絶えてなかったということだ。

時間が惜しい。内部を入念に調べていく。大して広くはないが、細心の注意を払って各部屋を点検する。

それらしいものは何も見つからない。一時間がたちまち過ぎた。

最後に奥の書斎らしき部屋を調べる。書斎と言うと聞こえはいいが、作り付けの書棚と書き物机が置かれているだけの六畳間だ。

机の引き出しを開けてみる。何もない。次いで書棚に並べられた雑本を片端から捲《めく》ってみる。メモ類等が挟まれていないかと思ったが、そのような形跡はない。

書棚の片隅に、平たい形をした古い木箱が立てかけられていた。高級な菓子箱のようでもあるが、それよりはだいぶ厚みがある。

その木箱を抜き出して机の上に置き、蓋《ふた》に手をかける。意外としっかり嵌《は》まるように作られていた。壊してしまわないように注意しながら、指先に力を込めて蓋を開ける。

中に入っていた物を見て、宗光は思わず後ずさった。

なんだ、これは――

石膏《せっこう》で作られた白い顔。顔の皺まで鮮明にかたどられ、真綿かガーゼのような緩衝材の中に浮かんでいる。心なしか苦しげに強張った表情であるにもかかわらず、両眼を静かに閉じ、彼岸の彼方からこちらを嗤っているようだった。明らかに実際の人間、しかも死人の顔から採った物――デスマスクだ。

おそるおそる取り出してみる。耳のあたりから頭頂部近くまで作られている。裏返してみると、破損を防ぐためだろう、湾曲させた金属で補強がなされていた。

誰の顔かは分からない。見覚えはまるでなかった。宗光の把握する限り、瀋陽興産関係者の中にもこの顔に該当する者はいない。

こんなものがどうして――

希望とともに有機農業を始めようとする人達が、新天地に持ち込もうとするものであるとは考えられない。

この廃屋に在って最も違和感のある物。それは間違いなくこれだ。

直感としか言いようのない何かが告げている。

元通りに蓋を閉めた宗光は、ためらわずに箱を持参したバッグに詰め、小屋を後にした。


「こいつはどう見てもホトケですね」

五反田のホテルを訪れた蜂野に、栃木の廃屋で発見したデスマスクを見せる。

おぞましげに顔をしかめながら、蜂野は宗光と同じ見解を口にした。

「しかしこれ、ほんとに蜷川の野郎が隠したものなんでしょうか」

「確証はないがな。蜷川が何かを隠すとして、銀行の貸金庫とかは考えられないだろう」

「ああ、ありゃ全然ダメですね」

「そうだ。捜索差押許可状があれば強制的な開錠差押えも可能になる。誰かに預けるとか、そのための家を借りるというのも想定できない」

「だけど、そんな不便なとこに隠しますかね、普通」

「だからだよ。俺に目をつけられてると悟った蜷川は、どこをどう洗われても何も出ないように身の回りをきれいにしてからサムット事件を仕掛けてきた。問題はそれからだ」

「え、どういうことです？」

「奴の身辺はきれいすぎた。財産と言えるような物はほとんど何も持っちゃいなかった。

マスコミが徹底的に調べてくれたから間違いはない。変だとは思わないか。仮に蜷川が本物の慈善事業家であったとしてもだ、今の時代、資産も何も持ってない人間がどうやればあれだけの活動をできるんだ」

「確かに、そいつはちょいとばかり気になりますね」

「知られてまずいものは徹底的に処分するとして、それでも絶対に捨てるわけにはいかない物、且つ当分触らない方がいい物をどうするか。そんなとき、マスコミにも誰にも知られていない物件があれば絶好だ。しかしまだまだ危険は残る。だから俺は、たとえ見つけられてもすぐにはそれと分からないものなんじゃないかと考えた」

「なるほどねえ」

蜂野は逞《たくま》しい顎をさすりつつ、

「でも先生、それにしたって、こんな薄気味の悪いお面に一体どういう意味があるってんですか」

「さあな、そこまでは俺にも分からない」

「分からないって、そんな」

呆れたように言う蜂野に頭を下げる。

「頼みがある。この顔の持ち主を見つけてほしい。おそらくは被害者の一人だ。たぶん蜷川の起こした事件のどれかに関係している。もしかしたらまだ明るみに出ていない事件かもしれない」

「そいつは難しそうですね。でもまあ、先生の頼みだ。やってみましょう」

快諾した蜂野は、早速スマホを取り出してデスマスクの写真を何枚も撮り始めた。その写真を、全国に散らばる遠山連合傘下の実働部隊に転送する。

「楯岡さんを通して征雄会の方にも送っておきます。すぐに当たってくれるでしょう」

つくづく大組織の人海戦術はありがたい。

「じゃあ、何か分かりましたら連絡します」

「待っている」

蜂野を送り出してから、宗光は部屋に積まれた段ボール箱の山を振り返った。篠田に依頼していた公判資料のコピーである。

一つずつ開梱し、内容を精査する。細かすぎて公判では触れられなかった事項も多々含まれていた。それらを残さずチェックする。突破口までの道のりに案内板はない。また形があるとも限らない。目に見えず、形がないものを探し出す。可能であるかどうかは分からない。だがやるしかないのだ。

ホテルに籠もって作業を始めてから三日目。十三個目の段ボールを開梱し、中の書類を調べていたときだった。

大阪府警の捜査資料の中にそれはあった。海外不動産詐欺を仕掛け、最終的に自らも被害者の一人となった馬淵インターナショナル代表、馬淵のスマホ記録である。馬淵と『小林』とのメールのやりとりが記載されていた。『小林』とは言うまでもなく蜷川の偽名の一つである。

これは——

宗光の目が見慣れぬドメインの上で止まった。

犯罪であることを匂わせもしない文面であるが、『小林』は馬淵との連絡に@inbox.lvというドメインの付いたアドレスを使用していた。インボックスはバルト三国の一つであるラトビアの一般的なフリーメールだが、日本人になじみがあるとは言い難い。また匿名プロクシーをいくつも重ねて使うとIPの追跡は相当困難なものとなる。

思いついて宗光は自分のパソコンでアカウントのログイン画面にそのアドレスを打ち込んでみる。

［決定］を押して詳しく見ようと顔を近づけた瞬間、顔認証画面へ遷移した。反射的にリセットする。

全身を高圧電流が走り抜けたような衝撃だった。

宗光は視線をテーブルの上のデスマスクへと移す。

そういうことだったのか——

今やマスクの意味は明白だった。

顔認証システム。しかし自分の顔だと公権力によって法執行機関の前でログインさせられる危険がある。だから蜷川はデスマスクを用意した。頭頂部や耳のあたりまでをフォローしているのも、登録時の撮影に必要だからだ。

そうだ、蜷川はこのデスマスクを自分の〈顔〉として登録したのだ。世界中で多くの人が日常的に使用するフリーアドレスでありながら、このデスマスクがなければ絶対にログインできない。顔認証システムのセキュリティはそれだけ堅牢で確実だと聞いたことがある。

逆に言えば、このマスクさえあれば、いつ、いかなる場所の、いかなる端末からでもアクセス可能なのだ。

しかも、仮にデスマスクが第三者に発見されたとしても、ただちにそれを顔認証システムと結びつけられることはまずないと言っていい。

考えやがったな――

敵を褒《ほ》めたくはなかったが、さすがは蜷川というところだった。

また同時に、極めて蜷川らしい、おぞましくも忌むべきアイデアだ。たとえ思いついたとしても、常人の神経で到底実行できることではない。

意を決してデスマスクを片手でつかみ、もう一度同じアドレスにアクセスしようとして――寸前で踏みとどまる。

とんでもないトラップを踏んでしまうところだった。

冷や汗と動悸《どうき》が止まらない。

未登録の端末からログインした場合、同一のＩＤを使用している他の端末すべてにログインのあったことを通知する機能がある。もしその瞬間、蜷川にログインを察知されたら、証拠——どのようなものかは不明だが——はたちまち消去されてしまうだろう。

宗光は立ち上がって冷蔵庫からよく冷えたミネラルウォーターを取り出し、開栓して一気に飲む。

落ち着け、落ち着くんだ——

現在蜷川は、依然としてマスコミに追い回されている状況にある。栃木の山中にデスマスクを取りに行くことはまだ当分ないと考えていい。

問題はこちらがログインした瞬間、蜷川も同時にそれを知ってしまうということだ。蜷川の手許にある端末に通知があったとしても、当人がそれに気づかない可能性もあると言えばある。しかし、おそらくはたった一度きりのチャンスをそのような偶然に頼るわけにはいかない。

打つ手はないのか。いや、ある。

要するに、こちらがログインするタイミングで、蜷川が即応できない状態を作り出せばいいわけだ。

バスタブに熱い湯を張って、疲れきった体を横たえる。脳細胞が再び活性化するのが感じられた。

一時間あまりも入浴するうちに、大まかな計画が頭の中で完成した。

風呂から出てバスローブに着替え、スマホで蜂野に連絡する。

デスマスクの意味を告げると、ヤクザである蜂野も啞然としたようだった。

〈蜷川って野郎は正真正銘の外道ですね。そんなド腐れた手をよく思いついたもんだ〉

それからこちらの計画について打ち明ける。

「十分でいい。奴がスマホやパソコンに触れないようにしてやればいいんだ。できるか」

〈簡単ですよ。すぐにでも実行可能です〉

頼もしい答えが返ってきた。

〈でも、先生〉

「なんだ」

〈今の話、篠田先生には伝えなくていいんですかい〉

「いい。篠田には絶対に伝えるな」

〈どうしてですか〉

その問いには答えず、スマホを切る。

自分でも不可解極まりない感情である。弁護人に非ざる非弁護人であっても、根拠不明確な発言はすべきでないと感じたからだ。

29

マスコミが常時追い回してくれているおかげで蜷川の所在を把握するのは容易であった。現在は千歳烏山《ちとせからすやま》の知人宅に身を寄せている。この場合の知人とは、蜷川に心酔している犠牲者予備軍の一人でしかない。蜷川が全国的に注目を集めているため殺されずに済んでいるだけだが、本人は高邁《こうまい》な精神から蜷川に便宜を図っているのだ。

もっとも蜷川本人は、「マスコミなどいつでも出し抜ける」と宗光にかけてきた電話でうそぶいていたが、ほとんどの時間はマスコミに監視してもらっていた方が〈一般人〉アピールに役立つのでそのままにしているふしがある。まるでそんな状態を楽しんでいるかのようにも見えるあたりが蜷川らしいとも言える。

五反田のホテルから、宗光は群がるマスコミを引き連れるようにして歩く蜷川の散歩姿を眺めていた。現地にいる蜂野が密かに中継してくれている映像だ。

パソコンのディスプレイの中で蜷川は、まるで王侯貴族のように威風堂々と振る舞っている。

その笑顔、その余裕、その邪悪。

見つめているだけで吐き気を催《もよお》す被写体だが、今は最大限の注意力で以て凝視する。

パソコンのツールバーに表示されている時刻は午後一時三十二分。この時間帯、蜷川はいつも付近の飲食店に昼食をとりに出る。そのパターンを把握した宗光は、今日を実行日と定め人員を配置した。

ディスプレイの中で、迷惑そうな、それでいて得意げな表情で歩道を練り歩く蜷川の反対側から、与太者風の中年男が四人、所在なげに歩いてくる。

〈おっ、蜷川じゃねえか〉

〈てめえ、散々あくどいことやってんだってなあ〉

〈なんだよこれ、大名行列でもやってんのかあ〉

パソコンのスピーカーから現場の音声が流れてくる。

四人はそうするのが当たり前であるかのように蜷川に絡み出した。

報道陣は俄然緊張した。マスコミが注視する前で、社会的に糾弾されていた人物が暴漢に刺殺された往年の事件を思い出しでもしたのだろう。

目立たぬように警備していた二人の制服警官が前に出て四人に注意する。

〈あんたら、構わないでどっか行って〉

〈早く、行って行って〉

警官らしい横柄な態度だ。普通の市民でも反感を覚えずにはいられない。

〈俺らが何したってんだよ〉

〈ここは公道じゃねえのかよ〉

四人が警官に反論し始めた。

〈なんでもいいから早く行けって〉

〈なんでもいいってどういうことだ、あ？〉

〈警察は人殺しを守って一般人を排除するのかよ〉

たちまち口論となった。マスコミはその模様を一斉に撮影し始める。

与太者四人に対し、警官は二人だ。残る二人の与太者が警官を回り込むようにして蜷川の前に立った。

〈あんた蜷川だろ？　ちょっとサインしてくんねえか〉

〈なんとか言えよオラ。散々殺してんだろ、ヤクザをよ〉

蜷川は困惑したように周囲を見回すが、壁のようになったマスコミが邪魔で逃げ出すことができない。

〈ちょっと退《ど》いて。なに、どうしたの〉

〈はい皆さん、下がって下がって〉

マスコミをかき分け、くたびれたスーツを着た二人の男が現われる。

〈本部の五木《いっき》です。どうしたんですか〉

一人が警察手帳を開いて警官に示す。本部とは警視庁のことである。二人とも警視庁の刑事なのだ。

〈あっ、こいつらがいきなり絡んできまして〉

思わぬ援軍に喜色を露わにした警官が答える。

〈なんだその言い方は。絡んだってどういうことだよ、ああ?〉

〈ふざけてんじゃねえぞコラ〉

〈てめえら、ヤクザを人間だと思ってねえだろ〉

四人が一斉につかみかかる。普段人間扱いされていないという鬱憤は紛れもない本音であるから、彼らの言動は真実味に満ちていた。

現場は収拾のつかない混乱に陥った。

〈応援を呼べっ〉

〈公妨で現逮っ〉

警官達が口々に叫ぶ。私服の二人が、蜷川を保護するように左右から挟み込んだ。

〈マル対を保護っ〉

〈安全な場所へ誘導っ〉

今だ——

宗光はデスマスクを顔に付けてパソコンのカメラに向け、別ウィンドウで蜷川のアドレスのログイン画面を開く。

顔認証クリア。ログインに成功。

この瞬間、蜷川の所持するスマホに通知が行っているはずだが、こんな騒ぎの中では分かるまい。たとえ気づいたとしても、刑事二人に体を押さえつけられていては、スマホの操作などできはしない。

私服の二人はニセ警官などではない。れっきとした警視庁の刑事だ。ただし警察からのものとは別に、久遠会からも定期的に〈給料〉をもらっている。

四人の与太者はそれぞれ遠山連合系列下のヤクザで、最初から蜷川に因縁をつけるよう命じられている。

対して二人の私服は、違法行為を行なっているわけではない。あくまで「偶然行き合わせ」「暴漢から一般市民を保護している」だけだ。また「十分間は全身で覆い被さるようにして守り抜け」と指示されている。その「十分間」の意味は二人には知らされてはいない。

開かれたページを一瞥し、宗光は息を呑んだ。

［みそら銀行出金七千万］［ルクセンブルグへ送金］［クレディスイス銀行へ送金］［ビットコイン購入］

そうしたメモが細密に記録されている、スケジュール管理ツールであった。

間髪を容れず自分のパソコンにエクスポートする。

蜂野には大まかに「十分」とだけ指示したが、際どいところだった。これが仮に五分であったら、到底間に合うものではなかった。十分でも足りるかどうか。

ディスプレイ上で表示されるエクスポート残量と、別ウィンドウの中継映像とを交互に見る。

ヤクザと警官が揉み合って倒れ込んだ。

蜷川の顔に不審の色が浮かんでいる。恐怖でも動揺でもない。眼前で繰り広げられている茶番の意味を探っているのだ。

その顔が不意に大きく歪んだ。

全力で私服警官を振り払おうとしている。着信音か、あるいはバイブレーションか。先ほど通知があったことに思い至ったのだ。

さすがだな、いい勘をしている――

蜷川は懸命にもがき、暴れ、スマホを取り出そうとする。しかし屈強な刑事二人はしがみついて離れない。

〈おとなしくしなさいっ〉

〈危険だから我々の指示に従って下さいっ〉

二人の悪徳刑事が口々に言い聞かせる。一般市民である蜷川を守ろうとしているのだから当然の言動だ。

〈貴様らもグルかっ〉

蜷川が喚き散らす。だがいくら喚こうともその意味を理解できる者はそこにはいない。

〈何を言ってるんですか〉

〈頭でも打ったんじゃないか〉

〈そうかもしれない。絶対に放すなよっ〉

周囲はいよいよ混乱する一方である。

六分経過。エクスポートはまだ終わらない。焦燥の思いで宗光はディスプレイを見つめる。六九パーセント終了。残り三一パーセント。

〈あっ、危ないっ〉

つかみかかってくるヤクザに対し、刑事達は文字通り体を張って必死に蜷川を守っている。

〈放せ、放せーっ〉

蜷川の顔に刻まれているのは、紛うことなき恐怖だ。

絶え間なく閃くフラッシュは、蜷川を罰するために天より迸《ほとばし》った稲妻か。

八分経過。七五パーセント終了。残り二五パーセント。

蜷川が片手を懐《ふところ》に入れ、スマホをつかみ出した。

ディスプレイ越しにそれを見て、宗光は肺からすべての酸素が急激に消失したかのような鈍痛を覚えた。

ここで蜷川に記録を消去されてはすべてが水泡に帰してしまう。それどころか、蜷川の尻尾は永遠に失われてしまうのだ。

〈バカ、骨が折れたらどうするっ〉

私服の一人が蜷川の腕をつかんで押さえつける。咄嗟のアドリブなのか、それとも命令を忠実にこなそうとしているだけなのかは分からない。だが賞賛に値するファインプレーだ。

九分経過。八七パーセント終了。

早く――早く終わってくれ――

十分経過。だがエクスポートはまだ終わっていない。

四人のヤクザは応援に駆けつけた警官達に取り押さえられていた。

刑事達がそれまでと打って変わった態度で蜷川を突き放す。

命令された十分は過ぎた。やるべきことはやったとばかり、所轄の制服警官達に軽く挨拶して去っていく。

蜷川は夢中でスマホを操作している。画面を覗き込んだその顔貌が絶望に引き裂かれる。

エクスポート一〇〇パーセント終了。

〈どうです、うまくいきましたか〉

蜂野の音声が聞こえてきた。

「間一髪でな」

〈了解。撤収します〉

蜂野からの中継が途絶える。

しばらく放心したように椅子に座り込んでいた宗光は、エクスポートしたスケジュール管理ツールのデータをチェックする。

そこには、蜷川が得た金の流れが克明に記されていた。正確な履歴は法執行機関による金融機関への照会に頼るしかないが、具体的な照会先がこれだけ揃っていれば言うことはない。

やった――

着想のきっかけとなったのは下原からの電話だった。

税務署からの請求の話を聞くうちに気がついた。蜷川には莫大な犯罪収益金があるはずだと。しかし蜷川の身辺に金の気配はまったくない。

ならば蜷川は一体どこにその金を隠しているのか。

もしその金を発見できれば、警察が再捜査に動かざるを得なくなるほど蜷川の容疑は決定的なものとなる。金の出所を蜷川は絶対に説明できないからだ。

被害規模からして、その収益は想像を絶している。現金で保管しているならば、相当広い場所が必要となる。金塊であったとしても、取引や運搬の過程でかなりの物理的労力が必要とされる。やはり現実的ではない。

そうなると、考えられるのは――

宗光の読みは正しかった。

蜷川はおびただしい数のマイノリティから搾《しぼ》り取った金を、仮想空間に蓄えていた。

なんらかの方法で取引時の本人確認、取引目的確認をくぐり抜け、富裕層相手のクレディスイス銀行などからタックスヘイブンを経由し海外に送金、そこから仮想通貨業者へ送金し、仮想通貨を購入する。また同様の手口で海外ファンドへ投資する。

それが蜷川の〈蓄財方法〉であったのだ。

30

篠田とは港《みなと》区高輪《たかなわ》の泉岳寺《せんがくじ》で落ち合った。雨上がりの境内は、湿った空気が肌に重く、爽快さにはほど遠い場所となっていた。そのせいか他にひとけのないことだけはありがたかった。

漫然と境内を歩きながら、宗光は篠田にUSBメモリと数枚のコピーを差し出した。

コピーに目を通した篠田は、驚きというより怒りに近い色を浮かべた。

「どうやって手に入れた」

「それは言えない」

「なぜだ」

「返答を拒否する」

篠田が立ち止まって宗光を睨む。

「そうか、あれだな、千歳鳥山の騒ぎ。ニュースで見たぞ。蜷川に絡んで逮捕された四人は起訴猶予で釈放されたそうだが、最初から最後までわざとらしすぎる。何かあると思ってたんだ」

鋭さは相変わらずだな、篠田――

「返答を拒否する」

「一人で背負い込むつもりか。それで恰好をつけた気でいるのか」

「返答を拒否する」

じっと宗光を見つめていた篠田は、やがて意を決したように言った。

「やはり俺達は違う道を行くしかないようだな」

「最初から分かっていたことだ。弁護人と非弁護人が、同じ道を歩けると思う方がどうかしている」

「まあいいさ」

篠田は改めてコピーに視線を落とし、

「国税局に信頼できる男がいる。これはそいつに渡す。いいな」

「ああ」

「国税は全力で裏付けにかかるはずだ。金融庁にも連絡しておく。もちろん警察にもだ。裏が取れたら、警察は蜷川をもう二度と放置できない」

「分かってる。検察がＵＳＢの中身を見たら、サムット事件の控訴審なんて吹っ飛ぶだろう」

篠田はじっとこちらを見つめ、

「忘れるなよ宗光。この先おまえが逮捕されるようなことがあったとしても、俺は絶対に弁護しない」

「そうだろうな。俺もおまえにだけは依頼しない」

「宗光」

「なんだ」

「俺は……」

それきり篠田は黙ってしまった。

「早く行けよ。おまえにはおまえの道があるんじゃなかったのか」

「おまえはどうする気だ、これから」

「これから?」

ひねくれた笑いが込み上げる。

「非弁護人にこれからも何もあるものか。俺には常に今しかない。今できることを俺はやる。俺にしかできないことをな」

「そうか」

心なしか、どこか寂しげな笑みを見せた篠田は、それ以上何も言わずに歩み去った。

彼の姿が境内から消えてもなお、宗光はじっとその場に立ち尽くしていた。


「こんなときに海外旅行か」

成田空港のロビーで後ろから声をかけると、キャリーケースを引いた蜷川が驚いたように振り返った。

「宗光……」

だがすぐにいつもの余裕を取り戻し、挑発的な笑みを投げかけてくる。

「奇遇ですね。そっちこそこんなところで何しててんですか。非弁護人てのはよっぽど暇なようですね」

「なにね、貴様がそろそろ高飛びでもするんじゃないかと思って張ってたのさ」

「それはそれは」

「正直に言うと、張ってたのは俺じゃない。遠山連合と征雄会から特に選抜された連中さ。なにしろ貴様は、マスコミや警察なんか簡単に振り切れると豪語してたくらいだからな。だからこっちも選りすぐりのプロを用意した。そいつらが教えてくれたんだ、貴様が成田から飛ぼうとしてるってな」

「それで見送りに来てくれたってわけですか」

「ああ、餞別《せんべつ》を渡しにな」

ポケットから折り畳んだ紙片を取り出し、蜷川に渡す。

それを受け取り、一瞥した蜷川の顔色がはっきりと変わった。

篠田に渡したものと同じコピーの一枚だ。

「予想はしてたんじゃないのか。貴様の思った通りだよ。あのとき貴様のアカウントにログインしたのは俺だ」

蜷川が殺気に満ちた視線を向けてくる。

「餞別は餞別でも、三途の川の渡し賃というやつだ。そうだ、それは貴様の死刑宣告書だ」

「死刑宣告書？」

特徴のない顔を大仰に歪めて蜷川が嗤う。

「あなた、頭は大丈夫ですか。世間様に顔向けもできない非弁護人風情が、死刑宣告書だって？　笑わせないで下さいよ」

「警察は出し抜けても、国税や金融庁は甘くない。貴様のスケジュール管理ツールの中身を一目見ただけで、ヨダレを流して我先に飛びついてきたってさ。マネーロンダリングの手法も使われてるしな。まだ各国に照会中の部分が残っているが、大筋は洗い出してくれた。貴様はクレディスイスの行員と組んで、現地業者と役務提供契約を結んだ。これを送金目的の根拠資料に使い、日本から数億単位の海外送金を可能にした。それだけじゃない。現地業者の裏金として一千万単位の現金を海外に持ち出したことも分かっている。申告なしでな。立派な関税法違反だ」

「そうですか。でも、あなたは単なる一般人ですよね？　それどころか、法で禁じられた非弁活動で生活している非弁護人ですよね？　あなたに私を止める権利なんてありませんよね？　さあ、分かったら早くそこを退《ど》いて下さい。私、急いでますんで」

「俺の言ったことを聞いてなかったのか？　つまりおまえには逮捕状が出てるんだ。確かに俺は一般人だが、それだけに市民の義務に忠実でね、警察に貴様の居場所を連絡しといた。もうじき令状を手にした警官が駆けつけてくるはずさ」

「そこを退けっ」

最後に残っていた余裕をも失い、蜷川が宗光を突き飛ばす。

「どうかしましたか」

トラブルを察知し、空港警備員達が駆けつけてきた。

宗光は悠然と彼らを制止する。

「いや、いいんだ。もうすぐ警察が来る」

「警察が？　どういうことです？」

「皆さんはそれまでこの人をガードして下さい。あの有名な蜷川さんですよ」

宗光の言葉に、警備員達が改めて蜷川を凝視する。

「……あっ、本当だっ」

事情を知らないなりにも、彼らは反射的に蜷川を取り囲んだ。

「宗光、てめえだって知ってるだろうが。仮に関税法違反が成立しても、たかだか罰金、最悪でも執行猶予だ。それくらい、どうってことはない」

本性を露わにした蜷川に対し、今は宗光が余裕を示す。

「本気で言ってるのか？　貴様にこのことの意味が分からないはずはない。知っていて分からないふりをしているのか。もし本当に分からないというのなら、貴様はやはり俺の言ったことを聞いていなかったようだな」

「なに？」

「言ったはずだ、それは死刑宣告書だと」

宗光は蜷川が手にしたままでいるコピーを指差し、

「貴様はその金の出所を説明できない。何十億という金だ。競馬で勝った程度のレベルじゃない。警察はその出所にこの上なく興味を惹かれるだろうし、またそれを解明しなければ警察の面目は丸潰れになる。冗談じゃなくトップの首だって懸かってる。これまでの事件を今度こそ死に物狂いで洗い直すだろう。貴様のスケジュール管理ツールの内容と照らし合わせれば簡単だしな。アリバイだって崩れるはずだ。マスコミも飛びつく。貴様の隠し財産の額を知れば、狂信的なシンパの証言もさすがに変わってくるんじゃないかな。どの事件でもいい、一つでも立証されれば貴様は間違いなく死刑だ」

「宗光っ、てめえはっ！」

「もう一度言ってやる」

安勝現。中坪広樹。竜本猛。多くの名前が頭をよぎる。いずれもこれまで蜷川の手にかかった犠牲者達の名だ。

「ここは法廷じゃない。だから裁判長に代わって判決を告げてやる。いいか、よく聞け
——蜷川、貴様は死刑だ」

周囲に人が集まりつつあった。

あれ、蜷川さんじゃない？――あっ、本当だ――蜷川だよ、蜷川――あんなとこで何やってんの――とうとう捕まったのかな――

スマホのカメラが蜷川に向かって突き出されるのを察知し、宗光はさりげなく身を引いた。

「皆さん、見て下さい、皆さんが証人です、この人達、なんの理由もなく私の移動を制限しようとしてるんです、そんなこと許されますか、ねえ、皆さん」

蜷川は惚《ほう》けたような演技を始めた。今まで通りの被害者面《ヅラ》だ。

だがそれは、本当に演技であったかどうか。

「すみません、ちょっとここ通して下さい」

ようやく駆けつけてきた私服の刑事達が、蜷川の腕をつかんで移動させる。

その様子を、宗光は少し離れた場所から野次馬に紛れて眺めていた。

今や無数のスマホが蜷川に向けられている。マスコミは来ていない。いずれも一般人のスマホである。

刑事に引きずられていく蜷川は、身をすくめて怯えていた。スマホのカメラが、自らを糾弾する被害者の目であるかのように。

その姿は、数分後には各種のＳＮＳで拡散するだろう。惨めに怯える蜷川の正体は、永遠に電子の巨海を漂い続けるのだ。

「ご苦労様でした、先生」

耳許で声がした。

「ハチか」

「あの蜷川もああなっちゃおしまいですねえ」

「がっかりしたか」

「とんでもない。いい気味で」

蜂野は慌てて首を左右に振った。

「お車を用意しております。さ、今のうちに」

「分かった」

歩き出した宗光に、蜂野が囁く。

「会長が前祝いの席を用意しておられます」

「知ったことじゃない。五反田へやってくれ」

「そうはいきません。会長は先生の手腕をとても買っておられまして、よろしければぜひ別の仕事を頼みたいと」

久住の依頼ならば断るわけにはいかない。今度の件で、久遠会と千満組には大きな借りを作ってしまった。

「分かった」

やむを得ず頷いた。

これが非弁護人なのだ――

宗光は自らに言い聞かせる。一度嵌まり込んだ泥沼からは決して抜け出すことができない。だがそれは、自ら選んだ沼なのだ。その沼に身を潜め、蜷川のような悪党を引きずり込むことができるのなら、言わば本望ではないのかと。

31

蜷川逮捕のニュースは各メディアによって一斉に報じられた。容疑は殺人ではなく関税法違反だが、蜷川の巨額財産に関する詳細な報道は、世論を一気に蜷川犯人説へと傾かせるに充分な衝撃と説得力とを有していた。

サムット事件の一審判決を受け、数々のマイノリティ集団失踪事件に改めて注目が集まっていた折でもあった。一般人の撮影による「逃亡寸前に空港で逮捕された蜷川」のスクープ映像は途方もない再生回数を記録し、テレビの各種番組でも使用された。

また篠田には取材の依頼が殺到しているばかりか、法曹界での評価も大いに高まっているという。秦一派を敵に回し、あえて火中の栗を拾った篠田の勝利である。

そんな中、検察はサムット事件の控訴をひっそりと取り下げた。


取調べに対し、蜷川は言葉を忘れ果てたかの如く完全黙秘を貫いた。いや、いかなる問いかけもその耳に届いていないかのような、別世界に滞留する人の面持ちを見せていた。

これにはベテランの捜査員もお手上げであったが、追及の手を緩めるわけにもいかない。

篠田弁護士から提供された資料をもとに捜査を進めたところ、各事件と符合する点が次々と発見された。むしろ符合しない点は皆無と言えた。それだけではない。スケジュール管理ツールを分析することによって、蜷川の事件当日及びその前後の動きだけでなく、これまで発覚していなかった事件まで明らかとなった。これは致命的である。俗に言う「犯人しか知り得ない情報」だからだ。もはや言い逃れは利かない。

当然ながら警察は篠田弁護士に資料の出所を問い合わせたが、篠田は弁護士の守秘義務を理由に情報提供者を最後まで明かさなかった。

逮捕された容疑者の勾留《こうりゅう》期限は延長を含め最大で二十二日間までである。期限が来るたび、警察は外為法違反、犯罪収益移転防止法違反などの容疑で再逮捕を繰り返した。いわゆる別件逮捕だが、そうして時間を稼いでいる間に裏付けを進めた警察は、多くの新証拠や新証人を得た。間もなく殺人容疑で再逮捕される見通しであるという。なにしろ一つの事件で最低でも五人は犠牲になっている。たとえすべての事件が立件されずとも、一件でも起訴されれば死刑はまず免れない。

そうしたことを、宗光は久住や楯岡から聞いた。彼らが警察内に飼う〈忠犬〉からの情報だ。

当の蜷川は、何を聞かされても固く心を閉ざしたままでいるらしい。時折わけもなく薄笑いを見せることもあるそうだが、取調室の殺風景な空間で、巨額の資産を示す電子データの渦でも幻視しているのだろうと宗光は思った。

あるいは世間からの差別に負けて破滅していった犠牲者達の恨み言や断末魔の叫びでも聞いているのか。虚空に流れる交響楽の如くに。

だとすれば、蜷川がいるのは取調室でも留置場でもない。すでに地獄だ。


マスコミも連日競って蜷川事件について報道した。近来にない過熱ぶりと言えたが、それにより、警察以上に新事実の発見をものにしているのも事実であった。

五反田のホテルでそれらの記事に目を通していた宗光は、ある写真に目を留めた。

あの顔だった――デスマスクの顔。

記事によると、判明している限り最も古い事件の被害者と推測される人物らしい。現在も行方不明のままであるという。この件に関してのみは、全国のヤクザ達よりマスコミの調査能力の方が上だったということだ。

宗光は一人得心し、染みの浮き出た天井を仰いだ。

誰のものとも知れぬ死者の顔。生前の感情も、死後の怨念《おんねん》も、一切を告げることなくただ凝固した。

あれはおそらく、蜷川が最初に手にかけた犠牲者の顔だったに違いない――


「ムネミツ！」

指定された飯田橋《いいだばし》のホテルに入ると、ロビーで待っていたマリクが勢いよく駆け寄ってきた。背後には美紀と蜂野もいる。

「元気そうじゃないか」

腰をかがめてマリクの全身を抱きとめる。

「ありがとう、ムネミツ」

「礼を言う必要はない」

「どうして」

少年が不思議そうに、また不安そうに見つめてくる。

「ソユンの行方は突き止められなかった。いや、はっきり言おう。ソユンが生きている望みはとても薄い。俺は仕事に失敗したんだ」

「ソユンのことは……ぼくにだって、もう……」

そうだろう。連日の報道を見れば、蜷川の犠牲者がどうなったか、子供であっても想像はつく。

「それに俺は、おまえの父親を完全に救うことさえできなかった」

ナワーブは在留資格を持っていた。一審判決は無罪であったから犯罪者には該当しない。しかし起訴こそされていないものの、本人が認めている通り、サムットの犯罪行為を手伝ったという事実が明らかになっている。そのため在留期限の更新は認められなかった。

「そういう約束だったじゃないか。ムネミツまでぼくを子供扱いするの？」

マリクが憤然と反論してきた。

「ぼくが自分で証言すると決めたんだ。だからぼくの責任なんだ。ぼくと父さんの責任なんだ。ムネミツは、父さんを牢屋から出してくれた。ちゃんと助けてくれたんだ」

無意識のうちに、自分は相手が子供だと侮っていたようだ。宗光はそのことを、自省と喜びの入り交じる気持ちで受け止めた。

「悪かった」

心から詫びる。

「おまえはもう大人になったんだな」

入管の指導により、ナワーブは在留資格を特定活動の「出国準備」に切り替えて申請した。今ナワーブは、店を畳んでパキスタンへと出国するための準備に追われている最中だ。マリクも父親とともに日本を離れることを選択した。事情を勘案した児童相談所も、すでに特例でマリクの出所を認めている。

宗光は立ち上がって美紀に告げた。

「境さん、ありがとうございました。あなたが勇気を出してくれたおかげで、蜷川をぶち込むことができた。あなたの証言が事態を動かす突破口になったのです」

美紀はハンカチを取り出して目頭を押さえ、

「宗光さんは私に約束して下さいました……猛さんや、大地くん、陽菜ちゃんを殺した『長谷部』に……蜷川に裁きを受けさせるって……その約束を果たしてもらえて、私は、もう……」

言葉を続けられず俯いてしまった美紀の手を、マリクがそっと撫でる。

「お姉ちゃん……」

こらえかねたのか、美紀はマリクを抱き締めて嗚咽し始めた。

「美紀さんはね、マリクのことを弟みたいに可愛がってくれたんですよ」

宗光の側に寄った蜂野が囁く。

「美紀さんのことは心配しないで下さい。会長が就職先を世話してくれました。フロントなんかじゃありません。正真正銘、素っカタギの会社です」

「そうか。世話になったな」

「いえ、自分なんか……」

蜂野もまた、そう言ったきり言葉を失った。彼の視線は、抱き合う美紀とマリクに向けられている。

美紀はこれからもあの惨劇の記憶を抱えて生きていかねばならない。それはどんなに辛く耐え難いものであるか、余人の想像を絶している。

そして、マリク。

生まれ育った日本を離れ、父の祖国で新しい生活を始めようとしている。容易なことではないだろう。言葉の違い。文化の違い。風土の違い。過酷な環境が待っているに違いない。人の善意など容赦なく踏みにじる、圧倒的な現実だ。

しかし、と宗光は思い起こす。

韓国人の少女のため、昼飯代を貯めた金で仕事を依頼してきたマリクの優しさを。法廷で毅然《きぜん》と証言したマリクの姿を。

――ソユンを捜してほしいんだ。

――父さんを有罪にして下さい。父さんは償える罪を犯しました。

うなだれた蜂野の肩を軽く叩き、宗光は小声で言った。

「マリクならきっと大丈夫だ」

「先生……」

蜂野が顔を上げる。

「出国までマリクのことをよろしく頼む。それから、境さんのこともだ。当分は目を配ってあげてほしい」

「心得てます」

「手間賃は俺の方に付けといてくれ」

「いえ、それは会長から」

「これ以上ヤクザに借りは作りたくない。借りた分は仕事で返す」

こちらをじっと見つめていた蜂野は、やがて深々と頭を下げた。

「承知しました」

宗光は再びマリクに向かい、声をかけた。

「マリク」

美紀と一緒になって泣いていたマリクが振り仰ぐ。

「これを渡しておこう」

一枚の紙片をマリクに渡す。

「俺のスマホの番号だ。パキスタンからでも通じるようになっている。困ったことがあったら電話しろ。国際弁護士の資格はないが、非弁護人に国境は関係ない。料金は前と同じでいい。きっといい仕事をしてみせる」

紙片を握りしめたマリクは、シャツの袖で涙を拭い、初めて子供らしい笑顔を見せた。

「ありがとう、ムネミツ……ぼく、あなたのこと、決して忘れない」


ある日の夜、宗光は新宿を歩いていた。

依頼人が密談の場所として新宿のバーを指定してきたのだ。用件自体はすぐに終わり、宗光はカクテルを一杯飲んだだけで退席した。

改装なった新宿駅は、どこもかしこも真新しく輝いて、実体のない希望を演出していた。どうにも馴染《なじ》めぬ居心地の悪さを感じながら地下街を歩いていると、壁際に段ボールを敷いて寝ている男がいた。

一昔前はよく見かけたが、最近は滅多に見ない光景である。

男の年齢は五十代か。まだ働き盛りと言っていい。着ているスーツもそう悪い品ではないが、野外生活のせいかずいぶんと皺が寄って汚れている。頭髪はくしゃくしゃに乱れ、眼鏡のフレームが酷く歪んでいた。

こんな所に寝ていてはすぐに警備員が来て排除されるだけだろうが、それを知ってか知らずか、男は自暴自棄とも取れる寝顔を見せている。

大勢の通行人が、男のすぐ横を通り過ぎていく。目を留める者など一人もいない。まるでそこに誰も存在していないかのように。

そんな人々に混じって歩いていた宗光の傍らを、反対方向からやってきた母娘らしい二人連れが通り過ぎた。

「なにあれ、汚い」

中学生くらいの娘が嘲《あざけ》るように顔をしかめると、母親が前を向いたまま小声でたしなめた。

「見なけりゃいいのよ」

すれ違いざまそんな声が一瞬聞こえた。

宗光は足を止めて振り返る。

ごく普通の身なりをした母娘は人混みの中に紛れて消えた。

今、俺は蜷川を見た――

宗光はそう思った。

ここには蜷川しかいない。この国の至る所に蜷川がいる。

『長谷部』でも『小林』でもなんでもない。そもそも名前に意味はなかった。

無関心という邪悪。偏見という腐敗。不寛容という毒心。

悪の根付く沃野がここに広がっている。どこまでも果てしなく、尽きることなく。

『蜷川』は決して滅びない——

言い知れぬ疲労感を抱き、宗光は再び仮初《かりそめ》のまばゆい光の中を歩き出した。

解　説

円堂都司昭
（文芸評論家）

非弁護人。

聞きなれない言葉である。本書の主人公・宗光彬《むねみつあきら》は、かつて東京地検特捜検事であったが、用地の不正取得を捜査した際、政界におもねる腐敗した上層部に無実の罪を着せられ、服役した過去があった。そのため、ヤメ検として弁護士資格を持つこともできず、裏社会の法律関係事案を自身は法廷に立たない形で請け負うようになった。その生業《なりわい》を、非弁護人と呼ぶ。

本書は、二〇二一年に月村了衛が刊行した『非弁護人』（「週刊アサヒ芸能」二〇二〇年一月十六日号〜二〇二〇年十二月三十一日・二〇二一年一月七日合併号に掲載後、加筆修正）の文庫化である。作者の月村は、非弁護人というコンセプトについて「法曹界のブラック・ジャック」と語っていた。手塚治虫『ブラック・ジャック』は、医師免許はないものの天才的な技能を有する闇の外科医が活躍する人気マンガだった。その法曹界版が、非弁護人というわけである。宗光彬はべつの人間を弁護士として表に立てつつ、法律の隙間をついたり逆手にとるなどして裏社会の要望に対応する。関係先への聞きこみや調査、証拠集めの過程では、相手に自分を弁護士だと誤認させることも厭《いと》わない。彼は目的のため、どんな手段でも選ぶのだ。

しかし、宗光は、パキスタン人少年・マリクから、姿を消した同級生の韓国人少女・安《アン》瑞潤《ソユン》を捜してほしいと懇願される。少年が父からもらった昼食代を貯めたわずか三千三百円で、依頼を引き受ける。闇の稼業として必ずお代はいただくが、情に動かされた場合は、必ずしも高い額を請求しない。『ブラック・ジャック』や「必殺」シリーズなどに見られたそのようなダーク・ヒーローの伝統を、『非弁護人』も受け継いでいるのだ。

父が元ヤクザだった安瑞潤の一家の行方を宗光が探ると、同じく元ヤクザの家族が丸ごと失踪した複数のケースにいき当たった。やがて、「ヤクザ喰《ぐ》い」という異様な事態が浮かびあがる。暴力団排除条例に現れている通り、ヤクザは社会から排除されて当然の存在と思われている。だが、アウトサイダーのセーフティ・ネットでもある暴力団で落ちこぼれてしまったら、もうほかに行き場がない。たとえ暴力団をやめて真面目に更生しようとしても、元ヤクザの烙印《らくいん》がついて回り、普通の就職は覚束《おぼつか》ない。彼らの妻や子どもにまで差別的な視線がむけられる。

そのような元ヤクザを標的にした出来事が、密《ひそ》かにいくつも進行していたのだ。「ヤクザ喰い」である。元ヤクザに対してだけではない。在日外国人、生活困窮者など居場所のないマイノリティが、投資や移住計画など架空のビジネスに吸い寄せられ、後に集団失踪する事例が、各地で起きていた。場所ごとにビジネスの内容は違ったものの、宗光は共通点を見出す。いずれにもビジネススキームを考案した指南役らしき人物がおり、「徳原」、「加藤」、「寺田」、「田島」、「小林」、「長谷部」、「鈴木」などと名乗っていた。だが、どのケースの証言でも、指南役は中肉中背で普通としかいいようがなく印象に残らなかったというものばかり。それらの事例は関係しているのか、共通のキーマンがいるのか。

宗光は、裏社会の協力を引き出しつつ調査を進めていく。彼は元ヤクザが喰いものにされたことに怒る暴力団幹部から組織的な協力を得るが、当然、相手が相手だけに脅される局面もある。ところが、本作ではヤクザの凄《すご》み以上に不気味で恐ろしいことが書かれている。失踪者の事情を周辺の関係者に尋ねてみても、無関心な反応が返ってくることが珍しくない。その過程で普通の人々が、マイノリティ、弱者を見ようとしない社会の現状が露《あら》わになる。

そうした酷薄な普通さと、印象に残らない謎の指南役の普通さは、どこかで通じているのではないか。「ヤクザ喰い」のような非道なことをしても、指南役が普通にふるまっていれば、世間の酷薄な普通さのなかにまぎれてしまうのだろう。読んでいると、恐れるべきは「普通」なのだと気づかされ、暗然とする。その「普通」は、私たちも共有しているものかもしれない。

得体の知れない悪事に対し宗光は、非弁護人として法律を使って戦う。彼の代わりに法廷に立つのは、検察官時代に宗光が陥れられた際、一緒に失脚したものの弁護士になることができた元同僚の篠田だ。当時巻き添えになった格好の篠田は、宗光を今でも恨んでいるが、自分の思う正義を貫くため彼に協力することになる。それは、検察から自分たちの居場所を奪った勢力に一矢報いることでもある。

検察という法の正義を執行するはずの組織に裏切られた彼らが、なお法律を武器にして今を生き抜こうとするのが面白い。「ヤクザ喰い」や普通の人々の酷薄な無関心といった社会の暗部を語る本作は、公言できないあの手この手を使いつつも、最終的に法律という社会的に否定できない手段で、つかみどころのない「普通」の悪を追いつめていく。非弁護人のそのダーク・ヒーローぶりが、エンタテインメント小説としてカタルシスをもたらす。

月村了衛は二〇一〇年に『機龍警察』で小説家デビューし、同作は人気シリーズとなった。有人操縦型の機甲兵装という近接戦闘兵器（早い話がロボット）を警察が導入したとするSF的設定が、同時に現実世界を踏まえた国際情勢の記述が、迫真性を生んでいる。シリーズの特徴である。シリーズの第二作『機龍警察　自爆条項』（二〇一一年）は第三十三回日本SF大賞、第三作『機龍警察　暗黒市場』（二〇一二年）は第三十四回吉川英治文学新人賞を受賞している。

同シリーズ以外にも月村は、意欲的な作品を発表してきた。江戸時代を舞台にガンアクションを展開した『コルトM1851残月』（二〇一三年）で二〇一五年に第十七回大藪春彦賞を受賞したほか、ソマリアに派遣された自衛隊の苦難を描いた『土漠の花』（二〇一四年）で二〇一五年に第六十八回日本推理作家協会賞長編および連作短編集部門を受賞している。冒険小説を執筆するなかで、国境を越えた題材をあつかいつつ、時代ものも手がけ、作風を広げてきたわけだ。

一方、月村は、『東京輪舞《ロンド》』（二〇一八年）以降、昭和から平成、令和の犯罪をあつかった作品を発表してきた。『東京輪舞』では主人公である公安の警察官とソ連の女性スパイとのかかわりを軸に、ロッキード事件、東芝ココム違反、ソ連崩壊、地下鉄サリン事件、警察庁長官狙撃、金正男不法入国といった現代史に残る出来事の裏側で起きたことを描いた。また、『悪の五輪』（二〇一九年）では一九六四年に開催された東京オリンピックの公式記録映画監督の選定をめぐる暗闘を題材とし、『欺す衆生』（二〇一九年）は一九八〇年代に起きた豊田商事事件をモデルにした事件を発端にして物語を展開している。
二〇一九年に第十回山田風太郎賞を受賞した『欺す衆生』が刊行された時のエッセイ「昭和の闇と、令和の悲惨」で月村は、書いていた。

近年私は、作家として第二期とも言うべき時期に入ったと感じている。もう少し詳しく言うと、現代史と日本人との関わりを創作活動の主たる題材とするようになったことだ。

この言葉は、『東京輪舞』以降の系譜の作品について述べたものだろう。エッセイでは、次のようにも語っていた。

昭和に渦巻く暗黒は、令和の悲惨に直結している。

非弁護人というダーク・ヒーローの設定を通して、元ヤクザ、在日外国人、生活困窮者といったマイノリティが差別される日本の世相を活写した『非弁護人』も、「昭和の闇と、令和の悲惨」の系譜から派生した作品といえるだろう。なかでも主人公の生き方や作中における子どもの位置という点で、『非弁護人』が『欺す衆生』と共通した要素を持ちながら、対照的な書かれ方をしているのが興味深い。

老人に金の地金を押し売りするが、現物は渡さず、紙切れの証券だけを渡す。そんな詐欺で万単位の被害者を出した一九八五年の豊田商事事件では、会長が取材陣の前で刺殺され世間に衝撃を与えた。『欺す衆生』は同事件を模した横田商事事件から始まる。会長殺害現場にいあわせた同社の下っ端営業マン・隠岐《おき》は、事件後にまともな職に就くことにする。だが、同僚だった因幡と再会し、「ビジネス」パートナーにさせられてしまう。行うのは、過去の経験を活かした詐欺だ。原野商法、和牛商法、投資詐欺など、彼らは次々に「ビジネス」モデルを更新していくが。基本はいつも共通している。彼らの出発点である横田商事と同じように実体のないものを売るのである。

しかし、会長の死を目撃した隠岐は、ああはならない、詐欺をやるにしても老人から搾りとるようなひどいことはしないと考える。だから、因幡との会社だけでなく、正業として自分の会社も持った。そうして己の良心を守ろうとした。だが、副社長の隠岐が嫌がっても、社長の因幡は会社に横田商事の残党を集め、ヤクザとの関係も絶てない。裏社会の人間にまとわりつかれた隠岐は、変わらざるをえない。「人間は欺す衆生だ」と思い知らされた彼の「ビジネス」はどんどん大きくなっていく。

欺す人間である隠岐は、曲者《くせもの》ばかりの周囲に欺されてはいけないと緊張を強いられる。家族のために働いている。その思いが彼を支えていたが、激務で家庭をかえりみない彼を、妻や娘たちが疎んじるようになるのは、当然のなりゆきだった。安らげない家が救いになるはずだと、隠岐は自分で自分を欺す状態である。彼の家族への思いに実質がともなっているのか、あやしい。行動は次第に大胆かつ悪辣になっていくのに、家庭第一の小市民的な心根を切り落とせない彼のグロテスクさが印象的だ。それは、稼ぎや見栄で態度が変わる人間の傲慢さと小心さの戯画でもあるだろう。自身で気づかぬうちに、以前とはまるで違う人間になってしまった隠岐の姿に背筋が寒くなる。

横田商事の詐欺事件で挫折《ざせつ》を覚えた隠岐は、普通の仕事をしようとしたもののうまくいかず、昔の仲間と再会したことで詐欺の道に戻った。かつて身に着けたスキルを使って生きていくしかないと悟ったのだ。彼は、詐欺をやるにしても昔ほどひどいことはしないと自分にいいわけしながら、人生を歩む。昔ほどひどいことはしないというのは、昔のような失敗はしないという保身でもあるだろう。

それに対し『非弁護人』の宗光も、かつて自分が属した組織にいられなくなり、新たな職に就かねばならなくなった。だが、結局、以前に身に着けたスキルを活用して暮らすしかない点が、隠岐と相似する。宗光の場合、検察上層部に無実の罪を負わされ、前科者となったゆえに、裏社会とのつながりで生きるしかなくなる。とはいえ、彼が武器に用いるのは法律であり、建前としては法の正義に基づいた行動をしているのだ。正義の側にいるはずの検察に裏切られたというのに、宗光はまだどこかで正義を信じている。心のうちに正義と悪の両方を抱え、今の自分はこうするべきだと自身を説得して生きている点で、隠岐と宗光は背中あわせのキャラクターのように思える。

また、隠岐の小市民的な正義感は、妻や子の存在が支えになっていた。家族のために働くことが、彼の良心の根拠となっていたのだが、いつの間にか家族関係は空虚なものになっていた。それに対し宗光は、母が息子の服役の心労で亡くなってしまい、出所後はホテル暮らしで非弁護人の活動を行うようになり、孤独な生き方をしている。そんな彼が、まだ二度訪れたにすぎないパキスタン料理店の店主の息子マリクから依頼され、少額で調査を引き受ける。少年の訴えに真摯《しんし》にむきあい、父親的ともいえる態度をとるのだ。他人の子どもが、宗光の心のうちでくすぶっていた正義感を後押しする。『欺す衆生』でも『非弁護人』でも子どもが良心の根拠となるが、それが実質を伴うかどうかは、両作で対照的である。

また、宗光が「ヤクザ喰い」事件の追跡にのめりこむ理由には、べつの心情も感じとれるだろう。彼は検察で居場所を失った後、裏社会とかかわりながらも、かつて身につけた法律のスキルを武器に暮らすことができた。彼とは異なり「ヤクザ喰い」の獲物になった元ヤクザは、アウトサイダーのセーフティ・ネットである暴力団からも落ちこぼれ、後の人生に役立つ類のスキルも身につけていなかった。挫折を経験した点では似た境遇にある元ヤクザが「ヤクザ喰い」の餌食になった顚末《てんまつ》は、一歩間違えば宗光が歩んでいたかもしれない道筋なのだ。彼が「ヤクザ喰い」の犯人追及に没頭するのも、無理はないと感じられる。

『欺す衆生』と『非弁護人』では、それぞれ主人公の行動の動機として、まるで違う形ではあるが、子どもの存在が大きな意味を持っていた。月村はこの二作の間に『暗鬼夜行』（二〇二〇年）という子どもをクローズ・アップした小説も発表していた。同作では、学校代表として「全日本少年少女読書感想文コンクール」にその中学校の代表として出品された女子生徒の作文が、過去の優勝作品の盗作だとSNSに書きこまれる。以後の騒動を追った学園サスペンスでありつつ、図書館機能や学校の統廃合、教師のブラック労働といった問題も浮き彫りにされている。同作も、現代日本の闇と悲惨を描いた意欲的なエンタテインメント作品だった。

また、『非弁護人』ともっと近接した要素を持つ同作以後の月村作品としては、『半暮《はんぐれ》刻《どき》』（二〇二三年）があげられる。『非弁護人』発表時、月村は「小説丸」のインタヴュー(https://shosetsu-maru.com/recommended/book-review-829)で、社会的脱落者の受け皿として暴力団が機能した時代があったことに言及したうえで語っていた。

暴力団に代わって台頭したのが半グレですが、私が最も邪悪だと思うのは半グレに加担する一般人です。女性の人生を台無しにして『社会的に成長できてラッキーだった』と言い放つ元大学生の大手企業社員。それを許容する社会は許せない。

半グレに加担する一般人に関するその着目をもとに『半暮刻』は、執筆されたといえる。一九九一年の暴力団対策法施行以降、ヤクザと一般人の狭間にいる半グレが、違法行為、脱法行為で社会を脅かすようになった。『半暮刻』は、半グレという平成に生まれた闇と悲惨を題材にしている。

同書刊行記念のトークイベントで月村は、『非弁護人』を連載した「アサヒ芸能」の担当者からは当初、「うちはヤクザとエロの雑誌だから、ヤクザでお願いします」と言われたのに対し、『半暮刻』を連載した「週刊大衆」の編集者に事前に要望を聞いた際も「うちもヤクザとエロなんで、ヤクザでお願いします」といわれたと笑いながら明かしていた

（「好書好日」https://book.asahi.com/article/15055362）。

『半暮刻』では、マニュアルに沿って言葉巧みに女性をその気にさせ、借金まみれにして風俗で働かせる半グレ経営の店で働いていた若者二人が、主人公となる。児童養護施設で育った学歴のない元不良の翔太と、育ちのいい有名大学生の海斗。イケメン同士の二人で組み、店で荒稼ぎした彼らが、その後、どのように生きたのか。対照的な道のりが描かれる。

同作には「女性の人生を台無しにして『社会的に成長できてラッキーだった』と言い放つ」ようなキャラクターが登場するし、暴対法に追いつめられたヤクザのシノギのやりにくさや、暴力団からも落ちこぼれる人間の存在にも触れている。社会的脱落者の行方というモチーフを含む点でも『半暮刻』は、『非弁護人』の執筆を経た延長線上で発想された小説といっていい。

翔太と海斗は、二人とも若い時期に成功の挫折を経験する。その期間に身につけたスキルを後の人生で活用するかどうかが、物語後半の展開に大きくかかわってくる。スキルが他人を騙《だま》すことであった以上、活用するかどうかは、その後の対人関係のあり方を左右せざるをえない。道を分かった彼らは、やがて授かる我が子とどうむきあうかでも、態度が大きく異なるのだ。このように物語を整理すると、『半暮刻』が、『欺す衆生』、『非弁護人』と通底するテーマを有していることがわかるだろう。

また、『暗鬼夜行』では、生徒の盗作疑惑をめぐり事態収拾に奔走する文芸部顧問の国語教師・汐野の心理が、中島敦『山月記』で詩人になる夢に破れ虎になってしまった李陵に重ねられ、語られた。一方、『半暮刻』では、モーパッサン『脂肪の塊』など外国文学を読む体験が、過去に罪を犯した者の改心に影響をおよぼす。そのように『半暮刻』は、小説の力への信頼も示した内容でもある。本書を気に入ったならば、ぜひ読んでもらいたい作品だ。

本書『非弁護人』でわかる通り、「令和の悲惨」を注視する月村は、闇だけでなく希望の光も見出している。この作家が時代にどのように切りこんでいくのか、今後も追いかけていきたい。

二〇二四年一月

この作品は2021年4月徳間書店より刊行されました。
なお、本作品はフィクションであり実在の個人・団体などとは一切関係がありません。

徳間文庫

非《ひ》弁《べん》護《ご》人《にん》

2024年3月15日 初刷

著者 月《つき》村《むら》了《りょう》衛《え》

発行者 小宮英行

発行所 株式会社徳間書店

東京都品川区上大崎三－一－一 〒141－8202
目黒セントラルスクエア

電話 編集〇三(五四〇三)四三四九
販売〇四九(二九三)五五二一

振替 〇〇一四〇－〇－四四三九二

印刷 製本 大日本印刷株式会社

ISBN978-4-19-894925-9 (乱丁、落丁本はお取りかえいたします)